帝王燕

제왕연 4

ⓒ지에모 2020

초판1쇄 인쇄	2020년 10월 19일
초판1쇄 발행	2020년 11월 3일
지은이	지에모芥沫
옮긴이	이소정
펴낸이	박대일
편집	이문영 · 박지해 · 임유리 · 신지연 · 곽현주
마케팅	임유미 · 손태석
일러스트	흑요석
디자인	박현주
교정	김미영
펴낸곳	파란미디어
출판등록	2004년 9월 14일 제313-2004-00214호
주소	03992 서울시 마포구 동교로23길 14 국제빌딩 6층
전화	02.3141.5589 영업부 070.4616.2012 편집부
팩스	02.3141.5590
전자우편	paranbook@gmail.com
카페	http://cafe.naver.com/paranmedia
인스타그램	@paranmedia
ISBN	978-89-6371-825-5(04820)
	978-89-6371-821-7(전21권)

차례

남자도 그녀처럼 대범하지는 못해

비연의 말에 태극전 전체가 적막에 휩싸였다.

그러나 그 적막은 아주 잠시뿐이었다. 곧 장내가 웃음바다를 이루었다!

정역비와, 창밖에 몰래 몸을 숨기고 있던 군구신만 웃지 않았다.

군구신은 검은 옷을 입고 얼굴에는 은색 가면을 쓰고 있었다. 방금 도착하여, 비연의 무뢰배 같은 모습을 똑똑히 보았다.

가면 아래 그의 표정이 어떤지는 알 수 없었으나, 그의 그 검고 깊은 눈동자는 놀랄 정도로 차갑게 가라앉아 있었다! 그는 분명 인내하고 있었다!

대전 안에서는 웃음소리가 끊이지 않았다.

"고비연, 겨우 술 석 잔에 취해서 이런 꼴이 된 건가?"

"하하하, 웃기는군! 세상에서 제일 웃긴 일이야!"

"아이고, 정말 무섭네! 본 공자가 무서워서 죽겠어!"

다른 이들은 말할 것도 없고, 정역비도 매우 놀랐다. 방금 눈짓하는 걸 보고 뭐 좋은 수라도 있나 했더니만! 그는 비연이 이렇게 대담하게 나올 줄은 상상도 못 했다! 이건 대체……, 죽고 싶기라도 한 건가?

그가 마신 술이 이미 발작을 일으키고 있었다. 그는 의지력으로 겨우 버티고 있을 뿐이었다. 그런데 비연마저 술에 취한 다면 위험해질 게 뻔하지 않은가?

정역비는 마음을 놓지 못하고 비연을 잡아끌었다.

"약녀, 착하지. 힘들게 굴지 말고. 내가……."

비연이 그의 말을 끊었다.

"나 같은 일개 아녀자의 주량도 넘어서지 못하는 자라면, 정 대장군과 겨루자고 할 자격이 없지요. 정 노장군의 주량에 대해 입을 열 자격은 더더욱 없고요!"

그녀는 이렇게 말하고 정역비를 끌어당겨 자리에 앉혔다. 그리고 그에게 안심하라고 눈짓했다.

"정 대장군, 거기서 잘 지켜보고 있어요. 이 대전에서 누구의 주량이 최고인지!"

비연의 이 말은 대황자가 정역비를 자극하기 위해 썼던 수단들을 무력화시켰을 뿐 아니라, 정역비에게도 체면을 지키며 물러날 기회를 주었다. 정역비는 여전히 불안했지만, 더 이상 그녀를 말리지는 않았다. 그러나 곁에 있던 황자들이며 세가의 자제들은 여전히 비연을 비웃었다.

운 귀비와 대황자는 서로 눈빛을 주고받으며 냉소했다. 사실 그들은 이 판을 위해 두 가지 방안을 준비해 두었다.

하나는 비연을 내보낸 후 정역비에게 술을 강요하는 것이었다. 그럼 그의 목숨까지는 앗을 수 없더라도 그를 반죽음 상태로까지는 만들 수 있을 것이다. 두 번째는 비연을 함께 취하게 하는 것이다. 정역비의 목숨뿐 아니라 비연까지도 망칠 수 있도록.

그들은 비연이 도망칠 길이 있는데도 가지 않고 스스로 지옥을 향해 걸어 들어올 줄은 몰랐다. 비연이 이렇게 하룻강아지 범 무서운 줄 모르고 방 안의 남자들에게 도전할 줄이야. 오늘 밤의 놀이는 정말이지 그들의 예상을 훨씬 더 뛰어넘고 있었다!

운 귀비가 눈짓하자 몇몇 황자와 세가의 자제들이 모두 그 뜻을 알아차렸다. 중년 남자 하나가 벌떡 일어나더니 음탕한 웃음을 지었다. 그러나 비연은 그에게 입을 열 기회를 주지 않고, 한 옆에 앉아 있는 회녕 공주를 손가락질하며 말했다.

"방금 네가 정 노장군의 주량이 허풍이라고 말했지?"

회녕 공주는 계속 운 귀비 때문에 가만있느라 울적하던 차에 이런 말을 들으니 벌떡 일어났다.

"바로 내가 그랬다. 왜, 어떻게 할 생각인데?"

비연이 다가가 한 단어 한 단어 또렷하게 말했다.

"네가 그 말을 집어삼키게 해 줄 작정이지!"

회녕 공주가 큰 소리로 웃었다.

"방금 그렇게 허세를 부리더니, 하하! 그래, 원래 천둥소리가 크면 비가 적게 온다더라! 겨우 본 공주에게 덤빈다 이거지? 본 공주가 너에게 기회를 주마!"

그녀는 다른 공주들처럼 주량이 약하지 않았다. 그녀는 기복방과 술을 마시며 놀았기에 주량이 상당했다! 비연이 죽고 싶어 한다면 그녀가 직접 보내 줄 생각이 있었다!

회녕 공주는 직접 술잔 세 개를 가져와 가득 채운 후 호쾌하게 말했다.

"고비연, 방금 네가 석 잔 마셨으니 본 공주도 공평하게 이 석 잔을 마시도록 하겠다!"

그녀는 그 석 잔의 술을 그릇 하나에 쏟아붓더니, 단숨에 비웠다. 그리고 비연에게 그릇의 바닥을 보여 주었다.

주변 사람들은 상당히 놀랐다. 여자인 회녕 공주가 이렇게 호방할 줄은 몰랐던 것이다. 보통 여자라면, 술을 좀 한다 하더라도 한입에 한 잔을 마시는 게 보통이었다.

비연은 그 모습을 보며 속으로 냉소했다. 회녕 공주가 공평하게 마시겠다고 한 것은 분명 과시하기 위한 것이다!

회녕 공주가 아주 만족스러운 듯 말했다.

"고비연, 잔을 사용할지 그릇을 사용할지는 알아서 고르도록 해! 본 공주가 너를 괴롭혔다고 뭐라 하지 말고! 방금 그렇게 대담하게 나온 걸 보면, 너도 그릇을 고르겠지?"

비연이 정말로 그릇을 고른다면 회녕 공주도 버티기 어려울 터였다. 회녕 공주의 주량이 아무리 좋다 해도 연이어 두 번이나 단숨에 그렇게 많은 술을 마시는 건 무리였다. 그녀는 비연이 감히 그릇을 고르지 못할 거라 생각하고 일부러 허세를 부렸다.

주변의 사람들도 모두 비연이 체면을 구기기를 기대해 마지않았다. 그러나 비연은 그릇을 집어 들더니 매우 흥미롭다는 듯 양을 살펴보았다. 그리고 눈을 반짝이며 그릇을 선택했다.

순간 모두 깜짝 놀랐을 뿐 아니라 감히 믿을 수도 없었다. 그러나 누가 또 짐작할 수 있었겠는가. 비연이 갑자기 손에서 힘을 풀더니 그릇을 집어 던졌다. 그리고 회녕 공주 앞에 있던 술 항아리를 들더니 재미있다는 듯 미소 지었다.

"항아리를 고르겠어. 이렇게 하면…… 설마 너를 너무 괴롭히는 건 아니겠지?"

온 장내가 적막에 빠져들었고, 회녕 공주는 멍한 표정을 지었다.

"너, 너…… 허세는 그만 부리는 게 어때? 느, 능력이 되면……."

회녕 공주가 말을 끝내기도 전에 비연이 술 항아리를 입에 가져가더니 꿀꺽꿀꺽 마시기 시작했다.

모두 깜짝 놀라 비연을 뚫어져라 쳐다보며, 한순간도 눈을 떼지 않았다. 이 세상 무서운 줄 모르는 왜소한 여자의 몸에서 무어라 표현할 수 없는 대범함이, 호방함이 넘쳐흐르고 있었다. 남자조차도 범접할 수 없을 정도였다!

정역비도 보고 있었다. 이미 취기가 오른 그는 황홀한 눈빛으로 비연의 모습을 지켜보다가 갑자기 또 정신이 들었다. 그는 하하 소리 내어 웃기 시작했는데, 그 웃음소리에는 아주 바보 같은 구석이 있었다.

그는 알게 된 것이다. 자신이 원한 여자가 바로 이런 여자라는 것을. 그래, 바로 이런 여자였다!

창밖의 군구신도 비연의 모습에 놀라고 있었다. 그는 분노를 잊은 채 그녀를 물끄러미 바라보았다. 그 깊디깊은 눈빛에는 뜻밖에도 홀린 듯한 빛이 서려 있었다!

그는 그녀가 자신에게 반해 있는 모습을 보았고, 일부러 어리석은 척하는 것도 보았다. 그녀가 분노하여 인상을 찌푸리는 것도 보았고, 공손하게 자신의 뜻에 따르는 모습도 보았다. 그리고 그녀가 패기 있게 고집부리는 모습도 보았다. 그러나 그녀가 이렇게 마음껏 대범하게 구는 모습을 본 것은 처음이었다.

대체 비연에게는 그가 보지 못한 모습이 얼마나 더 있는 걸까?

한 항아리의 술을 단숨에 다 마시는 것은 일반적인 주량의 남자로서도 어려운 일이었다. 그러나 비연은 그것을 해냈다. 사람들이 숨죽이고 지켜보는 가운데 그녀는 항아리를 깨끗하게 비웠다.

쨍그렁!

비연이 항아리를 바닥으로 집어 던졌다. 항아리가 깨졌으나 남은 술은 보이지 않았다.

이때, 사람들은 아직도 정신을 차리지 못하고 있었다. 그중에서도 회녕 공주는 가장 심각했다.

비연은 침착한 발걸음으로 다가가 새 술 항아리를 들어 회녕 공주 앞에 내려놓고 미소 지었다.

"기 소부인, 당신 차례야!"

회녕 공주는 정신을 차렸으나 곧 다시 멍해지고 말았다. 그녀는 대체 어떻게 해야 할지 알 수 없었다.

비연의 눈가에 교활한 빛이 스쳐 갔다. 그녀는 일부러 도전하듯 말했다.

"모습을 보아 하니 못 하겠는 모양이군. 본 소저는 원래 다른 이의 패배 선언을 받아들이지 않지만, 만약 정 대장군에 대한 발언을 사과한다면 본 소저가 너에게 패배를 인정할 기회를 줄 것을 고려해 보지!"

이 말이 회녕 공주를 자극했다.

회녕 공주가 앞으로 나오더니 두 손으로 술 항아리를 안아 들고 마시기 시작했다. 그러나 얼마 마시지 못하고 그만 술 항아리를 내려놓고 말았다.

비연이 소리 내어 웃기 시작했다. 회녕 공주는 당황하여 다시 항아리를 끌어안고 마시기 시작했다. 대황자와 운 귀비는 체면 때문에 막을 수도, 막지 않을 수도 없었다.

대황자가 속삭였다.

"모비, 어떻게 하면 좋겠습니까?"

모비가 그녀를 처리해 줄 것이다

운 귀비는 회녕 공주를 바라보며 잠시 머뭇거리다가 결국은 막지 않기로 했다.

"회녕을 조금 고생하게 하자꾸나. 본 궁은 고비연이 너희 남자들 여럿보다 대단할 거라고는 생각지 않는다!"

운 귀비가 그렇게 속삭이며 이미 만취한 팔황자 군한인을 바라보았다. 그녀의 눈에는 악독한 간계가 가득했다.

비연은 회녕 공주를 바라보면서도 계속 운 귀비 모자에게 신경 쓰고 있었다. 저 모자가 얼마나 악독한지 그녀는 아주 잘 알고 있었다.

사마귀가 매미를 잡으면 참새가 기다리고 있다고 했다. 저들은 그녀를 이미 잡힌 매미라 여기고 있었으나, 사실 그녀는 그 뒤에서 사마귀를 잡기 위해 기다리고 있는 참새였다!

그녀는 이미 말한 적이 있었다. 이번에 그들을 고분고분해지도록 길들일 거라고. 반드시 그럴 거라고!

회녕 공주가 가까스로 한 항아리를 비웠다.

그러나 항아리를 내려놓는 순간 속이 뒤집히며 구역질이 났다. 몇 번 마른 구토를 했다. 하지만 아무것도 토해 내지 못한 채 바로 혼절해 버렸다.

비연은 나른한 표정으로 이 모든 장면을 바라보고 있었다.

그녀는 팔짱을 끼고 탁자 위에 앉아, 눈썹을 치켜세우며 주위의 남자들에게 말했다.

"계속 보지만 말고, 누가 먼저 할 생각이죠?"

비연의 호쾌한 모습을, 모두 기꺼워할 뿐 무서워하지는 않았다. 그들이 지금까지 본 술을 가장 잘 마시는 여자도 세 항아리 이상은 마시지 못했다. 그들은 모두 흥분하여, 이 대담한 여자가 술에 취하면 어떤 모습을 보여 줄지 상상하기 시작했다.

"여기, 본 공자가 먼저 하지!"

한 세가자제가 일어나 커다란 그릇을 들더니 위선적으로 말했다.

"고 약녀, 이미 한 항아리를 마셨으니 본 공자가 양보하도록 하지. 아니면 다들 본 공자가 여자를 괴롭혔다고 할 것 아닌가. 이렇게 하지. 고 약녀가 한 그릇 마시면 본 공자는 한 항아리 마시겠어."

괴롭힘……? 어째서 방금 그렇게 핍박하면서는 자신들이 여자를 괴롭힌다는 생각은 하지 않았던 걸까? 이 남자들은 모두 쓰레기 같은 존재들이었고, 술을 마시니 원래의 모습이 드러났던 거였다!

비연이 예의 바르게 미소 지었다.

"그렇게 하면, 내가 난처하지 않을까요?"

"그럼 좋아! 고 약녀도 한 항아리, 나도 한 항아리!"

남자는 바로 말을 바꾸고는 큰 소리로 웃기 시작했다. 주변 사람들은 그가 비연을 놀린다는 것을 알고 함께 웃기 시작했다.

그가 호인은 아니라는 것을 알고 있던 비연이 일부러 힘든 표정을 지었다.

"남자가 되어 가지고, 어찌 그러는 거죠? 우리 마시는 법을 바꾸면 안 될까요?"

이 말을 들은 이들은 비연이 더 이상 마시지 못할 거라 생각했다. 운 귀비의 입가에도 무시하는 듯한 미소가 걸렸다. 그녀는 비연이 이 궁지에서 어떻게 벗어나는지 지켜볼 작정이었다.

남자가 큰 소리로 웃으며 대답했다.

"당연히 가능하지. 하지만 나 혼자 승낙한다고 될 일은 아니고, 모두 승낙해야지. 자, 어떤 방식으로 마시고 싶지? 말해 보라고."

비연은 그 말에 답하지 않고 대전 안에 있는 모든 술을 찾아오게 했다. 그런 다음 긴 탁자 위에 술 항아리들을 나란히 늘어놓았다. 항아리는 길게 몇 줄이나 늘어섰는데, 한 줄에 열 항아리가 넘었다.

비연은 그제야 더 이상 예의를 차리지 않고 남자에게 말했다.

"남자가 되어 가지고, 그렇게 천천히 마셔서야 무슨 재미가 있겠어요? 이 술들을 가지고 우리 내기하도록 하죠. 먼저 그만두는 쪽이 지는 거예요!"

이 말을 들은 모두가 얼이 빠졌다. 모두 비연이 술을 항아리째 마시고 싶어 하지 않는다 생각했는데, 그녀는 항아리째 마실 뿐만 아니라 단숨에 많이 마시겠다고 선언한 것이다!

아무리 주량이 센 남자라 해도 이렇게 많은 술을 보면 겁이

날 것이다! 더구나 그녀는 여자인데……. 농담을 하는 거겠지? 사람들을 놀라게 하려고……?

군구신과 정역비는 놀라기보다는 걱정하기 시작했다. 군구신은 가면 아래 미간을 찌푸렸다. 그리고 이미 눈이 반쯤 감겨 있던 정역비는 단단히 이를 악물더니, 계속 버티기 시작했다.

사람들이 아무 말도 하지 않는 것을 보고 비연의 입가에는 조소가 어렸다. 그녀가 도전하듯 말했다.

"저 사람이 멈춘다면, 당신들 중에서 알아서 나와서 이어받으세요. 안 되겠다 싶은 사람은 지금 당장 이 자리에서 빠지고요!"

이 말을 들은 사람들은 기분이 나빠졌고, 그중에서도 도전한 남자가 가장 화를 냈다.

"안 되겠다 싶으면? 망할 계집, 허풍이 보통이 아니군. 정말 본 공자가 너보다 못할 성싶으냐? 와라, 마시자고!"

그는 먼저 항아리를 들어 꿀꺽꿀꺽 마시기 시작했다. 비연도 즉시 항아리를 끌어안더니 통쾌하게 마시기 시작했다.

첫 번째 항아리.

남자의 속도는 느리지 않았지만 비연의 속도가 더 빨랐다. 남자는 그걸 보고 바로 더 빨리 마시기 시작했다.

두 번째 항아리, 세 번째 항아리, 네 번째…….

주변 사람들 모두 눈을 휘둥그렇게 뜬 채 비연을 바라보았다. 심지어 운 귀비와 대황자마저 경악했다. 비연의 주량이 이 정도일 줄은 상상도 못 했던 것이다!

갑자기 쨍그랑, 하는 소리가 들렸다. 남자가 술 항아리를 깨트리고, 온몸에 술을 뒤집어쓴 채 숨을 가쁘게 몰아쉬고 있었다. 그는 제대로 서 있을 수도 없는 듯 비틀거리며 바닥에 주저앉았다. 그가 진 것이다.

비연은 그제야 겨우 한숨 돌렸다. 그리고 그를 제대로 쳐다보지도 않고 고개를 돌려 사람들을 향해 외쳤다.

"다음 사람!"

비록 모두 경악하고 있었지만, 여전히 누군가가 머뭇거리지 않고 걸어 나왔다. 주량이 아무리 좋은들 혼자서 여럿을 상대할 수 있을 리 없지 않은가?

모두 이미 술을 꽤 마신 상태였다. 그러나 계산해 보면 비연이 그들보다 훨씬 많이 마셨다. 이대로 가면 괴로워지는 것은 비연일 것이다!

그러나 두 번째로 술을 마시러 나온 사람도 비연에게 패배했다. 이렇게 되니 사람들은 더욱 놀라며 의아해하기 시작했다. 곧 세 번째 사람이 나왔다.

"하하, 멈추지 말고 계속 마시라고!"

세 번째 사람은 두 항아리를 채 마시지 못하고 쓰러졌다. 비연이 아무 문제 없는 것처럼 소리 내어 웃었다.

"또 있나요?"

네 번째 사람이 여전히 망설임 없이 나왔다. 비연이 이 이상 견딜 수 없을 거라 생각하면서. 그러나 비연은 버텨 냈다.

네 번째, 다섯 번째, 여섯 번째…… 한 명 한 명 쓰러지더니 마침내 대황자만 남았다.

운 귀비와 대황자는 비연이 여전히 꼿꼿하게 서 있는 것을 보고 두 눈을 휘둥그렇게 뜬 채 굳어 있었다! 그들은 오늘에야 처음으로 비연을 알게 된 것 같은 기분이었다.

창밖, 군구신은 비연을 정면에서 볼 수 있는 곳에 서 있었다. 그는 비연의 얼굴에 떠오른 취기를 아주 뚜렷하게 읽을 수 있었다. 그는 놀란 것보다는 불쾌한 기색이 더 짙었다. 그는 그녀가 이렇게 술을 많이 마시는 걸 싫어하고 있었다.

그러나 엎드려 있던 정역비는 다시 바보처럼 웃기 시작했다. 웃고 또 웃다가 마침내 견디지 못하고 곯아떨어졌다. 그의 팔뚝에는 물어뜯은 상처에서 흐른 피가 흥건해, 보통 사람은 보기만 해도 몸이 떨려 올 정도였다.

고요한 가운데 갑자기 비연이 딸꾹질을 했다. 그녀는 잠시 멈추더니 몸을 돌려 대황자를 바라보았다.

대황자는 뜻밖에도 마음에 차오르는 두려움을 제어할 수 없었다. 그는 사실 황자들 중에서 주량이 가장 약해, 세 항아리를 넘겨 본 적이 없었다. 지금까지 그는 허풍을 부리면서, 다른 이들로 하여금 술을 마시게 하고 있었던 것에 불과했다.

비연은 술에 취해 제정신이 아닌 것 같아 보였지만, 사실 일부러 그러는 중이었다.

"대전하, 계속하실 건가요, 아니면 이만 퇴장하실 건가요?"

비연의 취한 모습이며 그 곁에 깨진 채 널브러진 술 항아리를 보고, 대황자는 그녀가 분명 세 항아리 이상 더 마실 수 없을 거라 판단했다. 그는 성큼성큼 걸어와 술 항아리를 들었다.

"허튼소리는 그만하고, 계속하지!"

비연 역시 술 항아리를 들고 꿀꺽꿀꺽 마시기 시작했다.

한 항아리.

두 항아리.

세 항아리.

대황자는 견디지 못하고 두 손으로 식탁을 짚었다. 운 귀비가 마음이 아파 입을 열려고 했을 때, 비연도 더 이상 버티지 못할 것 같은 기색을 보였다. 운 귀비는 계속 침묵을 지키기로 했다.

그러나 비연은 여전히 연기 중이었다. 그녀는 일부러 두 손으로 식탁을 짚은 채, 도저히 서 있기 힘든 듯한 모습으로 대황자에게 웃으며 말했다.

"당신, 나랑……, 하하, 나한테 졌어. 다시 한 항아리 할까? 할 수 있겠어!"

"당연하지!"

대황자는 굳세게 버티고 있었다. 그 자신이 취하는 것은 중요하지 않았다. 그저 비연만 쓰러뜨릴 수 있다면야.

그녀가 술에 취해 쓰러지면, 모비가 그녀를 제대로 처리해 줄 것이다!

분노, 이 썩을 것들

대황자가 호쾌하게 네 번째 항아리를 들었다. 그러나 한 입 마시기도 전에 갑자기 그의 몸이 앞으로 기울어지더니, 식탁 위에 쓰러졌다. 술 항아리 역시 떨어져 깨지고 말았다.

일어나려 했지만, 아무리 용을 써도 일어날 수 없었다. 위가 마치 진흙 반죽이 된 것 같은 기분이었다. 그는 비연을 바라보았다. 바라보고 또 바라보다 눈을 감았다. 인사불성의 상태였다.

비연이 취한 얼굴로 소리 내어 웃었다.

"당신, 당신……, 졌다! 하하, 당신이 졌어……."

비연이 힘이 빠진 척 비틀거리며 의자에 앉아 운 귀비에게 손짓했다.

"그리고 당신이 있군……. 이리 와, 와서 마셔 보라고……. 얼마나 마실 수 있나."

운 귀비의 얼굴이 붉으락푸르락했다. 그녀는 차가운 눈으로 비연을 노려보며 아무 말도 하지 않았다.

비연의 얼굴은 분홍빛이었다. 그녀는 희미하게 웃으며 몸을 일으켜 운 귀비에게 다가가려 했다. 그러나 제대로 서 있지 못하고 다시 자리에 주저앉고 말았다. 그녀는 계속 웃으며 천천히 눈을 감고 더 이상 움직이지 않았다.

운 귀비는 신중한 사람이었다. 그녀는 바로 몸을 일으키지 않고, 앉은 채 비연을 한참 지켜보았다. 그다음에야 몸을 일으켜 한 걸음 한 걸음 비연에게로 다가갔다.

그녀는 비연의 턱을 잡고 한번 노려본 다음 놓아주었다. 그녀의 입에서 차가운 목소리가 흘러나왔다.

"지옥문이 열리지 않았는데도 어떻게든 들어가려고 안달이니. 하하, 그렇다면 도와주어야겠지."

곁에 있던 늙은 여관이 운 귀비의 뜻을 바로 알아들었다. 여관은 비연을 바닥으로 끌어 내린 후, 그녀의 겉옷 단추를 모두 풀고 허리띠도 풀어 놓았다.

그들이 이러는 의미는 깊이 생각하지 않아도 알 만했다. 주변에 이렇게 많은 남자가 있고 여자는 비연뿐이다. 모두 곤드레만드레 취한 상태에서, 단정하지 않은 옷차림으로 이렇게 누워 있는 장면을 누군가에게 들킨다면?

한 여자에 여러 남자라, 얼마나 황당한 일인가. 보통 사람이라면 상상도 못 할 정도로 음란해 보일 것이다!

여관은 잠시 머뭇거리다가 비연의 겉옷을 벗기고, 안에 입고 있던 옷의 옷깃을 풀어 어깨 아래까지 끌어 내렸다.

"귀비마마, 보시지요."

운 귀비는 흘깃 보고는 만족스럽지 않은 듯 외쳤다.

"더 벗겨라!"

여관이 계속 비연의 옷을 벗겼고, 마침내 가장 속에 입고 있던 내의가 드러났다. 그제야 운 귀비는 만족했다.

"됐다. 그대로 눕혀 두어라. 그 애 근처에 있는 몇 명의 옷도 모두 벗겨라!"

여관은 명에 따라 즉시, 취해서 쓰러져 있던 주변의 세가자제들이며 황자들의 옷을 모두 벗겼다. 이것은 분명 한 여자를 지독하게 괴롭힐 수 있는 음란한 장면이었다!

이 순간, 취한 척 쓰러져 있던 비연은 속으로 욕설을 퍼붓고 있었다. 그야말로 분노가 폭발하기 일보 직전이었다.

그녀는 운 귀비가 그녀에게 남자 하나를 안배해 줄 거라 생각했지, 이 정도까지 악랄할 줄은 상상도 하지 못했다. 상황을 모르는 이가 이 모습을 본다면 어떻게 생각할까? 황상이 그녀를 위해 상황을 처리해 주려 한다 해도, 누구를 찾아 책임을 지게 만들 것인가?

운 귀비는 확실히 육궁의 주인이었다. 충분히 잔인한 사람이었다!

비연이 속으로 분노를 터뜨리고 있을 때, 여관이 속삭이듯 물었다.

"귀비마마, 공주마마와 대전하는……."

운 귀비는 잠시 침묵하다가 말했다.

"그럴 필요 없다. 그대로 누워 있게 두어라. 황상께서는 의심이 많으시니, 조금이라도 이상한 점이 있으면 본 궁을 의심하실 수 있다."

운 귀비는 당연히 황상을 직접 찾아갈 생각은 없었다. 그녀는 침궁으로 돌아가, 두통 때문에 일찍 물러 나와 아무것도 모르는 척할 생각이었다.

회녕과 대황자도 여기 취해 쓰러져 있는 것을 보면 황상은 운 귀비를 의심하지 않을 것이다. 그녀는 회녕과 대황자가 욕을 먹는 한이 있더라도 이 연극을 끝까지 상연할 계획이었다!

여관이 고개를 끄덕였다.

"마마께서는 과연 주도면밀하십니다."

여기까지 들은 비연의 입가에 차가운 미소가 어렸으나 잠시뿐이었다. 그녀는 계속 평온한 얼굴로 누워 있었다.

운 귀비와 여관은 이야기를 나누며 후문으로 나갔다. 곧 대전 안이 고요해졌다.

창밖의 군구신은 이미 분노가 극에 달한 상태였다. 운 귀비와 여관이 자리를 떠난 것을 확인한 후, 그는 바로 안으로 들어가 비연을 구하려 했다. 그러나 망중이 갑자기 나타났다.

"전하, 어찌……."

망중이 입을 떼자마자 군구신이 바로 몸을 돌리더니, 제 몸으로 반쯤 열린 창을 가로막고 차갑게 명령했다.

"몸을 돌려라!"

망중은 대체 어찌 된 일인지 알 수 없어 멍한 표정을 지었다. 군구신의 목소리가 더욱 날카로워졌다.

"몸을 뒤로 돌리란 말이다!"

망중은 그제야 정신을 차리고, 이유는 알 수 없었지만 망설임 없이 몸을 돌렸다.

군구신은 그제야 자신도 몸을 돌려 대전 안으로 들어가려 했다. 그러나 그의 눈에 비친 것은…… 비연이 천천히 바닥에서 일어나는 장면이었다.

공교롭게도 비연은 그가 있는 쪽을 향하고 있었고, 어깨도 반 이상 드러나 있었다. 옥같이 새하얀 팔이 보일 듯 말 듯, 춤이라도 추듯 아름답게 움직이니 너무나도 유혹적이었다! 게다가 지금 이 순간 비연의 그 작은 얼굴은…… 두 볼은 붉게 달아오르고, 취기 때문인지 몽롱한 것이 그야말로 사람을 매혹시키는 작은 요정 같았다!

군구신은 오늘 밤 두 번째로 멍해지고 말았다. 그러나 비연은 이 순간 자신이 얼마나 매력적인지 알지 못했다. 침착하게 옷을 챙겨 입은 그녀가 바로 회녕 공주를 돌아보았다. 눈가에는 차가운 빛이 반짝였다.

비연이 숨을 거칠게 몰아쉬며 욕설을 내뱉었다.

"이 썩을 것들!"

운 귀비는 천무제가 의심이 많다는 것을 알기에 주도면밀하게 일을 처리했다. 그러나 안타깝게도, 이 '주도면밀함' 때문에 운 귀비가 패하게 될 것이다.

비연이 방금 회녕 공주에게 술을 강권했던 것은 그저 재미로 그런 것이 아니었다. 상대방의 계략을 역이용할 준비를 했던 것이다!

그녀가 처음에 세웠던 계획도 이에는 이, 눈에는 눈이라고, 회녕 공주에게 세가의 자제 하나를 붙여 주려는 것이었다. 그러나 지금 그녀는 생각을 바꿨다! 운 귀비가 그렇게 악랄하게 군 이상, 그녀가 더욱 악랄하게 되돌려 주지 않는다면 운 귀비

같은 이는 영원히 교훈을 얻지 못할 것이다!

"너희가 먼저 인을 행하지 않았으니, 나에게 불의하다고 탓하지는 마라!"

비연은 방금 여관이 자신의 옷을 벗겼던 그대로 회녕 공주의 옷자락을 풀어 헤쳤다. 그리고 회녕 공주의 친오라비인 대황자 군요성을 끌고 와 그를 회녕 공주 위에 엎드리게 하고, 그의 옷도 살짝 풀어 주었다.

비연은 다시 주변을 살펴보고는, 별다른 문제가 없다는 것을 확인한 후 자신의 자리로 돌아가 엎드리고 계속 취한 척했다.

창밖에 있던 군구신이 정신을 차렸다. 그는 자신이 굳이 몸을 드러내어 비연을 구할 필요가 없다는 사실을 깨닫고 있었다.

그는 비연이 악랄하다고는 전혀 생각하지 않았다. 오히려 그의 입가는 살며시 위로 올라가고 있었다. 마치 어쩔 수 없다는 듯이.

군구신은 비연이 위험하거나 힘든 일을 처리하는 능력이 그가 상상했던 것보다 훨씬 더 뛰어나다는 것을 발견했다. 비연은 과감하고, 충분히 독했다. 그러나 아무리 그렇다 하더라도 그는 여전히 비연이 이런 위험을 마주하는 일이 없기를 바랐다.

그는 바닥에 흩어진 술 항아리를 바라보며 속으로 고민하기 시작했다. 그녀에게 어떤 신분을 주어야 그녀가 이런 불필요한, 귀찮은 일들을 피하게 할 수 있을까?

군구신이 생각에 빠져 있는 동안 비연은 쉬고 있었다. 거대한 태극전은 적막에 빠져 있었고, 모든 것이 정말로 잠이 든 것 같았다.

그러나 얼마 지나지 않아 초청받지 않은 황자며 공주들이 소식을 듣고 달려왔다. 그들이 들은 소식은 바로 팔전하와 정역비가 비연 때문에 질투하며 다투다가 술 시합을 벌였다는 것이었다. 물론 운 귀비가 퍼뜨린 이야기였다.

대전 문은 닫혀 있었고, 각 궁이며 저택에서 온 노비들은 밖에서 기다리고 있었다. 노비들은 황자며 공주들이 몰려오는 것을 보고는 이유를 몰라 고개를 갸웃했다. 서로 사정을 물어도 아는 이가 없으니 다들 답답할 지경이었다.

그때, 밖에서 매 공공의 고함 소리가 들렸다.

"황상께서 행차하신다!"

천무제도 다른 이들과 똑같은 소식을 들었다. 그는 본래 그대로 자려 했지만, 분노를 이길 수 없어 즉시 달려온 것이었다.

사람들 모두 양옆으로 나뉘어 길을 만들었다. 매 공공이 천무제보다 한 발 앞서 대전의 문을 열었다.

천무제가 대전 안으로 들어가자, 황자나 공주들은 물론이고 노비들까지 모두 기웃거리기 시작했다.

이 짐승 같은 놈, 죽여 버리겠다

대전에 들어선 순간, 천무제는 눈에 들어온 광경에 그만 얼이 빠지고 말았다.

그의 시선은 회녕 공주와 대황자에게 못이라도 박힌 듯 달라붙어 떨어질 줄 몰랐다. 뒤를 따르던 이들도 대전 안의 상황을 보고 모두 눈을 휘둥그렇게 뜬 채 멈춰 섰다.

세상에! 팔전하와 정역비가 비연 때문에 흉흉하게 술내기를 하고 있던 거 아니었나? 대체…… 어떻게 이럴 수가 있지! 회녕 공주가…… 대황자와……. 저들은 친남매가 아닌가! 저들이 대체 뭘 하고 있는 거지?

거대한 태극전이 침묵에 휩싸여 있었다. 마치 이곳에서는 바람마저 멈추고, 공기마저 응고되어 버린 것 같았다. 분위기는 언제라도 폭발할 듯 긴장된 상태였다.

얼마나 지났을까, 갑자기 천무제가 소리쳤다.

"여봐라!"

명령을 내리기 전에 그가 돌연 선혈을 토해 냈다. 의심할 바 없이 분노 때문이었다.

"황상, 황상! 여봐라! 소 태의! 어서 소 태의를 불러와라!"

매 공공이 고함쳤다. 이때야 겨우 모두 정신을 차렸고, 황자들이 서둘러 앞으로 다가가 천무제를 부축하려 했다.

그러나 천무제는 그들의 손을 떨쳐 냈다. 너무도 분노한 나머지 누구와도 닿고 싶지 않았다.

"너희, 너희 모두…… 짐의 근심을 덜어 주지는 못할망정, 모두 짐이 죽기만을 바라고 있는 게지, 응?"

그는 스스로 벽을 짚은 채 바닥의 대황자와 회녕 공주를 가리키며 소리쳤다.

"어서 저들을…… 저들을 깨우지 못하겠느냐! 어서 모두를 깨워라! 즉시! 어서!"

매 공공은 그제야 서둘러 사람을 떨어뜨려 놓아야 한다는 사실을 깨달았다. 그는 재빨리 달려가 대황자를 끌어냈다. 그러나 대황자를 끌어내는 순간, 회녕 공주의 속옷이 드러나고 말았다.

주변에 있던 모든 이들이 헉, 숨을 들이마셨다. 회녕 공주와 대황자가 술에 취해 대체 무슨 짓을 벌인 것인지, 얼마나 난잡한 행동을 한 것인지 감히 상상조차 할 수 없었던 것이다.

천무제가 고개를 돌렸다. 그는 극도로 분노해 미친 듯 소리쳤다.

"운 귀비를 불러오라!"

매 공공이 직접 운 귀비를 부르러 갔다. 태감들 무리가 물을 떠 와서는 누가 누구인지 보지도 않고, 술에 취해 쓰러져 있는 이들의 얼굴이며 머리에 사납게 물을 뿌렸다.

비연은 천무제의 분노한 목소리를 듣고 고소해하는 한편, 속으로는 죄책감을 조금은 느끼고 있었다. 그러나 그녀는 곧 그

것을 무시하기로 했다!

자식을 아낄수록 엄해지는 법이고, 회녕 공주조차 평소에 제 부황이 분노할까 봐 신경을 썼다.

그런데 그녀는? 부모도 없고, 의지할 친척도, 연고도 없다. 유일하게 그녀 곁에 있던 백의 사부마저 그녀를 버렸다.

오늘 단정하지 못한 옷차림으로 대전에 쓰러져 있던 사람이 그녀였다면, 누가 그녀를 위해 저리 분노해 주었을까? 아마 모두 비웃고 그녀를 욕했을 것이다.

정왕 전하는…… 화를 내겠지?

그래, 분명히 그럴 것이다. 그러나 그의 분노는 그녀가 정왕부의 체면을 떨어뜨렸기 때문일 것이다. 그리고 그녀와 정왕 전하 사이의 인연은 곧 끊기고 말았을 것이다.

비연은 마음에 떠오른 실망감을 재빨리 지우고 더 이상 생각하지 않기로 했다. 다만 앞으로도 이 원칙만을 기억할 것이다. 타인이 나를 해치지 않으면 나도 타인을 해치지 않는다. 그러나 타인이 나를 해치려 하면 나는 반드시 그를 해칠 것이다. 그가 나를 다시 해치려 하면 뿌리까지 뽑아 버릴 것이다!

이번에 그녀가 악랄하게 굴지 않는다면, 다음번에 운 귀비는 분명 지금보다 더 독한 방법을 쓸 것이다.

이 세상의 정상에 있는 사람은 부유하거나 존귀하거나 혹은 강하거나였다. 다른 이의 발에 짓밟히고 싶지 않다면 어떻게든 위로 올라가야 했다. 그녀는 강한 사람이 되고 싶을 뿐 아니라 부유한 사람이, 존귀한 사람이 되고 싶었다!

언젠가는 그녀도 자신의 신분을 찾아내 집으로 돌아갈 길을 찾을 것이다. 그녀를 위해 분노해 줄 가족들을 찾아낼 것이다!

비연은 마음속에 이런저런 생각을 접어 두고 계속 기다렸다. 그녀는 제일 먼저 깨어난 사람이 될 생각은 없었다. 그녀는 아직도 해야 할 연기가 남아 있었다!

모두 너무 취해 있어 그렇게 쉽게 깨어나지는 못했다. 겨우 눈을 떠도 여전히 취해서 몽롱한 모습이었고, 의식도 모호해 보였다. 누군가는 바보처럼 웃으며 다시 쓰러지려 했다.

회녕 공주도 일어나 앉았다. 그녀는 멍한 표정으로 사람들을 바라보았다. 자신의 옷차림이 어떠한지도 깨닫지 못한 모습이었다. 대황자는 일어나 앉자마자 다시 쓰러져 잠이 들었다.

이 모습을 본 천무제가 더욱 화가 나서 채찍을 가져오라고 명령했다. 그가 직접 사납게 대황자에게 채찍을 내리쳤다.

대황자가 튕기듯 일어나 앉았으나 여전히 정신을 차리지 못했다. 천무제가 다시 한번 채찍질하자 대황자도 마침내 정신을 차렸다. 그는 천무제의 분노한 얼굴을 보자, 이유도 모르면서 무의식적으로 무릎을 꿇었다.

"부황!"

"네 이 짐승 같은 놈! 개만도 못한 놈 같으니!"

천무제는 그를 채찍질하며 분노하여 외쳤다.

"짐이 오늘 너를 죽여 버리겠다. 너를 살려 두어 사람들의 웃음거리가 되고, 또 이런 꼴을 보느니!"

"부황, 저, 저는…… 부황, 살려 주십시오!"

대황자는 여전히 무슨 일이 벌어졌는지 이해하지 못하고 있었다. 그는 몸을 피하며, 비연을 찾기 위해 주위를 둘러보았다.

너무나 답답했다. 부황과 사람들이 모두 왔는데 어째서 비연 주변을 둘러싸고 있지 않은 걸까? 부황은 왜 그를 채찍질하고 있는 걸까? 설마 모비의 계획이 들킨 걸까? 그렇지는 않겠지?

천무제가 마침내 채찍질을 멈췄다. 제대로 서 있기도 힘든 것 같았다.

"짐승 같은 놈, 어찌…… 어찌 여동생조차……! 아, 너는……."

이 말을 들은 대황자는 당황하여 무의식적으로 회녕 공주를 바라보았다. 그제야 그는 회녕 공주가 마치 누군가에게 무슨 일을 당하기라도 한 것처럼 옷차림이 엉망이라는 사실을 깨달았다.

그는 회녕 공주를 가리키며 더듬거렸다.

"회녕, 너……."

회녕 공주는 멍한 표정으로 고개를 숙였다가 마침내 제 옷이 반쯤 벗겨져 있는 것을 발견했다.

"악……, 악……! 죽고 싶어!"

그녀가 날카롭게 비명을 지르며 이해할 수 없다는 듯 대황자를 보다가 몸을 돌려 뛰어나갔다.

그때 운 귀비가 도착했고, 하마터면 뛰어나가던 회녕 공주와 부딪칠 뻔했다. 그녀가 공주를 막으려 했지만 막을 수 없었다.

운 귀비는 도저히 믿을 수가 없었다. 그러나 이 장면을 보니 믿지 않을 수도 없었다. 그녀는 대체 어떻게 된 일인지 생각할 여유도 없이 그저 그 자리에 못 박힌 듯 멈춰 섰다. 머릿속이 텅 빈 것만 같았다.

대황자는 마침내 확실하게 정신을 차리고, 격동하여 외쳤다.

"부황, 아닙니다! 제가 아닙니다! 제가 그랬을 리가요…….
제가 그런 일을 저질렀을 리 없습니다! 아닙니다!"

천무제가 그의 얼굴 위로 채찍을 내리치며 노성을 질렀다.

"짐이 직접 보았거늘, 아직도 거짓말을 하는 게냐?"

대황자가 생각할 겨를 없이 외쳤다.

"부황께서 무엇을 보셨단 말입니까?"

"너……, 이……."

방금의 그 장면을 떠올리자 천무제의 말문이 막히고 말았다.
그는 아무 말도 하고 싶지 않아 바로 명령했다.

"여봐라, 이 축생을 황릉으로 보내 반성하게 하라! 짐의 윤
허 없이는 풀어 주어서는 아니 된다!"

그제야 운 귀비는 겨우 정신을 차리고, 서둘러 천무제의 발
아래 엎드려 애걸했다.

"황상, 노여움을 삭히세요! 황상, 요성과 회녕이 대체 무슨
일을 했겠어요? 그건…… 그건 분명 오해일 거예요! 분명!"

천무제는 그녀에게 발길질한 후 반문했다.

"이 연회를 주관한 게 너 아니냐? 대체 무슨 짓을 한 게냐?
저들은 왜 저리 취해 있고? 말하라!"

"신첩은……, 신첩은……."

운 귀비는 자기 혼자 책임을 질 생각이었다. 정역비의 목숨

을 취하고 비연의 명예를 더럽히는 책임을. 그녀 혼자 책임을 진다면 딸의 사정이 나아질 테고, 아들도 기씨 가문과 계속 좋은 관계를 유지할 수 있을 것이다. 기씨 가문의 지지를 얻을 수 있다면 이건 수지맞는 장사였다.

하지만 지금, 어째서 이렇게 된 걸까? 그녀의 계략을 망친 건 대체 누구일까? 그리고…… 비연은?

운 귀비는 겨우 비연을 생각해 냈다. 그녀가 고개를 돌려 보니 비연의 옷차림은 아주 단정했다. 비연은 물에 젖은 상태로, 식탁 위에 엎드린 채 자고 있었다.

먼저 손을 쓰는 쪽이 이기는 법

아무 일도 없는 듯한 비연을 보고 운 귀비는 숨을 들이켰다.

그녀는 마침내 비연이 취한 척했을 뿐이라는 사실을 알게 되었다. 이 모든 것이 비연의 짓이었다!

그녀가 갑자기 덜덜 떨기 시작했다. 자기 자신도 이 떨림이 분노 때문인지, 두려움 때문인지 알 수 없었다. 아마도 분노와 두려움, 두 가지 모두 때문일 것이다!

비연이 돌아와 모든 이들에게 도전하던 그 순간부터 모든 것이 비연의 계획에 있었던 것이다! 비연이 회녕을 자극한 것도, 그저 상황을 혼란스럽게 만들기 위해서가 아니라 회녕을 취하게 만들기 위해서였던 것이다.

운 귀비는 당장이라도 달려가 비연을 갈기갈기 찢어 버리고 싶었다. 그러나 그럴 수는 없었다. 그녀는 자신이 엉망진창으로 패배했다는 것을 인정하지 않을 수 없었다!

이런 일이 벌어졌으니 요성의 삶은 망가진 거나 다름없었고, 회녕 역시 마찬가지였다. 그녀가 전부 책임진다 해도 기씨 가문은 더 이상 그들을 용서하지 않을 것이다.

그녀가 할 수 있는 유일한 일은, 최대한 이 일의 영향을 줄여 자신과 기씨 가문의 최후의 존엄이나마 지키는 것이었다.

그녀는 다급하게 변명했다.

"황상, 신첩은 몸이 좋지 않아 먼저 자리를 떠났습니다. 신첩이 떠날 때 저들은⋯⋯, 저들은 아직 멀쩡한 상태였고요. 이런 상황이 될 줄은 몰랐습니다! 황상, 이건 분명 오해입니다!"

그녀가 자신을 둘러싼 무리들을 바라보며 차가운 목소리로 말했다.

"오늘의 일은 오해에 불과하다. 너희가 감히 이 일에 대해 말하고 다닌다면, 목숨을 보전하기 어려울 것이다!"

이 말은 주변 사람들에게 하는 말일 뿐 아니라 천무제에게 하는 말이기도 했다. 그녀는 천무제를 일깨우고 있었다.

이왕 이런 일이 발생한 이상 요성과 회녕에게 퇴로를 열어 주어야 했다. 이 일이 밖으로 새어 나간다면 황족에게는 말할 것도 없고, 기씨 가문에게도 좋지 않았다!

낮은 목소리로 수군거리던 사람들이 운 귀비의 경고에 쥐 죽은 듯 고요해졌다.

예전이라면 천무제도 운 귀비의 경고를 이해하고, 운 귀비가 지혜로워 대국을 볼 줄 안다 여겼을 것이다. 그러나 지금은 운 귀비가 잔머리를 쓰고 있다는 생각이 들었다.

그는 화가 머리끝까지 났지만 지금은 어느 정도 진정이 된 상태였다. 그리고 이미 이 일의 영향을 생각하고 있었다.

그는 대황자에게 퇴로를 열어 주고 이 일이 그저 오해일 뿐이라고 인정할 수도 있었다! 그러나 최소한, 그 전에 그는 이 일이 어찌 된 것인지 알아야 했다. 그렇지 않으면 오히려 진상을 감추려다 더 큰 것이 드러날 수도 있었다.

이 자리에는 궁 안에 사는 이들뿐 아니라 세가의 자제들 몇과 그들의 시종들도 있었다.

그는 냉랭한 목소리로 군요성에게 질문했다.

"말하라. 너희 모두는 무엇 때문에 이렇게 취한 것인지."

군요성은 이미 시위들에게 잡힌 상태였다. 그는 무어라 대답해야 할지 알 수 없어 운 귀비를 바라보았다.

비연이 그들을 취하게 했다고 말한다면 부황은 분명 이 일을 처음부터 끝까지 추궁할 테고, 그들의 잘못이 전부 드러날 것이다. 어떻게 해야 할까?

군요성이 우물쭈물하자 천무제가 정역비와 군한인을 보며 외쳤다.

"너희! 너희가 말해라! 무엇 때문에 술 시합을 벌였지?"

군한인은 정말로 취한 상태였다. 지금 이 순간 그는 깜짝 놀라 망연자실하고 있었다.

그는 일부러 생각이 있어 스스로 취할 때까지 마셨다. 그러니 지금, 상황을 모르는 상태에서 감히 말을 많이 할 수는 없었다.

"부황, 소자는……, 소자는 정역비와 술 시합을 한 적이 없습니다. 소자는 그저 오늘 너무 즐거워서……. 모, 모르겠습니다. 어떻게 취한 것인지."

정역비의 얼굴은 백지장처럼 창백한 것이 아직도 술기운이 남아 있는 것 같았다. 그러나 정신은 말짱한 상태였다. 그는 이 모든 것이 비연의 결작임을 깨닫고는, 영리하게도 옆에 무릎 꿇고 있는 황자들이며 세가의 자제들을 가리키며 대답했다.

"황상, 오늘 밤 무슨 일이 있었는지는 저들이 저보다 더 잘 알 것입니다!"

천무제가 차가운 눈으로 그들을 노려보았다. 그러자 그들은 놀란 나머지 제 죄를 털어놓기 시작했다.

그들은 운 귀비와 대황자에 대해 자백했다. 운 귀비가 그들을 초청했고, 대황자가 그들로 하여금 비연을 괴롭혀 정역비가 대신 술을 마시게 만들도록 했노라고. 정역비가 태극전에서 술에 취해 쓰러지도록 말이다.

그들은 왁자지껄하게 진상을 털어놓으며, 어떻게든 책임을 면하고 용서를 빌려고 했다.

이 이야기를 들으면서 모든 이들은 비연의 주량에 놀랐다. 그러나 그보다 운 귀비의 악독함에 더욱 놀랐다.

마침내 천무제가 철저하게 분노했다. 이제 이 일이 어떤 영향을 끼칠지조차 신경 쓸 계제가 아니었다. 그는 분노하여 시위를 질책했다.

"뭣들 하고 있느냐? 어서 저 녀석을 끌어내지 않고! 오늘 밤 당장 황릉에 가두어 버려라! 짐은 다시는 저 녀석을 보지 않겠다!"

"부황! 부황, 소자가 잘못하였습니다! 부황, 용서해 주십시오! 부황……!"

대황자는 비명처럼 용서를 구했으나 천무제는 그에게 눈길조차 돌리지 않았다. 대신 옆에 무릎 꿇고 있던 운 귀비를 바라보며 실망이 가득 밴 목소리로 말했다.

"여봐라, 이 천한 계집을 냉궁으로 보내라! 짐은 평생 다시는…… 그녀를 보고 싶지 않다!"

"황상, 신첩이 잘못했습니다! 황상, 신첩이 황상을 수년 동안이나 모셨으니 자비를 베풀어 주세요!"

대황자가 애걸하고 운 귀비가 울어도 천무제는 꿈쩍도 하지 않았다.

두 모자가 끌려 나가고 태극전은 죽음과 같은 적막 속에 잠겼다. 천무제는 화가 나서 숨을 몰아쉬고 있었다.

그의 시선이 마침내 비연에게로 떨어졌다. 그는 이 세상 물정 모를 것 같은 젊은 여자가 그렇게 술을 잘 마실 거라고는 생각한 적 없었다.

그리고 지금 이 순간, 비연을 노려보는 이가 하나 더 있었다. 바로 군한인이었다. 그는 복만루에서 비연을 만났던 때를 떠올렸다. 그때 비연의 주량은 결코 그렇게 세지 않았다!

그날 그녀는 일부러 취한 척했던 걸까? 무엇 때문에? 그의 혼잣말을 그녀가 전부 다 들었단 말인가?

고민하고 또 고민하던 중에 군한인은 홀연히 깨달았다. 맞다! 비연이 군한인 자신을 사모했던 것조차 연극으로 그랬던 것이다!

다만 그는 이해할 수 없었다. 무엇 때문에 그런 연극을 한단 말인가? 그에게서 대체 뭘 얻어 내려는 거지?

그는 이 망할 계집이 무슨 생각을 했건 먼저 손을 쓰는 편이 나으리라고 생각했다!

군한인은 부황의 시선을 받자 바로 침착하게 고개를 숙이고 무고한 척했다.

천무제가 모든 이들을 하나하나 훑어보며 차갑게 말했다.

"오늘 밤의 일이 밖으로 새어 나간다면, 그 결과는 스스로 책임져야 할 것이다!"

말을 끝낸 황제가 그 자리를 떠나려 했다. 그러나 바로 그 순간, 충분히 휴식을 취한 비연이 갑자기 소리쳤다.

"마셔! 어째서 모두 안 마시는 거지!"

천무제가 바로 발걸음을 멈추고 몸을 돌렸다. 다른 이들도 모두 비연을 바라보았다.

비연이 천천히 식탁 위로 기어 올라갔다. 그녀의 얼굴은 취기로 발그레했다. 그녀는 얼굴의 물기를 닦아 내며 사람들에게 바보 같은 미소를 지어 보였다.

"마시자고요! 다들 뭐 하는 거예요? 가면 안 돼! 오늘 밤 흥이 다하도록 마시지 않으면 아무도 갈 수 없어! 계속하자고요!"

정역비는 답답했다. 운 귀비 등이 모두 받을 징벌을 받았는데 비연은 또 무엇을 하려는 걸까?

그는 한참을 망설였지만 결국은 그녀를 막지 않았다.

천무제는 그저 비연이 너무 많이 마셔서 주정을 부리는 거라고 생각하고 차갑게 말했다.

"여봐라, 저 아이를 돌려보내 주어라!"

그러나 비연이 갑자기 식탁 위의 술잔을 들어 올리더니 팔황자를 향해 소리쳤다.

"팔전하, 오늘 밤 아직 제가 축하주를 마시지 않았지요! 전하께서 저에게 그렇게 잘해 주시는데, 제가 꼭 축하해 드려야겠어요!"

이 말을 들은 천무제가 비연에게 다가가던 궁녀들을 가로막았다.

팔황자가 불안한 마음에 화제를 돌리려 했다. 그러나 비연이 먼저 입을 열었다.

"팔전하, 그 비파 잎 또 필요하세요? 제가 꿀에 재워 놓은 것이 아주 많아요. 후후, 며칠 지나면 보내 드릴게요!"

이 말을 들은 팔황자의 안색이 변했고, 천무제의 얼굴 역시 변했다.

비연은 몸을 일으켰지만 몇 걸음 비틀거리다가 일부러 바닥에 쓰러졌다. 그녀는 만족스러운 기분으로 눈을 감고 다시 일어나지 않았다.

화월산장에서 돌아온 후로, 천무제는 그녀에게 무엇인가를 묻기 위해 입궁시키지 않았다. 그녀가 오늘 부득이하게 자신의 주량을 드러냈으니 분명 군한인의 의심을 살 것이다. 그러니…… 먼저 손을 쓰는 자가 이기는 법이다!

작은 것을 참지 못하면 큰일이 벌어지는 법

비연이 만족스럽게 쓰러졌다.

천무제가 즉시 군한인에게 심문하는 듯한 눈빛을 던졌다. 그는 원래 군한인에 대해 그저 조금 의심하는 정도였다.

그러나 지금은, 이 세속의 정치에서 멀리 떨어져 강호를 사랑한다던 아들이 그동안 연극을 하고 있었다는 의심을 확신하게 되었다.

표리부동하다!

그 수가 지극히 깊다!

그가 속으로 중얼거렸다.

'여덟째가 비연에게 접근한 것은 분명 짐의 병세를 알아보기 위함이겠지. 그가 대체 무슨 일을 꾸미고 있는 걸까?'

제 발이 저린 군한인은 고개를 숙이고 있었다. 그는 확실히 비연에게서 부황의 병세를 알아내려 했다.

그러나 그는 부황과 비연 사이의 비밀을 알지 못했다. 부황이 병적일 정도로 이 일에 매우 민감하다는 것은 더더욱 알지 못했다.

그저 부황이, 비연이 준 비파 잎을 가지고 그가 거짓말로 공을 세우려 했기에 좀 화가 났다고만 여겼다. 그러면서 속으로, 부황의 화가 가라앉은 후에 기회를 보아 진지하게 반성하는 모습을 보이면 부황이 이런 작은 일로 그를 어떻게 하려 하지는 않을 거라 생각했다.

그리고 비연, 저 천한 계집은……. 최대한 빨리 저 입을 열게 해야 했다. 그다음에 죽여 버리면 그만이니까!

천무제도 당장 군한인을 어떻게 할 생각은 없었다. 인내하며 마음을 가라앉힌 그는 소매를 떨치고 그 자리를 떠났다.

천무제가 떠나자 대전 안에 있던 사람들 모두 황급히 도망쳤다.

정역비가 비연을 안아 들려 하는데, 하소만이 사람들 사이에서 궁녀 두 사람을 이끌고 달려오며 소리쳤다.

"정 대장군, 귀찮게 그러실 필요 없습니다! 제가 왔으니 되었습니다!"

그는 정왕 전하가 위장하고 궁에 잠입했다는 사실을 듣자 바로 망중과 함께 궁으로 왔다. 정왕 전하가 충동적으로 무슨 일이라도 저지르시지 않을까, 혹시 황상의 의심이라도 사지 않을까 두려웠던 것이다.

정왕 전하가 현재 어디 계신지는 몰랐다. 그러나 지금 비연을 보고 있을 거라는 것은 확신하고 있었다.

비연이 팔황자의 생일연에 초청받았을 때, 그는 정역비에게 비연을 호위할 기회를 주기 위해 일부러 다른 호위를 안배하지 않았다. 그러니 지금 바로 비연을 맞이해 돌아가지 않는다면, 정왕 전하께서 그에게 어떤 벌을 내리실지는 하늘만이 아실 것이다.

기분이 좋은 정역비가 궁녀를 막아섰다.

"본 장군이 배웅하겠다. 길을 안내하라!"

그러나 하소만은 강경했다. 필요 없다고 말하며 직접 비연을 잡아끌었다.

정역비는 도무지 영문을 알 수 없었다.

기씨 가문이 혼약을 깬 후로 하소만은 정역비 그에게 매우 호의적이었다! 그런데 지금은 왜 이러는 걸까?

어쨌든 정역비도 강요하지 않았다. 비연이 준 환약을 먹긴 했으나 위가 아주 불편했다. 아니, 사실은 견디기 힘들 정도로 위가 아파 오던 참이었다. 그는 군한인에게 예를 챙긴 후 총총히 자리를 떠났다.

곧 태극전은 원래의 조용한 모습을 회복했다. 군구신과 망중도 자리를 떴다.

천무제는 침궁에 도착할 때까지도 화를 가라앉히지 못했다. 그가 냉랭하게 물었다.

"회녕은?"

"궁 밖으로 뛰어나갔습니다. 혹시라도…… 무슨 일이 벌어질까 싶어 시위로 하여금 따라가게는 했습니다."

매 공공이 잠시 머뭇거리다가 물었다.

"황상, 제가…… 직접 기씨 가문에 가서 상황을 설명하는 것이 어떻겠습니까?"

천무제가 노려보자 매 공공은 더 이상 말을 잇지 못했다.

천무제는 군한인에게 좀 더 관심을 보였다.

"여덟째를 제대로 살펴보도록. 이 몇 년 동안 밖에서 무엇을 하고 다녔는지, 어떤 이들과 사귀었는지도 조사하고!"

매 공공이 고개를 끄덕이며 권했다.

"황상, 마음을 편하게 하시지요. 몸도 편찮으시고, 이미 시간도 늦었습니다. 주무시도록 시중을 들겠습니다."

천무제가 잠자리에 들려다가 갑자기 물었다.

"비연도 왔는데, 정왕이 오늘 밤 정말로 오지 않았더냐?"

궁에서 열리는 중요한 연회라면 정왕에게도 초청장이 갔을 터였다. 그러나 황상이 직접 주재하는 연회가 아니면 정왕은 보통 얼굴을 드러내지 않았다. 그가 시끄러운 장소를 좋아하지 않는다는 것은 모든 이들이 아는 바였다.

천무제가 이렇게 묻는 이유는, 정왕과 비연 사이의 관계에 대해 아직 마음 놓을 수 없는 부분이 있기 때문이었다.

매 공공이 대답했다.

"오지 않았습니다. 하소만만 왔습니다."

천무제가 조금은 기꺼운 마음이 들어 약을 먹고 누웠다.

이렇게 궁 안은 평온을 되찾았으나, 막 소식을 들은 기씨 가문에는 그야말로 폭풍우가 휘몰아치고 있었다.

기 대장군이 노여움을 억제하지 못하고, 누구도 회녕 공주를 찾으러 나서지 못하게 했다. 그가 직접 공주를 찾아 제 손으로 베어 버릴 생각이었다. 서 부인과 몇몇 첩들이 있는 힘을 다해 막아도 막을 수 없는 지경이었다.

결국은 서 부인이 죽음을 각오하고 막아서서, 기 대장군이 냉정을 되찾게 했다.

"사람을 무시해도 분수가 있지! 너무 심하지 않나! 기씨 가문을 뭘로 보는 거지? 이제 우리 가문의 체면은 어떻게 되는 거냐고? 우리 욱아가…… 나중에 어떻게 사람 구실을 한단 말인가?"

서 부인도 화가 나서 울먹였지만 어쩔 수 없이 좋은 말로 달랬다.

"부군, 황상께서 대황자와 운 귀비만을 벌하고 회녕에게는 죄목을 정하지 않으셨어요! 또 그 누구도 이 일에 대해 발설하지 말라고 하셨고요. 이 일이 진짜건 아니건, 모두 오해일 뿐이에요! 부군, 잘 생각해 보세요. 우리가 계속 추궁한다면, 오히려 이 일을 사실로 만들어 버리지 않겠어요? 그렇게 되면 천하 사람들 모두 우리를 비웃겠지요!"

기 대장군도 이 이치를 알고는 있었다. 다만 도저히 분노를 삭힐 수 없었을 뿐이다. 귀한 아들이 이 일을 알게 되면 대체 어떤 반응을 보일지…….

서 부인이 울먹이며 다시 권했다.

"장군, 회녕은 어쨌든 황상의 혈육입니다. 이번 일은 우리가 참고 싶지 않다 해도 참을 수밖에 없습니다! 황상의 감정을 상하게 하느니, 차라리 이 기회를 빌려 욱에게 첩이나 얻어 줍시다. 욱아는 회녕을 건드리지 않을 거예요. 우리 욱이 독자인데…… 우리도 이후의 일을 생각해야지요!"

이 말에 기 대장군이 갑자기 냉정해졌다. 그는 서 부인을 한참 바라보다가 중얼거렸다.

"첩이라고? 진양성 밖으로 나가면 우리 가문의 며느리가 되고 싶어 하는 여자들이 널리고 널렸지! 흥! 군씨 황족이 나를 이리 대한다면, 내가 무정하다고 할 수만은 없을걸!"

서 부인은 당연히 자신의 부군이 모반할 야심을 품고 있다는 것을 알고 있었다. 그녀가 긴장하여 말했다.

"부군, 벽에도 귀가 있는 법입니다! 작은 일을 참지 못하다가 큰일을 그르쳐서는 안 되시어요!"

기 대장군도 더 이상 회녕 공주를 찾으러 나가겠다고 하지는 않았지만, 공주를 찾아오라고 다른 이에게 시키지도 않았다. 그는 기욱에게 직접 서신을 써서 황급히 보냈다.

혼자만의 힘으로는 군씨 황족에게 대항할 수 없다. 그러니 외부의 힘과 연합해야 했다. 기욱이 멀리 동쪽 변경까지 가니, 그 길에 적당한 이들을 찾을 수 있을 것이다.

기씨 가문의 등불이 하나둘 꺼지고 모든 것이 고요에 잠겨 들었다. 깊은 밤, 달과 별마저 조용한 밤이었다.

마차가 정왕부 문 앞에 멈췄다. 하소만이 사람들에게 비연을 내리라 명하려 했을 때였다. 비연이 마치 시체가 벌떡 일어나는 것처럼, 자리에서 꼿꼿하게 일어섰다.

"악!"

깜짝 놀란 하소만이 그만 발을 헛디뎌, 마차에서 떨어지고 말았다.

비연이 그런 하소만을 본체만체 마차에서 뛰어내리더니, 전속력으로 부 안으로 달려 들어갔다. 다른 이유 때문이 아니라…… 소변이 너무 급했던 것이다!

문제를 해결한 그녀가 안도의 한숨을 내쉬었다.

그녀의 주량에 내심 놀랐던 하소만이 쫓아와 물었다.

"비연, 너…… 주량이 어떻게 그렇게 센 거지? 무슨 약이라도 먹은 거야?"

비연이 헤헤 웃으며 말했다.

"하소만 나리, 우리 거래하는 게 어때?"

무슨 의미인지 이해하지 못해 멍한 그를 향해 비연이 속삭였다.

"전하의 그 약탕을 나에게 쓰게 해 줘. 그럼 어떻게 된 일인지 알려 줄 테니까. 전하도 안 계시고, 너도 말하지 않고. 그러면 아무도 모를 거 아냐."

하소만이 인상을 쓰며 냉정하게 말했다.

"꿈도 꾸지 마!"

비연도 더 이상 이야기하지 않고 명월거로 향했다.

그녀는 온몸이 젖어 있었다. 차가운 술을 많이 마셨기 때문에 약욕으로 한기를 몰아내고 술기운도 가라앉혀야 했다. 그렇지 않으면 최소한 사흘은 걸려야 몸이 회복될 터였다.

비연이 스스로 물을 끓이려 했지만 하소만에게도 양심이 좀 남아 있었다. 그가 커다란 통 가득 물을 끓여 주고는 인상을 쓰며 자리를 떠났다.

비연은 한기를 몰아내고 술기운을 가라앉히는 약재를 더한 다음 뜨거운 물에 몸을 담근 채 잠들었다.

그리고 얼마나 지났을까. 그녀가 눈을 떴을 때 시야에 들어온 것은 바로 은색 가면이었다.

그녀는 자신이 아직도 꿈을 꾸고 있다 생각하며 몽롱하게 눈을 감았다. 그러나 얼마 지나지 않아 다시 눈을 크게 떴다.

거래, 장기적 협력

비연이 눈을 휘둥그렇게 뜨고 자신의 몸을 가렸다. 비명을 지르려 하자 망할 얼음이 급히 입을 틀어막았다. 그리고 몸을 굽혀 그녀의 귀에 대고 속삭였다.

"일이 있다."

비연은 워낙 긴장한 데다 지난번의 그 패기 넘치는 입맞춤이 기억나 더더욱 긴장했다. 심장이 튀어나올 듯이 쿵쿵 뛰었다. 그러나 망할 얼음은 아무것도 하지 않고 그저 이렇게만 말했다.

"시위를 끌어들이면 너에게도 좋은 일이 아닐 것 같군."

비연이 겨우 안심했다. 게다가 다행히도 물에 약재를 아주 많이 넣어 검게 변해 있었고, 약재가 수면에 떠 있어 그녀의 몸을 가려 주었다.

그에게서 빨리 떨어지고 싶어, 소리를 지르지 않겠다는 표시로 고개를 끄떡였다. 그러자 망할 얼음이 그녀를 놓아주었다. 동시에, 다른 손에 들고 있던 바가지의 뜨거운 물을 목욕통에 부었다. 그러고는 다시 물이 끓고 있는 솥 쪽으로 향했다.

비연은 그제야 자신이 꽤 오래 잠들어 있었다는 것을 깨달았다. 물이 더 이상 따뜻하지 않았다. 그러나 고마운 마음은 제쳐 두고 노성을 질렀다.

"이 무뢰한, 어서 꺼지지 못해? 나쁜 놈! 예의라고는 모르는……!"

군구신은 사실 그녀가 목욕하고 있다는 사실을 모르고 들어왔다. 처음엔 그대로 나가려 했으나, 비연이 식은 물 안에서 잠들어 있는 것을 보고 저도 모르게 발걸음을 멈췄다.

그는 그녀의 욕설은 신경 쓰지 않고 말없이 물을 펐다. 비연이 계속 욕설을 퍼부었다.

"망할 얼음, 당신은 내가 본 사람 중에서 가장 무례한 인간이야! 어머니에게서 예가 아니면 보지 말라는 걸 배우지 못했어? 아버지에게서 여자를 괴롭히는 건 대장부의 도리가 아니라고 배우지 못했냐고. 백리명천도 당신처럼 무례하지는 않았어! 대체 뭘 하려는 거야? 내가 정말로 당신을 무서워한다고 생각하지 마. 내가 말해 두겠는데……."

군구신이 갑자기 고개를 돌렸다. 깊은 눈이 차갑게 빛났다. 그가 무엇인가를 하려고 한다고 생각한 비연은 바로 풀이 죽었다.

그녀는 입을 다문 채 천천히 물속으로 잠겨 들었다. 그녀의 입도 물속으로 들어가 마침내 아무 말도 할 수 없게 되었다. 그녀의 그 영리한 눈동자에는 경계의 빛뿐 아니라 분명 두려운 빛도 함께 떠올라 있었다.

그녀가 정말로 무서워하는 모습을 처음으로 본 셈이었다. 군구신은 웃음을 참을 수 없었지만 한마디도 하지 않고, 재빨리 몸을 돌려 계속 물을 푸기 시작했다.

비연은 사람을 부를까 말까 고민 중이었다. 하지만 지금 이런 상황에서 시위를 부른다는 건 확실히 좋은 일이 아니었다.

게다가 이 녀석의 무공은 백리명천과 거의 비슷한 수준인 듯했다. 정왕부에 아무렇지도 않게 들어오는 걸 보면…….

그녀가 시위를 부른다 해도 그를 잡힌다는 보장은 없었다!

그가 잡힌다면 예전의 일을 다 말해야 할 것이다. 그렇게 되면 정왕 전하가 그녀에게 속였다고 화를 내지는 않을까?

비연이 한참 망설이다가, 결국은 사람을 부르지 않기로 자신을 설득했다.

방은 고요에 잠겨 있었다. 군구신이 한 바가지 한 바가지 물을 퍼다 주었고, 비연은 계속 물속에 잠긴 채 경계하는 시선으로 그가 오가는 것을 지켜보았다.

마침내, 욕탕 속에서 다시 뜨거운 기운이 올라오기 시작해서야 군구신은 겨우 멈췄다.

"따뜻한가?"

긴장하여 물의 온도도 잊고 있었다. 비연은 질문을 받은 다음에야 물이 따뜻해졌다는 것을 알았다. 굉장히 편안했다.

눈앞의 망할 얼음이 무뢰한 짓을 할 생각이 없어 보이자 비연도 다소간 마음을 놓았다. 그러나 여전히 경계하며 무뚝뚝하게 답했다.

군구신이 다가오지 않고 화로 근처의 벽에 기댄 채 물었다.

"주량이 원래 좋은 건가, 아니면 무슨 약이라도 먹은 건가?"

비연이 바로 발끈하며 되물었다.

"내가 무슨 속임수라도 쓸 사람으로 보이는 모양이지?"

군구신의 눈에 놀란 빛이 분명하게 스쳐 갔다.

"주량이 대체 얼마나 되지?"

비연이 불쾌한 목소리로 답했다.

"당신과 상관없는 일이잖아. 대체 무엇 때문에 온 거야? 용건이 있으면 빨리 말하고, 없으면 어서 꺼져!"

군구신은 더 이상 캐묻지 않고, 약방문을 하나 꺼내 탁자 위에 놓으며 냉랭하게 말했다.

"이 약방문도 밀서일 수 있어. 너라면 알아볼 수 있겠지."

비연이 깜짝 놀랐다.

"백리명천의? 아직도 백리명천을 조사 중이야?"

군구신은 긍정도 부정도 하지 않고 이렇게만 말했다.

"며칠 후에 다시 오지."

그가 가려 하자 비연이 재빨리 소리쳤다.

"가져가! 내가 왜 당신을 도와야 하는데? 이 사기꾼!"

지난번 그를 도와 약방문 형식의 밀서를 파해해 주었던 기억이 떠오르자 다시 화가 났다.

군구신이 잠시 머뭇거리다가 말했다.

"약방문 하나에 1만 금. 어때?"

비연이 냉소했다.

"나를 뭐라 생각하는 거야? 겨우 1만 금으로 나를 매수할 수 있다고 생각해? 흥!"

군구신이 아주 명쾌하게 다시 말했다.

"한 장에 3만 금."

비연의 눈이 반짝이기 시작했다!

세상에, 1만 금이 바로 3만 금이 되다니. 저 녀석이 바보도 아닌데……. 돈이 대체 얼마나 많은 거야?

비연도 이런 명쾌함을 사랑했다. 한 번에 이렇게 큰 금액을 부르다니. 그러나 여전히 승낙하지 않고 대신 흥정을 시작했다.

그녀가 진지하게 말했다.

"3만 금까지는 필요 없어. 1만 금이면 돼. 대신 협력 관계를 오래 유지하는 게 어때? 나를 대신해서 정보를 모아 준다거나."

뜻밖에도 망할 얼음이 웃었다. 아주 잔잔한 미소에 지나지 않았지만, 그리고 비연으로서는 그의 입매밖에 볼 수 없었지만 그래도 아주 보기 좋은 웃음이었다.

그가 물었다.

"원하는 정보가 뭔데?"

비연이 조금 망설이다가 입을 열었다.

"빙해에 관련된 정보를 원해. 10년 전 빙해에 대체 무슨 일이 있었던 건지. 그리고 빙해 남쪽의 대륙은 어떤 곳인지."

비연은 그가 말했던, '조금은 그녀를 좋아한다'는 말을 믿지 않았다. 다만 그가 밀서와 같은 비밀스러운 물건을 그녀에게 맡겨 파해시키려는 것으로 보아, 그녀의 약학 능력은 인정하고 있을 것이다.

분명 그렇게 큰 악의는 없을 테고. 그렇다면 그녀가 그에게 도움을 요청하지 않을 이유가 없지 않은가?

궁 안에는 군한인과 같이 위선적인 자들이 아주 많을 것이다.

어쩌면 망할 얼음이 궁 안 사람이 아니라 그저 돈 많은 사람인 건 아닐까?

그의 신분을 정확히 추측할 수는 없었다. 다만 신분이 상당히 높다는 것만은 확신할 수 있었다. 그런 그가 대신 조사해 준다면, 그녀가 허투루 돈을 쓰며 거짓 정보를 긁어모으는 것보다 훨씬 나을 것이다.

'빙해'라는 단어를 듣는 순간 군구신의 입가가 굳었다. 그는 비연의 정체에 대해 완전히 확신하고 있지 않았는데, 이 말을 듣는 순간 의심이 더욱 커졌다.

그가 상당히 차가워진 어조로 물었다.

"빙해에 대해 알아서 무엇 하려는 거지? 너는 대체 누구냐?"

비연은 그의 태도가 이렇게 단숨에 바뀌리라고는 예상하지 못했다. 그러나 당황하지 않고, 그에 뒤지지 않는 차가운 말투로 당당하게 말했다.

"당신도 당신이 누구인지 말해 주지 않는데, 무엇 때문에 내가 누구인지 말해 줘야 하죠? 당신이 누구인지 말하지 말아요. 나도 내가 누구인지 말할 생각이 없으니까! 서로가 서로를 알지 못하는 것, 그게 최고죠!"

군구신이 즉시 반문했다.

"정말로 고씨 가문의 소저가 아닌가?"

비연이 즐거운 마음에, 그를 혼란스럽게 만들기 위해 말했다.

"맞아요. 아니라고 한 적 없어요!"

군구신이 이 문제에 매달리지 않고 다시 물었다.

"빙해에 대해 알아서 무엇 하려는 거지?"

비연은 너무 많은 비밀을 드러낼 수 없어 이렇게만 말했다.

"당신과는 상관없는 일이죠. 이 거래가 괜찮다 싶으면 약방문과 돈을 놔두고 가요. 괜찮지 않으면, 앞으로 다시는 이런 무례한 짓은 하지 말고 바로 꺼지고요!"

군구신이 조금의 머뭇거림도 없이 금표를 꺼내 약방문 위에 올려 두었다.

"거래가 성립됐다."

비연은 기뻐하면서도 사람을 내쫓는 것을 잊지 않았다. 물론 일깨워 주는 것도 잊지 않았다.

"나갈 때 조심해서, 나에게 해를 끼치는 일이 없도록 해. 여기 며칠 더 머물 생각이니까! 그리고 다음에도 문을 두드리지 않으면, 그 결과는 스스로 갚아야 할 거야!"

군구신이 자리를 떠나려다가 갑자기 고개를 돌렸다. 비연은 깜짝 놀라 서둘러 물속으로 숨었다.

"뭐, 뭐 하려는 거야?"

군구신이 담담하게 말했다.

"보아하니, 정왕을 속이고 있는 일이 적지 않은 모양이군."

비연은 그와 이런 이야기를 하고 싶지 않아 참을성 없이 그를 내쫓았다.

"당신과 상관없는 일이잖아! 어서 꺼져!"

군구신이 다시 담담하게 물었다.

"좋아한다면서 왜 그를 속이고 있는 거지?"

어디까지 간 거야

좋아하면서 왜 속이느냐고?

겨우 좋아하는 정도가 아니었다. 쉽게 말해 정왕 전하는 그녀의 남신, 수호신이었다!

가능하다면 비연도 천무제의 병세를 포함해 그렇게 많은 일을 그에게 숨기고 싶지 않았다. 그것들 때문에 정왕 전하가 그녀의 충성심을 믿지 못하고 있지 않은가.

비연이 어찌 눈앞의 망할 얼음이 그녀의 남신인 줄 알 수 있겠는가? 오히려 은색 가면을 보며, 그녀가 정왕 전하를 좋아한다고 그가 비웃고 있다고 생각했다.

그녀가 화를 냈다. 이 녀석은 '조금은 그녀를 좋아한다'고 말했으면서 그녀를 모해하기도 하고 속이기도 했다. 게다가 신분까지 숨기고 있지 않은가? 자신이 더 우습다 생각하지 않는 걸까?

한 사람을 좋아한다고 그에게 모든 것을 솔직하게 말해야만 하는 걸까? 이 세상에 작은 비밀 하나쯤 없는 사람이 어디 있다고?

비연이 불쾌한 얼굴로 말했다.

"망할 얼음, 나와 정왕 전하 사이의 일은 당신과 아무 상관도 없어! 계속 안 꺼지고 거기 있을 거야? 꺼지지 않으면 사람을 부를 거고, 우리 거래도 없는 일이 될 거야!"

군구신도 더 이상 묻지 않고 몸을 숨겨 사라졌다.

그가 간 것을 확인한 비연은 물속에서 얼굴을 드러냈다. 무의식적으로 손을 뻗어 제 입술을 만졌다. 방금 아주 사납게 굴었지만, 사실 겉으로만 강한 척했을 뿐 속은 여린 그대로였다. 망할 얼음이 무섭지 않다고 계속 중얼거렸지만, 스스로도 믿을 수 없었다.

물이 너무나 따뜻했다. 그녀는 일어나지 않고 계속 몸을 물에 담근 채 생각에 잠겼다.

군구신이 막 문을 나서는데, 비연을 위해 탕을 끓이고 있던 하소만과 마주쳤다. 하소만이 놀란 표정으로 속삭였다.

"전하……."

군구신은 기분이 좋지 않아 보였다. 그는 하소만을 무시하고 말없이 계속 앞으로 걸어갔다.

하소만이 아직 어려 보이는 미간을 찌푸렸다. 그 걱정스러운 표정은 늙은 어머니들의 표정에도 지지 않을 정도였다.

전하께서 위장한 신분으로 정왕부에 와서 비연을 만나신 것은…… 비연에게 정왕부의 방비가 약하다고 의심하게 하기 위해서가 아닐까? 전하께서 설마 정말로 비연에게……? 이대로 가면 안 되겠다!

하소만은 감히 주인에게 불만을 품을 수는 없어 비연에게 원망을 돌렸다. 그러나 지금까지 열심히 끓이던, 비연의 위를 따뜻하게 해 줄 탕을 가져가는 건 잊지 않았다.

"이봐, 계집, 자고 있어?"

비연은 망할 얼음이 떠난 다음이라 다행이라 생각하며 외쳤다.

"아직 목욕 중이야! 한밤중인데 무슨 일이야?"

쿵!

비연에게 돌아온 답은 큰 소리였다. 하소만이 너무 놀라 탕그릇을 떨어뜨렸던 것이다.

비연이 아직 목욕 중인데 정왕 전하가 방 안에서 나왔다고? 그럼 두 사람은……. 두 사람이 대체 어디까지 간 거지? 어디까지? 어디까지!

하소만의 머릿속은 '어디까지'라는 단어로 꽉 찼다. 그는 마치 바람처럼 빠르게 질주하기 시작했다. 망중을 찾아 제대로 추궁해 볼 작정이었다.

"하소만? 뭐 하는 거야? 대체 뭐야? 말을 하라고!"

비연이 몇 번 소리쳤지만 대답은 돌아오지 않았다. 서둘러 몸을 일으켜 옷을 입었다. 문을 열어 보니 바닥에 엎질러진 탕그릇만 보일 뿐 하소만의 그림자도 보이지 않았다.

명월거를 나와 시위에게 물어보았다. 하소만에게는 별일이 없다고 했다. 안심한 그녀는 하소만이 왜 갑자기 뛰어가 버렸는지 물을 생각은 하지 않고 돌아와 잤다.

다음 날, 비연이 아직 잠에서 제대로 깨기도 전에 궁에서 매 공공이 나왔다. 소 태의에게 협조하여 황상에게 드릴 양생 약방을 만들라는 핑계로, 매 공공은 비연을 데리고 궁으로 들어갔다.

비연이 어서방에 들자 천무제가 단도직입적으로 물었다.

"망할 계집, 여덟째와는 대체 어찌 된 사이냐?"

비연도 천무제가 화를 가라앉히지 못할 거라고 예상하고는 있었지만, 이렇게 빨리 부를 줄은 몰랐다. 어젯밤 약탕에 들어가 몸을 담그길 잘했다. 그러지 않았다면 지금 이렇게 의심에 휩싸인 황제를 상대할 힘이 없었을 테니까!

비연이 일부러 무슨 말인지 모르겠다는 듯 물었다.

"황상께서 지금 하신 말씀은, 어떤 의미인지요?"

천무제는 밤새 한잠도 이루지 못한 상태였기에 화를 냈다.

"감히 짐 앞에서 모르는 척하느냐! 네가 여덟째에게 비파 잎을 주었다면서? 그 애에게 대체 무슨 말을 했느냐는 말이다!"

비연이 진지한 표정으로 화가 난 듯 말했다.

"황상께서 설마 저를 의심하시는 건가요? 팔전하가 어디서 황상께서 기침을 멈추지 못하신다는 말씀을 들었는지는 저도 모르겠습니다. 팔전하는 황상의 병세에 관심이 많아 저에게 계속 물었고, 또 황상께서 무슨 약을 드시는지도 물었습니다. 하지만 저는 그중 어떤 것도 제대로 대답하지 않았어요. 마지막에는 어쩔 수 없어 비파 잎으로 대충 얼버무리고 지나갔지요."

천무제가 그녀를 노려보며 아무 말도 하지 않았다. 비연은 역시 아무것도 모르는 양 일부러 좋은 말을 했다.

"황상, 황상께서 얼마 전까지 중병에 시달리셨던 것을 궁 안에 모르는 이가 없습니다. 팔전하가 황상의 건강에 신경 쓰고 병세를 묻는 것 역시 효심이지요. 황상께서 그렇게 의심하실 필요가 있을까요?"

천무제의 눈가에 일말의 복잡한 빛이 스치더니 일부러 시험하듯 물었다.

"여덟째가 너 때문에 정역비와 다투었다 들었다. 정말이냐?"

"황상, 그런 소문을 어찌 가벼이 믿으실 수 있습니까?"

비연의 말에 천무제가 화가 나서 펄쩍 뛰었다.

"방자하다! 짐에게 그런 식으로 말하다니!"

그러나 비연은 두려운 빛 없이 계속 말했다.

"제가 듣기로, 정가의 병사들이 팔황자 전하를 뵈면 정 대장군과 마찬가지로 경의를 표하며 복종한다 합니다! 팔전하와 정 대장군의 우정이 이리 깊은데, 어찌 저와 같은 일개 약녀가 영향을 끼칠 수 있겠습니까? 팔전하께서는 그저 저를 잘 보살펴 주시는 것에 불과합니다. 소문을 만드는 이들이 일부러, 팔전하와 정 대장군 사이를 이간질하는 것이 아닐까요?"

이 말을 듣자 천무제는 말할 것도 없고 곁에 있던 매 공공의 안색마저 변했다. 팔황자가 아무리 꿍꿍이가 있다 해도 큰 문제는 아니었다. 그러나 그가 정역비를 통해 군심을 얻고 있다면 그건 결코 보통 일이 아니었다.

천무제는 그저 좀 탐색하려는 마음뿐이었다. 그러나 이 순간, 그는 군한인의 결심을 깨닫게 되었다!

천무제의 형인 천염의 대황숙은 군씨 가문의 진정한 족장으로, 영생을 추구하고 있었다. 그러나 그가 추구하는 것은 단순한 영생만이 아니었다. 그는 속세의 권세와 지위도 추구하고 있었다. 그러니 그가 직접 황위를 포기하는 것이 아니라면, 그 누구도 그에게서 빼앗아 갈 수는 없었다!

대황숙이 어쩔 수 없이 황위를 포기하게 된다 해도, 황위의 계승자는 혈통이 존귀한 적자여야 했다. 결코 비천한 시녀의 몸에서 나온 서자일 수는 없었다!

천무제의 눈에 분노의 불길이 일렁였다. 그러나 얼굴에 드러내지는 않고 다시 비연에게 약을 연마하는 일이며 정왕부의 상황에 대해 묻고 돌려보냈다.

비연은 기분이 아주 좋아 피로마저 잊을 정도였다. 가마를 탄 채 거리를 하염없이 돌아다니다가 보이는 대로 맛있는 것들을 사 스스로에게 포상을 주었다.

군한인과 관련한 일은 더 이상 그녀와 아무 상관 없을 것이다. 그가 다시 찾아온다 해도 무시하면 그만이다. 천무제가 그를 조사하기 시작하면 그의 언행이 폭로될 테고, 그때가 되면 정역비 그 바보도…… 우정이 진실하지 않았음을 알게 되겠지.

여기까지 생각하자 비연은 저도 모르게 정역비의 위가 걱정되기 시작했다. 술기운은 좀 가셨을까? 몸 상태는 어떨까?

잠시 정역비를 보러 갈까 생각하다가, 한참 고민한 끝에 그만두기로 했다.

비연이 정왕부에 돌아오자 하소만이 재빨리 무슨 일이었는지 물었다. 비연은 대답하지 않고, 하소만에게 과자를 건네며 어젯밤 일을 물었다. 하소만도 대답하지 않고 과자만 먹었다.

어젯밤 망중을 한참 동안 닦달했지만 그 까닭을 알아내지 못해 하소만도 우울한 상태였다!

두 사람은 그렇게 정원에 나란히 앉아 아무 말도 하지 않았다. 과자는 아주 맛있었다. 아마 모르는 이들이 본다면 비연과 하소만을 사이좋은 남매로 여길 것 같은 풍경이었다!

비연이 과자를 먹으며 되는대로 한마디씩 물었다.

"정역비가 그 팔황자랑 왜 그렇게 사이가 좋은 거야?"

하소만이 대답했다.

"천염국이 건국되기 전부터 알고 지냈다던데. 3년 전 정 노 장군이 기씨 가문 때문에 돌아가셨을 때, 정왕 전하를 제외하면 팔황자만 정씨 가문 편에 서서 이야기를 했어. 그때 황상에게 벌도 꽤 받았지, 아마."

비연이 생각에 잠긴 듯 고개를 끄덕였다. 그녀는 더 묻고 싶은 것이 많았지만 이때, 갑자기 시종 하나가 총총히 달려왔다.

"만 공공! 고 약녀! 어약방 사람이 왔습니다. 고 약녀께서 어서 정씨 가문으로 가셔야 한답니다. 정 장군이 오늘 아침 고질병이 발작하여, 계속 피를 토하고 계신답니다. 소 태의와 남궁 대인 모두 그쪽에 계시지만, 속수무책이라고 하고요!"

비연이 깜짝 놀라, 두말없이 몸을 일으켜 달리기 시작했다.

선택, 생사의 기로

비연이 정씨 가문 대문에 도착했을 때, 다급하게 달려온 팔황자 군한인과 맞부딪쳤다.

군한인이 비웃는 듯한 표정으로 그녀를 보며 미소 지었다.

"고 약녀, 주량이 대단하더군!"

그를 상대할 여유가 없었던 비연이 예를 행하는 것조차 잊은 채 서둘러 안으로 들어갔다.

군한인은 화가 나기도 하고, 어이가 없기도 했다. 비연은 겉으로라도 예의 바른 태도를 보여야 했다. 그런데 기본적인 예의조차 갖추지 않는 것이 아닌가! 하, 대담하기도 하지!

어쨌든 이곳은 정씨 가문이었다. 군한인도 일단은 조용히 안으로 들어갔다.

비연은 들어가자마자, 기다리고 있던 집사의 안내로 정역비의 침실로 향했다. 정역비는 혼수상태였다. 안색이 매우 창백했지만 미간의 영웅적인 기운만은 그대로였다.

대장군이라는 신분을 제외하고 보면 그는 아직 아주아주 젊었다. 이렇게 조용히 누워 있으니 아주 귀한 집 공자 같았다. 병권을 장악하고 있다거나, 천염국의 중신이라거나 하는 것과는 거리가 멀어 보였다.

소 태의가 침을 놓고 있었다. 남궁 대약사가 한옆에 앉아 인상을 찌푸린 채 약방문을 보고 있었다. 매 공공까지 소 태의 곁에 있었다. 아마 천무제가 상황을 살피라고 보냈을 것이다.

고요한 방 안에 임 노부인의 울음소리만이 들리니 유달리 처량했다.

군의와 다투던 그때와 달리 비연은 분명 조급해하고 있었다. 그녀는 집사의 안내를 기다리지도 않고 방 안으로 달려 들어가 다급하게 물었다.

"소 태의, 상황이 어떤가요? 제가 도울 일이 있을까요?"

의술과 약은 한 뿌리지만, 그녀가 정통한 것은 약이었다. 의사가 상세하게 병세를 진단한 후에야 그녀는 약방을 적을 수 있었고, 실력을 발휘할 수 있었다.

소 태의가 그녀를 흘깃 보고는 설명할 시간이 없다는 듯 계속 침을 놓는 일에 집중했다. 남궁 대인이 서둘러 약방문을 가져와 설명하기 시작했다. 그것을 다 듣고는 비연도 얼마나 심각한 상황인지 알게 되었다.

지금 비록 잠시 멈추긴 했지만 정역비는 아침 내내 피를 많이 토했다. 위가 상했을 뿐 아니라 빈혈도 심한 상태였고, 맥도 고르지 않았다. 그야말로 생사의 기로에 처해 있었다.

바꿔 말하면, 정역비는 반드시 피를 만들어 주는 약을 먹어야 했다. 다시 피를 토하면 위 때문이 아니라 빈혈로 인해 사망하게 될 터였다.

남궁 대인이 진지하게 말했다.

"고 약녀, 내가 소 태의와 몇몇 약방을 의논해 보긴 했지만 아직 망설이는 중일세. 자네 의견을 듣고 싶군."

비연은 아직 약방문을 살펴보지 않았지만 남궁 대인의 뜻을 알 수 있었다. 위가 상한 상태에서 피를 토했으니 최소한 하루는 음식을 먹어서는 안 되는 상황이었다. 기껏해야 유동성 물질이나 먹을 수 있는데, 유동성 물질이라 해도 아주 신중해야만 했다. 그렇지 않으면 위를 자극해 다시 피를 토하게 될 터였다.

빠르게 피를 다시 만들어 주는 약은 보통 약과는 달랐다. 약의 성질이 아주 강해 간이나 위를 상하게 하기 쉬운 편이라, 반드시 식사 후에 복용해야 했다. 그러나 정역비는 공복 상태에서만 약을 먹을 수 있으니, 약방문을 쓸 때 위를 상하게 하는 성질을 최대한 줄여야 했다.

남궁 대인이 그녀를 찾은 이유도 이것이었다. 자신이 적은 약방문을 스스로도 완벽히 자신할 수 없었던 것이다.

비연이 재빠르게 약방문 몇 개를 훑어보고는 속으로 탄복했다. 남궁 대인은 확실히 어약방의 고수다웠다. 그 약방문 모두 피를 새로 만드는 효능이 일 등급이었고, 아주 빠르게 효과를 볼 수 있었다.

게다가 이 약방문은 전체적으로 교묘하게 중화하는 방식으로, 약이 위에 가할 자극을 피하는 동시에 간에 대한 부담도 최대한 줄였다. 완벽에 가까운 약방문이라 할 만했다.

비연이 그중 하나를 골라 속삭였다.

"약방문들 모두 흠잡을 데 없지만 그중에서도 이 약방문이 가장 훌륭해 보입니다."

남궁 대인은 기뻐하며 약재를 가져오라고 명령했다. 그러나 비연이 그를 저지했다.

"남궁 대인, 아시겠지만 정 대장군의 지금 상황으로는……. 약재가 비장과 위장을 상하게 하지 않는다 해도 한 번에 세 그릇씩, 아침저녁으로 먹어야 하는데…… 아마 버텨 내지 못할 거예요."

정역비의 지금 상황을 보면 약 세 그릇은 고사하고 따뜻한 물 세 그릇도 마시기 어려울 것 같았다. 위를 자극해 상하게 하고, 다시 피를 토하게 만들 가능성이 아주 높았기 때문이다.

남궁 대인이 무어라 말하기 전에 한옆에 있던 소 태의가 참지 못하고 고개를 들이밀었다.

"고 약녀, 이건 궁여지책이오. 정 대장군의 맥을 짚어 보면, 약을 쓰지 않으면 오늘 밤을 넘기기 어려울 것이오!"

비연은 그들보다 더 조급한 마음이었지만 침착하고 진지하게 말했다.

"혈과 기는 서로 상생하는 법입니다. 형태가 있는 혈, 즉 피는 빠르게 재생하기 힘들지만 형태가 없는 기는 단시간에 튼튼하게 북돋을 수 있지요. 약으로 피를 빠르게 재생하도록 강행하는 것보다는 일단 기를 북돋은 후에 피를 보충하는 것은 어떨까요. 하루 동안 관찰한 후에 피를 만드는 약을 복용하면 됩니다!"

소 태의가 미간을 찌푸리며 무어라 말하기 전에 남궁 대인이 다급하게 말했다.

"고 약녀, 그 말엔 어폐가 있지 않나? 기를 북돋운다 해도 어쨌든 약을 복용해야 하는데, 그것은 부질없는 짓이고, 시간만 낭비하게 되지 않겠는가?"

비연이 바로 반박하지 않고 방금 골라낸 약방문을 탁자 위에 내려놓았다. 그리고 맥동, 귀교 등 피를 보충하는 약재 몇 가지를 더 적어 넣은 후 남궁 대인에게 건네며 말했다.

"약욕을 하면 되지요!"

남궁 대인은 약방문을 자세히 살피기도 전에, 약욕이라는 단어를 듣자 크게 깨달았다. 그가 다급하고도 진지하게 약방문을 한번 읽어 본 후 즉시 엄지손가락을 세웠다.

"현묘하군! 아주 현묘해! 소 태의, 우리가 어리석었던 게요!"

그러나 소 태의가 고개를 저었다.

"정 대장군의 맥을 보면, 기를 튼튼하게 북돋울 때까지 기다릴 수 없을 것 같소. 반드시 어서 피를 만드는 약을 복용해야 하오."

비연과 남궁 대인 모두 당황했다. 피를 만드는 약을 복용할 것인가, 아니면 먼저 약욕으로 기를 북돋울 것인가. 전자의 경우 위를 자극하여 다시 피를 토할 가능성이 있었고, 후자의 경우 시간을 벌 수는 있겠지만 정역비가 빈혈로 사망할 가능성도 있었다.

어떻게 해야 할까?

소 태의는 맥을 정확하게 짚었고, 상황이 얼마나 급한지도 잘 알고 있었다. 그는 망설이지 않고, 곁에 있던 임 노부인에게 상황을 명확하게 설명했다. 그리고 그녀에게 결정을 맡겼다!

임 노부인은 방금 세 사람이 토론하는 것을 들으면서 안개 속을 헤매는 기분이었다. 그러나 소 태의에게서 두 가지 중 하나를 선택하라는 말을 들으니, 아들에게는 퇴로가 없다는 사실을 확실히 깨닫게 되었다.

이 두 갈래 길 중 하나 정도는 살아나는 방법일 수 있었다. 그러나 두 가지 모두 죽음으로 향하는 길일 수도 있었다!

그녀가 더욱 당황하여 울기 시작했다. 도저히 결정할 수 없었던 것이다.

소 태의가 다시 정역비의 맥을 짚으며 어쩔 수 없이 재촉했다.

"임 노부인, 시간을 지체해서는 아니됩니다! 결단을 내리지 않으시면 역시…… 역시 안 좋은 결과만을 보게 될 것입니다!"

이 말에 임 노부인의 울음소리가 더욱 커졌다. 이때, 계속 문가에서 이야기를 듣고 있던 군한인이 말했다.

"노부인, 그럼 부황께 결정하시라 하는 것은 어떻습니까?"

정역비에게 겉치레뿐인 호의를 보이고 있는 군한인이지만, 그도 정역비에게 진짜로 무슨 일이 벌어지기를 바라지는 않았다!

임 노부인이 대답하기 전에 소 태의가 말했다.

"궁에 다녀오려면 반 시진은 걸립니다. 그럴 시간이 없어요! 노부인, 결정을 내리시지요!"

임 노부인이 결정을 내리려 했을 때 갑자기 비연이 외쳤다.

"노부인, 선택할 수 있는 방법이 하나 더 있습니다! 여기 피를 만들어 내는 약방이 하나 더 있습니다. 약욕을 위한 약방으로, 약효가 아주 좋습니다. 그러나 일단 이 약방을 쓰면 두 다리를 쓸 수 없게 됩니다. 한 달 내로 제대로 치료하지 못하면 평생 두 다리를 쓰지 못하게 되지요!"

희망이 없는 희망

비연의 말에 임 노부인은 놀랍기도 하고 기쁘기도 해서 망설임 없이 말했다.

"그럼 그 방법대로 하면 되겠구나! 어째서 좀 더 일찍 말하지 않았니? 일단 목숨부터 건지고, 다시 다리를 치료하도록 하자!"

그녀가 다시 소 태의를 바라보며 물었다.

"소 태의, 한 달이면 충분하겠지요?"

그러나 그는 바로 대답하지 않고 복잡한 눈빛으로 비연을 바라보았다.

두 다리를 어떻게 못 쓰게 된다는 걸까? 치료하기에는 어떤지? 모두 미지수 아닌가!

치료하기 쉬운 거라면 고 약녀가 어째서 지금처럼 다급한 상황에서도 한참을 머뭇거리다가 이제야 말했을까? 분명 이것도 아주 위험한 방법일 것이다!

비연이 소 태의의 생각을 알아차리고는 설명하기 시작했다.

"근골과 골수가 상하게 될 거예요. 두 다리를 못 쓰게 될 뿐 아니라, 약을 쓴 후 열흘이 지나면 밤마다 통증에 시달리게 될 거예요. 약의 독성으로 인한 통증이라 약을 더 쓸 수는 없고, 침으로만 다스릴 수 있어요. 그리고 제가 아는 바로는, 지금까지 이 약을 쓴 사람 누구도 치유되지 못했어요. 침술로 통증을 완화시킬 뿐이었죠."

비연의 손에는 여러 병세에 급하게 쓸 수 있는 약방이 여럿 들려 있었다. 모두 백의 사부로부터 전수받은 것이었다. 오늘 이야기하는 약방 역시 그중 하나였다.

비연은 지금까지 수많은 약의 약효와 후유증을 두 눈으로 직접 보았으나, 이 약방만은 써 본 적이 없었다.

그러나 그녀는 백의 사부가 약방을 가지고 그녀를 속였을 리 없다고 믿고 있었다.

빙해영경에서 백의 사부가 높이 평가했던 명의들조차도 쉽지 않다고 했던 방법이었다. 그들이 치료할 수 없었던 것을 현공대륙의 의원들이 치료할 수 있을까?

현공대륙은 본래 기의 세계였다. 사람들 모두 기를 수련했고, 단약을 복용해 건강을 지키려 했다. 보통의 질병으로는 의원을 찾지 않았다. 그렇기에 이 대륙의 의약계는 신농곡처럼 뿌리가 깊은 약학의 성지와 수많은 약재에 익숙한 약사만 배출했을 뿐, 환자를 기사회생시키는 의원은 얼마 되지 않았다.

비연도 이 일이 기본적으로 희망이 없다는 것을 알고 있었다. 그러나 그녀는 여전히 희망을, 최후의 희망이긴 했지만, 품고 있었다.

그녀가 진지하게 말했다.

"소 태의, 비록 지금까지 치료된 사람이 없기는 하지만 그게 결코 치료가 불가능하다는 의미는 아닙니다. 시험해 보실 수 있습니다!"

소 태의는 약욕으로 피를 만드는 약방에 대해 들어 본 적이 없었다. 부작용이 이렇게 큰 약에 대해서도 들어 본 적이 없었다. 그는 난감한 마음에 임 노부인을 바라보며 말했다.

"저는 이 약에 대해 들어 본 적이 없고, 그럴 만한 능력이 있는지도 확신할 수 없습니다. 역시 노부인께서 결정을 내리셔야 할 듯합니다."

선택권은 다시 노부인에게로 돌아갔다. 임 노부인도 어리석은 이가 아니었기에 소 태의의 난감한 마음을 알아차렸다.

비연이 제시한 길은 생로였다. 그러나 아주 고통스러운 삶의 길일 가능성이 높았다. 두 다리를 쓰지 못하면 어떻게 전장에 나가 적을 죽일 수 있을까? 어떻게 수십만 대군을 지휘할 수 있고? 그렇게 되면 병권을 내놓아야 할 것이다!

아들에게 있어 그것만으로도 충분히 고통스러운 일일 텐데, 거기다 밤마다 고통에 시달려야 한다면…… 그것은 살아도 죽느니만 못한 일이 아닐까!

임 노부인이 눈물을 흘리며 결정을 내리지 못하고 있었다.

비연도 괴로워 죽을 지경이었다. 그러나 여전히 진지한 표정으로 말했다.

"노부인, 생사를 걸고 도박을 하느니 차라리 삶과 고통스러운 삶을 걸고 도박하는 편이 낫지 않을까요? 어쨌든 목숨이 걸린 일입니다! 그리고 한 달의 시간 여유가 있어요!"

"고 약녀, 고 약녀의 방법을 쓰기로 하겠다! 우리 역비가 깨어난 다음에 이 어미를 원망하지 않으면 좋으련만!"

말을 끝낸 노부인이 침상에 머리를 묻고 애가 끊어지듯 울기 시작했다. 그녀는 아들의 성격을 잘 알고 있었다. 아들에게 선택하게 한다면, 분명 생사를 걸고 도박하려 할 것이다. 그러나 그녀는 그런 위험을 무릅쓸 수 없었다.

임 노부인의 모습을 보니 비연도 마음이 아련해졌다. 정역비와 같이 오만하고도 과감한 남자가 이 일을 알게 된다면, 대체 어떤 반응을 보일까?

하지만 비연은 곧 냉정을 되찾고, 즉시 약방을 적어 내려갔다. 그리고 하인에게 약을 준비하라고 일렀다. 소 태의와 남궁 대인에게도 열심히 설명했다.

"한 시진 동안만 약욕을 해야 합니다. 기억하세요. 더 이상은 안 됩니다."

소 태의와 남궁 대인이 모두 침묵하며 고개를 끄덕였다.

곧 정역비가 약욕을 시작했다. 모두 지켜보는 가운데 비연은 자리를 피해 문가로 물러났다.

벽에 기댄 채 두 눈을 감았다. 너무나 괴로웠다. 원망스럽기도 하고, 자책감이 밀려오기도 했다.

태극전의 일은 결국 그녀 때문에 벌어진 일이다. 원망스러웠다. 운 귀비 그들이, 그리고 자신이 충분히 강하지 못한 것이. 그녀가 그 초청을 거절할 수 있었다면 오늘 이런 일은 없었을 텐데.

한 시진 후에 소 태의가 나왔다. 비연이 재빨리 물었다.

"상황이 어때요?"

소 태의가 탁한 숨을 토해 내며 말했다.

"맥은 안정되었소. 이대로 가면 내일은 음식을 먹을 수 있을 것 같고. 그럼 약도 복용할 수 있겠지."

"그건 나도 알아요!"

비연이 자신도 모르게 소리쳤다.

"내가 묻는 건 다리에 대한 거예요! 방법이 없나요?"

말을 마친 그녀는 자신이 초조해하고 있다는 것을 깨닫고 바로 고개를 숙였다. 그리고 작은 소리로 말했다.

"소 태의, 죄송합니다."

소 태의가 그녀의 어깨를 가볍게 두드리며 나지막한 목소리로 달래 주었다.

"고 약녀, 기씨와 정씨 두 가문이 서로 다툰 지 이미 오래되었네. 어젯밤 일도 운 귀비가 온전히 자네만을 노린 것이 아니야. 이 일은 절대 자네 잘못이 아니고, 정 대장군의 다리는······."

소 태의가 다시 탄식하듯 한숨을 쉬고 이어 말했다.

"정 대장군의 다리 근락[1]이며 골수가 모두 손상을 입은 상태네. 약석을 쓸 수 없는 건 물론이고······. 아니, 약석으로 치료할 수 있다 해도 완치가 불가능할 것으로 보이네! 나는······, 아! 나는 돕고 싶어도 아무것도 할 수가 없어!"

소 태의의 의술은 현공대륙 전체에서 특출하다 할 만했다. 그런 그가 이리 말하니, 다른 이들이야 말해 무엇 할까?

---

1 중의학에서 이야기하는 기혈氣血의 통로.

비연도 사실 이 일이 희망이 없다는 걸 알고 있긴 했다. 그러나 그녀는 여전히 고집스럽게 물었다.

"소 태의, 다른 의원을 추천해 줄 수는 없나요?"

소 태의가 수염을 쓰다듬으며 어쩔 수 없다는 듯 말했다.

"내가 아는 의원들은…… 아마도 도움이 되지 않을 것 같군."

비연이 직접 물었다.

"소 태의, 현공대륙에서 어느 의원의 의술이 가장 고명한가요? 말씀해 주세요. 제가 모셔 올 테니!"

소 태의는 난감하기도 하고 당황스럽기도 했다. 그는 겸손한 척하지 않고 솔직하게 털어놓았다.

"고 약녀, 침구술에 있어서는, 내가 치료할 수 없다면 다른 의원들도 아마 힘들걸세! 세상을 등지고 숨어 사는 의원을 찾아내지 않는 한."

비연이 의아한 목소리로 물었다.

"세상을 등진 의원이라고요?"

그녀는 소 태의에게서 자세한 설명을 들을 수 있었다.

본래 현공대륙에는 지난 천여 년 동안 기를 수행하는 것이 그렇게까지 성행하지는 않았고, 의학과 약학이 균형을 맞춰 발전해 오고 있었다. 그러니 예전에는 명의도 꽤 있었다고 했다.

그러나 기를 수련하는 일이 성행하기 시작하자 의학이 점점 몰락했다. 적지 않은 의학의 명가들이 의술을 버리고 기를 수련하기 시작했고, 그중에는 세상을 등지고 은거하기 시작한 가문도 있었다.

그런 가문들은 비록 세상에 나오지는 않지만 여전히 자신들의 의술을 전승하고 있다는 이야기였다. 의술 중에서도 특히 침구술을.

"고 약녀, 세상을 등진 그들을 찾기도 쉽지 않고, 초청은 더더욱 어려운 일이야."

소 태의가 고개를 돌려 방 쪽을 바라보았다. 그리고 주변에 인기척이 없는 것을 보고 비연을 옆으로 끌어당기더니 속삭였다.

"고 약녀, 그들은 찾기 어려울 뿐 아니라 초청하기 어려운 것역시 정말이네. 황상의 병을 자네도 알지 않나. 정왕 전하께서 세상을 등진 의원들을 계속 찾고 계셨고, 황상 역시 적지 않은 노력을 들이셨지. 하지만 지금까지 실마리 하나 찾지 못했어!"

비연이 계속 고집을 부렸다.

"나는 찾을 수 없다고 생각하지 않아요!"

소 태의가 어쩔 수 없이 답했다.

"고 약녀, 그리 생각한다면 정왕 전하께 여쭤보게."

나 고비연이 끝까지 책임지겠다

소 태의의 절망한 표정을 보고, 비연도 더 이상 말하지 않고 몸을 돌려 방 안으로 들어갔다.

정역비는 침상 위에 누워 있었다. 새하얀 비단옷을 입고 있는 그는 평소의 강직한 느낌이 조금 옅어진 듯했다. 대신 우아하고 귀한 느낌이 더해져 있었다. 어떻게 보면 조용한 이웃집 오라버니 같은 느낌도 들었다.

안색은 조금 전처럼 그렇게 창백하지 않았다. 사정을 모르는 사람이 본다면 그가 무엇을 겪었는지, 또 무엇을 겪을 예정인지 알아보지 못하고 그저 잠든 것으로만 여길 듯했다.

임 노부인은 순식간에 몇 년은 더 늙어 보였다. 그녀는 아들의 두 다리를 가볍게 어루만지며, 심장이 칼에 베이는 것처럼 아파하고 있었다.

"애야, 애야……, 내 아들! 이 어미가 네 부친에게 무어라 설명하면 좋겠니. 정씨 가문 조상들께는 무어라고 말하면 좋겠니! 내 아들…… 흑흑……."

본래 냉정을 유지하려 했던 비연도, 정역비의 그 길고 보기 좋은 두 다리 쪽으로 시선을 돌리는 순간 심장이 사납게 깨물리기라도 한 양 견딜 수 없이 아파 왔다. 그때였다. 곁에 있던 군한인이 갑자기 말했다.

"노부인, 이 일은 다 내 잘못이오! 운 귀비가 고 약녀를 초청했다는 사실을 미리 알았더라면, 절대로 정역비가 궁에 들어오지 못하도록 했을 텐데! 아!"

군한인의 이 말은 그야말로 행차 뒤의 나팔이랄까, 전혀 쓸데없는 말이었다. 그리고 동시에 그 안에 다른 의미를 숨기고 있었다. 그는 노부인에게, 운 귀비가 비연을 상대하기 위해 정역비까지 계략 속으로 끌어들였음을 암시하고 있었다.

비연이 그를 한번 바라보기만 하고 반박하지는 않았다. 상심한 임 노부인 앞에서 누가 잘못했는지, 누구 책임이 크고 작은지 따지고 싶지 않았기 때문이다.

그녀는 이번 일이 완전히 자신만의 책임은 아니라 생각했다. 그러나 자신의 책임이 없는 것도 아니었다. 동시에 군한인이 연회의 주인으로서 책임감을 느껴야 한다고 생각했다.

비연이 보기에 군한인은 일부러 취해, 정역비가 어찌 되건 내버려 두었다. 운 귀비 무리와 별 차이가 없었다.

임 노부인이 군한인의 말을 들었는지는 알 수 없었다. 그녀는 계속 울면서 중얼거리고 있을 뿐이었다.

잠시 후, 임 노부인이 군한인을 상대하지 않는 것을 확인한 비연이 세상을 등진 의원들과 관련한 일을 이야기하려 했다. 그러나 군한인은 여전히 마음을 죽이지 않고, 일부러 분노한 척 차갑게 질문했다.

"고 약녀, 너는 내 생신연을 주최한 사람이 운 귀비라는 것을 알면서 무엇 때문에 온 것이냐? 네가 오지 않았다면 오늘과 같은 일은 없었을 것이다!"

마침내 비연의 짜증이 폭발했다. 그녀가 입을 열려 했을 때, 임 노부인이 갑자기 고개를 돌려 비연을 바라보았다. 한순간, 비연의 짜증 섞인 말이 입가에서 그대로 멈춰 버렸다.

그녀가 고개를 돌렸다. 감히 노부인을 바라보지 못하는 것이 아니라 차마 바라볼 수가 없었다.

"고 약녀, 이 일은……."

그러나 임 노부인이 말을 시작하니 비연도 다시 고개를 돌려 그녀를 바라볼 수밖에 없었다. 비연은 과감하게 말을 끊었다.

"노부인, 제가 이 일에……."

그러나 그녀가 말을 끝내기 전에 임 노부인이 다시 그녀의 말을 잘랐다.

"회령 공주가 기욱에게 시집간 이상, 우리 정씨 가문은 운 귀비와 조만간 사건이 터질 수밖에 없었지. 그러니 애야, 이 일로 괴로워할 것 없다. 어젯밤 연회에서의 일은 역비에게서 다 들었다. 내가 돌아가신 노장군을 대신해 너에게 고마워해야 하지."

이 말에 군한인은 매우 놀랐다. 그는 멋쩍은 마음에, 저도 모르게 코를 비볐다.

아무도 그를 신경 쓰지 않았다. 남궁 대인과 매 공공도 비연에게 한마디씩 건네며 위로해 주었다.

소 태의가 말했다.

"궁중의 초청장을 어떻게 쉽게 거절할 수 있겠나. 고 약녀, 어젯밤에 최선을 다했으니 자책할 필요가 없소."

남궁 대인도 말했다.

"고 약녀, 노부인도 자네를 탓하지 않으시니, 정 대장군도 자네를 탓하시지 않을 것이네. 정 대장군이 깨어나시면 자네가 노부인과 함께 잘 달래 보도록 하게!"

매 공공이 큰 소리로 웃으며 말했다.

"고 약녀! 약녀의 주량이 좋았기에 망정이지, 팔전하처럼 일찌감치 취했으면 그 결과가 어떠했을지는 상상도 안 가는구려!"

군한인은 더욱 당황스러웠다. 그는 상당히 불쾌한 시선으로 매 공공을 바라보았다. 하지만 매 공공은 아무렇지도 않은 듯 다시 말했다.

"고 약녀, 오늘 황상이 아침 조회 전에 나에게 말씀하시기를, 어젯밤의 일을 생각하면 약녀에게 상을 듬뿍 내리셔야겠다고 하시더구려."

매 공공이 직접적으로 자신에게 대항할 거라 생각지 못했던 군한인의 마음속에 일말의 불안감이 떠올랐다. 그래서 차마 더 이상 입을 열 수가 없었다.

비연이 사람들을 보다가, 마지막으로 시선을 임 노부인에게로 돌렸다. 그녀는 단순히 놀란 것이 아니라 과분한 호의를 받는 것 같아 몸 둘 바를 몰랐다.

비연은 원래 임 노부인이 그녀를 원망하고 있으리라 생각해, 용서받는다는 것은 사치스러운 소망이라 생각했다. 그러나 노부인은 그녀의 사정을 양해해 주었을 뿐 아니라 감사의 말까지 했다. 그녀가 이 대륙에 떨어진 후 지금까지 받아 본 선의 중

최고였다! 무슨 말이라도 하고 싶었다.

그러나 한참 머뭇거리던 임 노부인이 먼저 마음속에 숨겨 두었던 말을 꺼냈다.

"애야, 그날 군에서 내가 늙어 예를 잃었다. 네가 이제 기씨 가문과 혼약 관계가 아니라 하니 나는…… 나는 아주 기쁘기 짝이 없구나! 나는 우리 역비가 기욱, 그 녀석보다는 꽤 복이 있는 편이라 생각했지. 하지만 지금……."

임 노부인이 울먹이느라 결국 말을 마치지 못했다.

비연은 살짝 당황했다. 그녀는 자신이 정가군의 취사병을 구한 날, 전 군대 병사들의 존경을 받을 때 임 노부인 역시 마음을 바꿨다는 사실을 알지 못했다. 그리고 정역비가 몇 번이나 자신의 어머니에게 그녀에 대해 좋은 이야기를 했다는 사실도 알지 못했다.

어젯밤에도, 궁에서 돌아온 정역비는 피로로 지친 와중에도 임 노부인을 붙들고, 비연이 술 항아리를 들어 올리던 자세가 얼마나 아름다웠는지 계속 늘어놓았던 것이다!

진정으로 아들을 사랑하는 모친이라면, 아들이 사랑하는 사람을 사랑해야 하는 법이다. 임 노부인은 그런 어머니였다.

비연이 울먹이는 노부인을 바라보며 하려던 말을 모두 집어삼켰다. 대신 그녀는 진지하게 말했다.

"노부인, 이 일은 저 고비연이 끝까지 책임지겠습니다! 정역비가 깨어난다면 그에게 말해 주세요. 저는 결코 포기하지 않을 거고, 그가 스스로 포기하는 것도 허락하지 않겠다고요!"

다른 이들이 그녀에게 악의로 대한다면 그녀는 그 악의를 빈틈없이 갚아 주곤 했다. 그러나 다른 이들이 그녀에게 선의를 보여 준다면 그녀도 진심으로 보답할 생각이었다.

말을 마친 그녀가 몸을 돌려 자리를 떠나려 했다. 그러자 소 태의가 서둘러 말했다.

"고 약녀, 나는 자네를 속이지 않았네. 그런데……?"

"소 태의, 태의님을 믿지 못하는 것이 아닙니다. 다만 저는 이 세상에 어떤 물건이건, 어떤 사람이건 존재하기만 한다면 반드시 찾을 수 있다고 생각해요!"

비연이 고개를 돌려 가볍게 미소 지었다. 그녀의 눈이 별처럼 반짝이고 있었다.

"아직 한 달이 남았잖아요. 그렇죠?"

말을 마친 그녀가 성큼성큼 걸어 밖으로 나갔다.

소 태의를 제외하면, 방 안의 다른 이들 모두 그녀가 무슨 말을 하는지 정확히 이해하지 못했다. 그러나 정역비 다리에 조금은 희망이 있다는 뜻으로 알아들었다.

임 노부인이 다급하게 말했다.

"소 태의, 저 아이가……, 저 아이가 뭐라 말한 것인가?"

소 태의가 그제야 세상을 등진 의원들에 대해 이야기했다. 임 노부인은 믿을 수 없었지만, 동시에 희망이 차오르는 것도 억누를 수 없었다. 그녀는 무어라 말해야 할지 몰라, 자리로 되돌아가 아들의 손을 꽉 잡았다.

군한인은 원래 난감해 견디기 어려운 지경이었는데, 이런 상황이 되니 재빨리 자신을 위한 퇴로를 찾았다. 그가 진지하게 말했다.

"노부인, 나도 이 몇 년 동안 외유를 꽤 해 여기저기 연줄이 있고, 친구도 적지 않소. 나도 가서 알아보겠소. 역비가 내 연회에 와서 이런 일이 벌어졌으니, 이 일에 나도 책임이 있소!"

임 노부인은 군한인이 연회에서 했던 행동이 매우 불만스러웠다. 하지만 마음속에 숨겨 두고, 고맙다 외에는 다른 말을 하지 않았다.

정역비가 깨어나지 않으니 소 태의와 남궁 대인은 자리를 떠날 수 없어 계속 그 자리를 지켰다. 군한인이 떠나자 매 공공도 물러갔다.

비연은 정씨 저택에서 바로 정왕부로 돌아왔다. 그녀는 소 태의의 말을 믿었다. 정왕 전하를 찾아 물어봤자 소용없다는 것도 알고 있었다. 그녀가 재빨리 돌아온 것은 다름이 아니라 신농곡 노집사에게 서신을 보내기 위함이었다!

실마리, 고씨 족보

의학과 약학은 한 뿌리에서 나왔다. 신농곡을 장악한 이가 찾아내지 못하는 은거 의원이라면, 세상에서 누가 찾을 수 있겠는가?

비연은 다급하게 명월거로 돌아왔으나 정작 붓을 들고는 망설이기 시작했다. 이 서신에 대체 어떤 내용을 적어야 하는 걸까?

천무제와 정왕 전하도 분명 신농곡을 탐문했을 것이다. 다만 이런저런 소식을 알아내는 정도였을 것이다. 지난번 상황을 떠올려 보면, 정왕 전하도 노집사를 처음 만난 듯했다. 그러니 분명 노집사에게 은거 의원에 대한 일을 물어본 적이 없을 것이다.

하지만 지금, 그녀가 노집사와 교류가 있다고 할 수 있는 걸까?

지난번에 노집사가 그녀를 제자로 받아들이고 싶다고 말했고, 그녀는 완곡하게 거절했다. 노집사가 아직도 그녀를 제자로 받아들이고 싶어 할까? 그 조건으로 교환하자고 한다면 노집사가 승낙할까?

그러나 그것은 온당하게 느껴지지 않았다.

한참 생각했지만 계속 적당한 언사를 찾아내지 못했다. 그녀는 결국 직선적으로 요구하고, 노집사가 조건을 제시하게 하기로 마음먹었다.

노집사가 그녀를 제자로 받아들일 마음이 있다면, 서신에 무례한 부분이 좀 있다 해도 그다지 개의치 않을 것이다. 반면에 그녀를 제자로 받아들일 마음이 없다면, 그녀가 아무리 서신을 잘 쓴다 해도 헛수고일 뿐이다.

비연은 서신을 완성한 후에도 잠시 망설였다. 그리고 그것을 노집사에게 직접 보내지 않고 대신 당정에게 부쳤다. 당정으로 하여금 노집사에게 서신을 전하게 하는 편이 나을 것 같았다.

한 달의 시간만이 남아 있었다. 촌각을 다투는 일이지만 또 그만큼 신중하게 처리해야 했다.

노집사는 매일 서신을 산더미처럼 받을 것이다. 그러니 노집사에게 직접 보낸다면 한 달 후에도 노집사가 서신을 읽지 못할지도 모른다.

서신을 보낸 후 비연은 당정과 교분을 맺어 두어 정말 다행이라고 생각했다. 그렇지 않았다면 그녀가 직접 신농곡에 다녀와야 했을 것이다.

비둘기를 통해 서신을 보내면, 왕복하는 데 대략 대엿새 정도 걸릴 듯했다. 그 대엿새는 물론이고, 그녀는 오늘 남은 시간조차 허투루 낭비할 생각이 없었다.

서신을 보낸 후 총총히 하소만을 찾아 휴가를 청했다.

"고씨 가문에 가서 하루 자고 온다고? 무엇 때문에? 소 태의가 너에게 은거 의원을 찾으라 한 것 아닌가?"

하소만은 의심스러운 얼굴이었다. 그도 정역비의 상황을 알고 있었기에 마음이 상당히 안 좋은 상태였다.

비연이 고씨 가문에 다녀오려는 것에는 당연히 이유가 있었다. 그러나 그녀는 하소만과 너무 많이 이야기하고 싶지 않아 불쾌한 듯 대답했다.

"기분이 별로라서 집에 좀 다녀오고 싶은 거야! 다녀와도 되는 거야, 안 되는 거야? 네가 안 된다고 하면 궁에 들어가, 황상께 허락해 달라고 부탁하겠어!"

하소만도 화가 났다.

"뭐라고? 정왕 전하를 뭐라 생각하는 거야?"

비연이 계속 불쾌한 얼굴로 대답했다.

"정왕 전하께서 어디 계시는지 알려 주면, 전하를 찾아가지!"

귀운정에서의 그 일 이후 그녀는 정왕 전하를 다시 만난 적이 없었다. 그녀는 정왕 전하께서 다시는 그녀를 만나고 싶어 하시지 않을 거라 생각했다.

하소만은 지난밤 전하에게 냉대받은 기억을 떠올리고 비연의 시선을 피했다.

비연은 다급한 마음에 차갑게 물었다.

"허락할 거야, 안 할 거야?"

하소만은 결국 허락하며, 몰래 시위들에게 비연을 따르게 했다. 혹시 있을지도 모르는 사고를 막기 위해서였다.

비연이 고씨 가문 대문 앞에 섰을 때는 이미 해가 서산으로 저물 무렵이었다. 기울어 가는 햇빛이 이미 본래의 빛을 잃은 주홍빛 대문을 비추며, 몰락한 고씨 가문의 처량함을 더해 주고 있었다.

비연이 문을 두드렸다. 집사가 그녀를 보고는 깜짝 놀라더니, 곧 기뻐하며 재빨리 그녀를 안으로 안내했다.

비연이 방 안에 들어서기도 전에 고 이야와 왕 부인이 나왔다. 두 부부의 태도가 지난번보다 훨씬 더 공손했다.

"연아, 어찌 말도 없이 왔느냐? 저녁은 먹었고? 뭐가 먹고 싶은지 둘째 숙모에게 말하렴. 하인을 시켜 준비하라 할 테니."

"연아, 네 둘째 숙부도 매일 너를 생각한단다. 오늘 마침내 네가 왔구나! 어서 방 안으로 들어가거라. 네 사촌 동생들도 모두 불러오마. 그 애들과도 반년 넘게 못 봤지?"

"하지만 연아, 너는⋯⋯."

왕 부인의 말이 끝나기도 전에 비연이 말을 잘랐다.

"폐를 끼칠 생각은 없어요. 오늘 밤 요화각에서 잘 예정인데, 사람을 보내 청소만 좀 해 주세요."

고 이야와 왕 부인은 이상하게 여기면서도, 바로 하인을 불러 요화각을 청소하라 일렀다.

풍화당에 도착하자 비연이 바로 본론을 꺼냈다.

"숙부, 빌리고 싶은 물건이 있어요. 하룻밤만 빌려주시면 됩니다. 고씨 가문 밖으로 가져 나가지도 않을 거고, 내일 아침에 돌려드리겠어요."

고 이야가 더욱 답답해하며 물었다.

"무슨 물건을 말이냐?"

"고씨 족보를 보고 싶어요."

비연의 말에 고 이야가 바로 긴장하여, 말투마저 변했다.

"일개 여자로서 족보를 봐서 무엇 하려 하느냐?"

족보는 한 가문이 대대로 어떻게 전승되었는지, 방계가 어떻게 퍼졌는지, 또 주요한 인물들이 어떤 일을 했는지를 기록한 물건이었다. 여자는 족보에 들어갈 자격이 없었다.

족보는 모든 가문에서 보물로 여기는 물건이었고, 가주를 제외하면 그 누구도 쉽게 펼쳐 볼 수 없었다. 그러니 여자라면 더더욱 말할 것도 없었다.

비연이 족보를 빌리려 한 것은 당연히 은거 의원을 찾기 위해서였다. 소 태의가 의학의 명가며 은거 의원들에 대해 이야기할 때 그녀가 가장 먼저 떠올린 가문이 바로 고씨 가문이었다.

고씨 가문 역시 천 년이 넘는 역사가 있었고, 과거에는 의학의 명가로 이름을 떨쳤다. 후에 의학이 몰락하며 점차 무학의 명가로 변했지만, 그녀가 아는 한 고씨 일족은 예전에 상당수의 유명한 의원과 약사들을 배출했었다.

고씨 가문처럼 역사가 유구한 가문이라면 반드시 적지 않은 방계가 있기 마련이다. 혹시 그 방계 중 고씨 가문의 의술과 약술을 계승하여 독립된 은거 가문이 된 경우도 있지 않을까? 그들의 흔적을 족보에서 찾을 수 있지는 않을까?

비연은 노집사가 좋은 소식을 보내 주리라 완전히 확신할 수 없었다. 그러니 차선책도 생각해 놓아야 했다. 그녀는 고씨 족보도 실마리가 되리라 생각했다. 하지만 고 이야에게 진실을 이야기할 생각이 없어 이렇게만 말했다.

"조상님들을 이해하고, 알고 싶은 마음 때문이에요."

비연이 다시 한번 강조했다.

"고씨 저택 안에서만 읽고, 내일 아침에는 완벽한 상태로 돌려드릴 거예요. 어떠세요?"

고 이야가 여전히 머뭇거렸다.

"연아, 무엇을 하고 싶은 건지 나에게 말해 다오. 내가 도와주마. 족보를 너에게 주는 것은 가문의 규칙에 어긋난다!"

비연이 유감스러운 표정으로 말했다.

"그러시다면 억지로 강요하지는 않겠어요. 이만 돌아가겠습니다."

그녀가 몸을 일으켜 떠나려다가 고개를 돌려 왕 부인을 보며 한마디 덧붙였다.

"맞아! 둘째 숙모, 제가 몇 년 동안 어약방에서 받은 봉급을 전부 숙모님께서 저축하고 계셨지요? 귀찮으셔도 계산 좀 해 주시길 바라요. 저도 만 공공에게 부탁해, 어약방에 가서 장부와 대조해 보라고 할 테니. 혹시라도 계산이 틀려, 제가 숙모의 돈을 더 받는 일이 생기거나 하면 곤란하잖아요."

이 말에 왕 부인의 안색이 하얗게 질렸다. 비연이 미소 지으며 몸을 돌렸다.

왕 부인이 어떻게 고 이야를 설득했는지는 알 수 없었지만……. 아니, 어쩌면 돈을 목숨처럼 여기는 고 이야니 설득할 필요가 없었을지도 모른다.

결론적으로, 비연이 저택을 나온 지 얼마 되지 않아 고 이야가 그녀를 쫓아왔다. 그가 수염을 쓰다듬으며 엄숙하게 말했다.

"연아, 네가 아직 고씨 가문에서 나간 것도 아니니, 내가 상례를 깨고 너에게 족보를 보여 주도록 하겠다. 다만, 볼 수만 있는 거다! 혹시라도 거기에 무언가를 적어 넣거나 하면 안 된다!"

"알겠어요."

비연이 일부러 탄식했다.

"요즘 만 공공이 너무 바빠서, 만 공공을 귀찮게 하지 않는 게 좋을 것 같아요."

그러자 고 이야와 왕 부인이 서로를 바라보며 안도의 한숨을 내쉬었다. 고 이야가 어쩔 수 없다는 듯 말했다.

"연아, 따라오너라. 고씨 족보가 너무 많아, 내가 다 들고 올 수가 없구나……."

마음은 외로운 구름에게서 멀어지고

현공대륙에선 이 10년 사이에 세력 분쟁이며 시국의 변화가 많았다. 당연히 가문의 이동도 많았고, 적지 않은 고택들이 전란에 무너지고 말았다. 그리고 상당수의 가문들이 그런 저택들을 버린 채 방치하고 있었다.

고씨 가문은 그렇지 않았다. 고씨 가문은 대대로 진양성에서 살았고, 저택 역시 오래되었다. 다만 가문이 몰락하면서 수많은 건물이며 누각이 비어 있었고, 오래도록 방치되거나 무너진 상태였다. 심지어 일부분은 탐욕스러운 고 이야가 팔아넘겨, 다른 사람 명의였다.

고 이야는 비연을 데리고 무너진 대전을 돌아 저택 후원의 장경탑으로 향했다. 족보는 바로 이곳 꼭대기에 있었다.

장경탑은 고씨 저택에서 역사가 가장 오래된 건축물로, 지은지 천 년이 넘는다는 이야기가 있었다. 7층 높이의 탑이 고풍스럽고 장엄하게, 천 년의 시간 동안 우뚝 선 채 진양성의 변화를 바라보고 있었다.

비연이 탑 아래에서 위를 올려다보았다. 저도 모르게 경외심이 들었다.

탑 안에 적지 않은 경서 등 서적들이 있다는 걸 알고는 있었지만 막상 눈앞에 펼쳐진 광경을 보자 깜짝 놀랄 수밖에 없었다. 탑 안이 온통 서적으로 가득 차 있었다. 잘 분류된 서적들이 산을 이루고 있었다.

비연은 이 서적들에 대해서는 잘 알지 못했다. 몸의 원주인의 어린 시절 기억도 조금 모호했기 때문이다. 그녀가 고 이야를 따라 올라가며 물었다.

"이 서적들은 모두 쓸모없는 것 아닌가요? 기를 수련할 수도 없고, 무술을 연마할 수도 없고……. 자신을 강하게 만들어 지키는 데는 쓸모가 없으니, 낭비 아닌가요?"

고 이야가 양편의 서적들을 가리키며 원망스러운 얼굴로 말했다.

"봐라! 이쪽은 기를 수련하는 공법에 대한 책들이고, 이쪽은 무술에 대한 책들이다. 무릇 무술을 익히려면 먼저 기를 수련하고, 그다음에 무술을 익혀야 하는 법이지. 다른 가문이 수련하는 무술은 기를 잃어도 쓸 수 있지만, 우리 고씨 가문의 무술은 다르지. 하하! 기를 잃으면, 우리 가문의 무술은 그저 겉으로만 그럴싸해 보이는 동작에 지나지 않아! 거리에서 공연이라도 한다면 어찌어찌 유지는 될지 모르겠다마는, 스스로를 강하게 만들어 지킨다……. 하하, 더 말할 필요가 없겠구나!"

고 이야가 말을 하다가 감정이 북받쳤는지 격앙된 어조로 말했다.

"연아, 우리 고씨 가문은 원래 기씨 가문과 어깨를 나란히 하는 가문이었다. 그렇지 않다면 애초에 네 혼약을 어떻게 맺을 수 있었겠느냐! 빙해의 그 이변이 아니었다면 우리 가문이 이

지경까지 떨어질 리도 없었겠지?"

비연이 일부러 아무것도 모르는 척했다.

"빙해의 이변이라고요? 그게 무슨 말씀이세요?"

안타깝지만 고 이야도 제대로 알지는 못하는 것 같았다. 그는 계속 위로 올라가며 불만을 털어놓았다.

시대가 변하고 권력자도 교체되었다. 변화를 모색하지 않고, 조상들이 남긴 땅에 머물며 조상들의 은덕만을 바라고 있으면 어찌 오래 갈 수 있을까?

고 이야는 자신을 반성하지 않고 계속 조상만 원망했다. 비연이 듣다가 짜증이 치밀어 올라 말을 끊었다.

"그만 이야기하셔도 되겠어요! 이 탑에 의학 서적도 있나요?"

고 이야가 의심스럽다는 듯 고개를 돌렸다.

"잊은 모양이구나. 네가 처음에 약학을 배운 것이, 여기서 혼자 익힌 결과 아니었느냐."

비연은 매우 놀랐다. 망할 얼음, 정왕 전하 등이 그녀에게 약술을 어디서 배웠냐고 물을 때면 그녀는 적당히, 조상에게서 전해져 오는 서적을 읽고 배웠다고 둘러댔다. 그런데 지금 보니 그게 둘러댄 것이 아니라 사실이었다!

"기억이 잘 안 나서요."

그녀가 다시 물었다.

"의약 서적은 어디에 있나요? 제가 다시 좀 봐도 될까요?"

"연아, 네 기억력이 나보다 안 좋구나! 올라가 봐라. 의약 서적은 모두 꼭대기 층에 있으니."

고 이야가 소리 내어 웃었다. 모르는 사람이 보면 그들 사이가 아주 좋다 생각할 것이다. 그러나 비연은 그에게 예의상의 미소 한번 지어 주지 않고, 고 이야를 지나 빠르게 걸어 올라갔다.

7층에 도착했을 때 눈에 들어온 것은 산처럼 쌓인 무술 서적이 아니라 고풍스러운 제례용 탁자였다.

탁자 앞에는 오래되어 먹의 빛깔이 바랜, 긴 초상이 하나 걸려 있었다. 금을 끌어안고 있는, 흰옷을 입은 남자의 그림이라는 것 정도만 희미하게 알아볼 수 있었다. 배경으로는 멀리 산이며 폭포, 흰 구름과 푸른 소나무가 그려져 있었다. 남자의 얼굴이나 몸의 형태로 짐작해 보건대 분명 아주 젊은 시절의 그림이었다.

탁자 위는 두툼한 먼지로 뒤덮여 있었고, 향로에는 재도 남아 있지 않았다. 아주 오랫동안 남자에게 제사를 지낸 이가 없다는 의미였다.

고씨 선조들의 위패는 모두 사당에 있었다. 그런데 이 남자는 대체 누구일까? 이 초상은 무엇 때문에 이곳에 걸린 채 제사를 받았던 걸까?

비연이 그림에 좀 더 다가가 자세히 들여다보았다. 그림 왼쪽에 낙관이 몇 개 찍혀 있었다. 이미 희미해져 제대로 알아보기 어려웠지만 비연은 가까스로 시 한 구절을 읽어 낼 수 있었다.

"금은 어느 밤에 돌아올까, 마음은 외로운 구름과 멀어지고."

비연이 소리 내어 읽어 보았다. 이 시구가 그림과 아주 잘 어울린다는 생각이 들었다. 다만 이 시에 숨겨진 의미는 도무지 알 수 없었다.

마침내 고 이야가 올라왔다. 비연이 그에게 물었다.

"이분은 누구시죠?"

"네 할아버지의 할아버지도 몰랐는데 내가 어찌 알겠느냐? 어쨌든 이 탑 꼭대기에 모셨으니, 분명 우리 고씨 선조시겠지."

고 이야는 초상에는 흥미가 없는 듯 탁자 옆으로 가서 한일 자 형태로 배치된 커다란 상자를 하나하나 열기 시작했다. 상자 안은 비단 주머니로 잘 감싼 비단 두루마리들로 가득했다. 그 비단 주머니 위에 글자가 수 놓여 있었는데, 바로 의약서들이었다.

비연은 놀랍기도 하고 기쁘기도 했다. 고씨 가문에 이렇게 많은 의약서가 보존되어 있다니! 게다가 보존 상태도 아주 좋았다.

그녀는 재빨리 달려가 하나 열어 보았다. 그러나 비단 두루마리 위의 글씨체가 모두 뭉개져 있어, 그저 먹의 흔적이라는 것만을 알 수 있을 뿐이었다. 어째서 이렇게 된 걸까?

비연이 다급하게 두루마리 몇 개를 더 펼쳐 보았지만 상황은 동일했다.

"볼 필요 없다. 이 의약서들은 저 초상화처럼 최소한 천 년은 흐른 물건이다. 제대로 알아볼 수 있는 게 없지. 어릴 때 네가 공부한 의약서는 이 중 글자가 가장 뚜렷하게 남아 있는 것이었다. 사실은 두루마리 전체도 아니고, 절반 정도지만."

고 이야가 두루마리 하나를 찾아 비연에게 건넸다.

"바로 이거다."

비연이 두루마리를 펼쳤다. 보통의 약초 모음집으로, 늘 볼 수 있는 약재의 외관이며 약효를 기록한 것이었다. 게다가 고 이야가 말한 대로 반 정도만 가까스로 알아볼 수 있고, 나머지 반은 글자를 제대로 알아볼 수 없을 지경이었다.

비연은 마음이 편치 않기도 하고 또 경악스럽기도 해서 탐문 하듯 물었다.

"고씨 조상의 의술과 약술은 전부 이렇게 사라진 건가요? 전 승한 사람이 없고요?"

"우리 적통은 전승이 끊겼지만, 방계로 가면 오히려 이름을 상당히 떨친 명의와 약사가 몇 있다. 하지만 그것도 다 몇 백 년은 지난 이야기지."

비연이 다시 물었다.

"족보에 기록이 남아 있나요?"

고 이야는 그제야 비연이 무엇 때문에 족보를 보려 하는지 알아차리고 의심스러운 표정으로 물었다.

"연아, 대체 무엇 때문에 그러느냐?"

비연이 금표를 꺼내 고 이야에게 건네주며 냉랭하게 말했다.

"죽고 싶지 않다면 호기심을 죽이는 것이 좋으실 거예요. 입 도 꾹 다물고요. 밖에서 이상한 말을 하고 다니시면 안 됩니다."

고 이야는 전신에 식은땀이 흘러 더 이상 묻지 못했다. 그는 재빨리 탁자에 숨겨져 있던 기관을 움직여 건너편 석벽을 열었 다. 비연이 깜짝 놀랐다.

석벽 안쪽으로는 10층짜리 거대한 서가가 가득 차 있었고, 서가마다 비단 두루마리가 쌓여 있었다. 이 비단 두루마리는 그 의약서들보다 많으면 많았지 적지 않았다.

비연이 멍하니 중얼거렸다.

"이……, 이게 다 족보라고요?"

고 이야는 비연이 살짝 무섭기도 하고 또 잘 보이고 싶기도 했다. 그러나 이 일에 대해서만은 그도 조금은 위엄을 지키려 하는 편이었다. 그는 몇 번 가볍게 기침하고 진지하게 말했다.

"연아, 우리 고씨 족보가 모두 여기 있다. 네가 읽는 것은 상관 없다. 하지만 순서를 흩트려 놓거나 가지고 나가서는 안 된다."

비연은 당황했다. 이렇게 많은 양이라면 대체 며칠을 읽어야 다 읽을 수 있을까?

빙해의 남쪽으로 옮겨 가다

 비연도 고씨 가문에 천 년이 넘는 역사가 있다는 걸 알고 있었다. 당연히 족보도 아주 길 것이다. 그러나 이렇게 길 줄은 몰랐다. 족보의 목록만으로도 비단 두루마리 둘은 되었다.

 그녀는 목록을 대강 훑어보고는 고씨 족보가 길 뿐 아니라 그 내용이 아주 충실하고 풍부하다는 걸 알게 되었다. 정리도 아주 잘되어 있었다. 성씨의 유래며 뿌리는 물론이고, 덕을 베푼 행적이나 가문의 규범, 과거 있었던 일, 무덤 외에도 역대 가주들의 순서나 초상화에 적힌 화제, 사당이나 묘의 그림이며 표, 그리고 인물의 초상까지도 모두 있었다.

 비연은 정왕부로 사람을 보내 하소만에게 며칠간 휴가를 더 청하고, 고 이야도 함께 족보를 뒤지게 했다. 이렇게 비연은 고씨 가문에서 사흘 밤낮을 꼬박 보냈다.

 족보에서 의약을 전승받은 방계 가문 몇과 전설 속의 그 의원들이며 약사들을 찾을 수 있었다. 그러나 안타깝게도 이 방계 가문은 은거하고 있는 가문들이 아니었다. 과거 의술이 고명하고 약술에 정통했던 몇몇 유명한 조상을 제외하면 후손들의 실력은 평범했고, 심지어 제대로 전승받지도 못했다.

 사흘이 지나니 남은 두루마리는 스물 남짓이었다. 아직 조사하지 못한 방계 가문이 셋 남아 있었다.

고 이야가 탄식하듯 물었다.

"연아, 대체 무엇을 찾으려고 하는 게냐? 사흘이나 지났는데, 그만두는 것이 낫겠다."

그는 비연이 고씨 가문의 의약 전승인을 찾으려 한다고만 추측하고 있을 뿐 자세한 상황은 알지 못했다.

비연이 그런 그에게 신경 쓰지 않고 계속 두루마리를 뒤적거렸다. 그녀의 얼굴도 역시 피로해 보였지만 동시에 고집스러워 보이기도 했다.

그녀가 지금 읽고 있는 두루마리에는 유수 고씨에 대한 내용이 기록되어 있었다.

"유수? 빙해 근처의 그 유수하……?"

비연이 호기심에 차서 중얼거렸다.

"그 유수하 상류의 유수산성을 뜻하는 거다. 우리 가문에서 그쪽으로 이주한 사람들이 확실히 있었지."

고 이야는 그저 이렇게 답할 수밖에 없었다. 비록 가주였지만 족보를 다 읽거나 정리해 본 적은 없었고, 가문의 전승이나 종친, 방계 등에 대해서도 잘 알지 못했다.

비연은 더 이상 묻지 않았다. 그녀는 이 두루마리를 읽으면 읽을수록 놀랍기도 하고 기쁘기도 했다. 유수 고씨 일맥은 고씨 가문의 독특한 침구술과 약욕법을 전승했고, 계속 유수에 숨어 살고 있었다.

비연은 흥분하기 시작했다. 재빨리 고 이야에게 유수 고씨 일맥에 관한 기록을 찾게 했다.

그러나 유수 일맥의 기록은 400년 전에서 멈춰 있었다.

비연이 물었다.

"은거하기 시작한 후 본가와도 왕래를 끊은 건 아닐까요?"

"그러지는 않았을 것 같구나. 후손이 끊겼거나, 아니면 족보에 계속 보충해 넣지 않았거나 했겠지."

고 이야가 두루마리를 훑어보며 대답했다. 곧 그는 관련 자료를 찾아내 비연에게 건넸다.

"봐라, 여기 다 적혀 있으니!"

자료를 받아 든 비연은 당황하고 말았다. 두루마리 기록에 따르면 유수 고씨는 400년 전 빙해를 건너 운공대륙으로 이주했고, 그 후로 소식이 단절되었다.

그때 빙해는 건널 수 있는 곳이었다. 그러나 지금 빙해를 건넌다는 것은 죽음의 길이었다! 가까스로 희망을 하나 찾아냈는데 어째서 이런 결과가 나온 걸까?

비연은 한참 동안 멍하니 있었다. 무슨 말을 해야 할지 알 수 없었다.

계속 유수 고씨와 관련된 기록을 찾는다 해도 헛수고였다. 다른 방계를 찾아야 했다.

그녀가 너무 열심이었기 때문인지 아니면 너무 피로했기 때문인지, 그녀는 허리춤의 약왕정이 이상하다는 것을 느끼지 못하고 있었다. 약왕정이 살며시, 몇 번이나 공중으로 떠오르고 있었다. 계속 그 초상화 쪽으로 가려고 하는 것 같았다.

밤이 되었다. 비연과 고 이야는 두루마리를 다 읽었지만 아무 수확이 없었다. 고 이야는 바닥에 앉아 일어나기도 싫은 모양이었다.

비연 역시 힘이 다했고, 마침내 실망하고 말았다. 그녀는 저도 모르게 그 망할 얼음이 왔으면 좋겠다고 생각했다. 그 망할 얼음은 여기저기 연줄이 정왕 전하만큼은 있는 것 같던데, 도움을 청할 수 있지 않을까? 하지만 신출귀몰한 그를 어디서 찾을 수 있을까……?

비연이 생각에 잠겨 있는데 갑자기 왕 부인이 탑으로 왔다. 그녀가 올라오며 소리쳤다.

"연아, 정왕부에서 사람이 왔다! 너에게 무슨 급한 서신이 왔다고 하더구나! 객당에서 기다리라고 했다."

노집사가 회신을 보낸 걸까?

비연이 바로 정신을 차리고 탑 아래로 달려 내려갔다. 흥분한 나머지 왕 부인과 부딪칠 뻔했다.

사실 그녀는 흥분한 것 외에도 긴장감이 더 컸다. 고씨 가문 쪽은 희망이 없었다. 제발 노집사가 그녀의 이 기쁨을 헛된 것으로 만들지 말아 주었으면!

비연이 최대 속도로 달려 객당에 도착했다. 하소만 아래에서 일하는 태감이 그녀를 기다리고 있었다. 서신을 받아 든 그녀는 그 위에 적힌 이름이 당정인 것을 보고 더욱 긴장했다. 설마 노집사가 그녀에게 대답하지 않기로 한 것은 아니겠지?

서신을 열어 보니 그 안에 다른 서신이 들어 있었다. 노집사의 친필 서신이었다. 노집사는 그녀에게 은거 의원을 추천해 주겠다고 약속했다. 조건은 그녀를 제자로 받아들이는 것이 아니라 그녀에게 신농곡의 이사 후보 신분을 받아들이라는 것이었다.

신농곡에서 노집사는 대집사의 위치에 있었다. 대집사 아래에는 이사가 네다섯 명 있었다. 이사들은 결정에 참여하고 집행했다. 이사 후보라는 것은 바로 그 이사가 될 가능성이 있는 사람들이었다.

비연은 아무리 생각해도 이해할 수 없었다. 노집사에게 그녀를 키우고 싶은 마음이 있다면 그녀를 제자로 받아들이는 것이 훨씬 직접적이지 않은가? 그런데 어째서 이렇게 한 걸음 양보한 걸까?

사실 노집사는 며칠 전에 천무제에게 서신을 보내 비연을 요구했다. 그러나 천무제는 자신의 비밀이 새어 나가거나 앞으로 약을 얻지 못할 것을 걱정하여 완곡하게 거절의 뜻을 밝혔다. 그러던 차에 비연의 서신을 받은 노집사는, 그녀가 천무제의 뜻을 거스르지 않을까 걱정되어 이런 생각을 해 냈던 것이다.

비연은 이러한 사정을 알지 못했지만 계속 생각할 여유도 없었다. 그녀는 일각도 지체하지 않고 바로 정왕부로 돌아가, 노집사에게 조건을 받아들이겠다는 답장을 보냈다.

그녀는 어약방 소속이고, 잠시 정왕부에 와 있긴 하지만 이 일을 그 누구에게도 말할 필요는 없었다. 이사 후보라는 것은 이름일 뿐 명확한 신분이 있는 게 아니었다. 최소한 이사가 되기 전에는 그녀는 신농곡 사람이 아니었다.

서신을 보낸 후, 며칠 동안 두근거리던 비연의 심장이 마침내 안정되었다. 정씨 가문에 바로 좋은 소식을 보냈다.

이어진 나날 동안 비연은 천무제를 위해 단약을 연마하는 한편 초조하게 노집사의 서신을 기다렸다.

정역비의 상황에 대해서는 임 노부인이 사람을 보내 그녀에게 알려 주었다. 정역비는 깨어난 후에 기분이 꽤 안정적이었다. 그러나 그녀를 보려 하지 않고, 그저 그녀를 기다리겠다고만 말했다.

사흘 후 밤에 다시 당정의 긴급한 서신을 받았다. 역시 서신 속에 서신이 들어 있었는데, 노집사의 회신 외에도 추천장이 하나 들어 있었다.

노집사는 그녀에게 이 추천장을 가지고 연운간으로 갈 것을 명했다. 연운간이라는 지역에 남산객잔이라는 곳이 있는데, 객잔 사장에게 추천장을 보여 주면 그가 은거 의원에게 데려가 줄 거라는 이야기였다. 추천장이 하나니 그녀가 의원에게 간청할 기회도 한 번뿐이었다.

이 은거 의원의 이름은 무엇일까? 홀로 지내는 이일까, 아니면 어떤 은거 가문에 속해 있을까? 비연으로서는 알 수 있는 것이 아무것도 없었다. 노집사는 서신에 어떤 설명도 해 놓지 않았다.

비연은 그를 믿고 더 이상 생각하지 않았다. 바로 하소만에게 연운간이라는 지역에 대해 묻기로 했다.

그러나 그녀가 명월거에서 나온 지 얼마 되지 않아, 아주 익숙한 그림자가 바쁘게 침궁 방향으로 가는 것이 보였다. 마침내 정왕 전하께서 부에 돌아오신 것이다!

정역비와 관련한 일로 이미 성에서 한바탕 평지풍파를 일으킨 다음이었다. 기 대장군이 심지어 아침 조회에서 언급하기도 했다. 정왕 전하께서 모르실 리 없었다.

비연이 머뭇거리지 않고 재빨리 그에게로 달려갔다.

"정왕 전하, 잠시만요! 보고드릴 일이 있습니다!"

그녀에게 제의하다

비연의 목소리에 군구신이 발걸음을 멈췄다.

몽롱한 달빛 아래 그가 눈길을 돌렸다. 차갑고도 맑은, 마치 실제 존재하지 않는 것처럼 신비하고도 고요한 그는 그림 속에서 막 빠져나온 신과도 같은 모습이었다.

늘 그러던 것처럼 그의 얼굴에 홀려 버리고 말았다. 그를 바라보는 그녀의 눈빛이 경외심으로 가득 차 있었다.

귀운정에서 매우 불쾌하게 헤어진 후 처음 만나는 정왕 전하였다. 사실 비연은 자신이 없었다. 그가 아직도 화를 내고 있을지도 모르고, 그녀를 얼마나 신임할지도 알 수 없었다. 그러나 시간이 없으니 어쩔 수 없었다.

그녀는 재빨리 다가가 몸을 굽혀 인사한 후, 저간의 사정을 요점만 이야기했다. 그리고 마지막으로 노집사에게서 받은 추천장을 그에게 내밀었다.

사실 군구신도, 노집사가 비연의 재능을 아끼니 도움을 줄 거라 추측하고 있었다.

그는 그 누구보다도 정역비에게 아무 일 없기를 바랐다. 정역비에게 문제가 생기면 정가군에게 변고가 생기는 셈이고, 그러면 기씨 가문의 야심이 분명 움직일 것이기 때문이었다.

두 군대의 사소한 움직임도 천염국에 큰 영향을 끼칠 수 있었다. 가까스로 백리명천의 이간질을 막아 냈는데 내부의 분쟁을 막아 내지 못한다면, 정말이지 세상의 웃음거리가 될 것이다.

군구신은 모든 것을 손바닥 들여다보듯 알고 있었다. 그가 생각하지 못한 단 한 가지는 노집사가 제자로 받아들이는 일을 양보한 것이었다.

그는 서신과 추천장을 다 본 후에 마음속으로 확신했다. 노집사는 분명 부황에게 비연을 요청했을 것이고, 거절당했을 것이다. 비연이 부황의 비밀을 알고 있는 한 쉽게 몸을 빼지는 못할 것이다!

군구신의 눈빛이 복잡해졌다. 그는 생각에 잠겨 한참 동안 아무 말도 하지 않았다. 비연은 다급한 마음에 다시 입을 열었다.

"전하, 제가 몇 말씀 올리겠습니다. 정 대장군의 다리는 황상의 한쪽 날개입니다! 그에게 무슨 일이 생긴다면 그 결과는 감히 상상조차 어려울 것입니다. 제가 뻔뻔스러운 것은 알지만, 전하, 저와 함께 연운간에 가셔서 정 대장군을 위해 의원을 청해 와 주세요!"

군구신이 그제야 정신을 차리고 차갑게 대답했다.

"이렇게 중요한 일을 본 왕에게 보고한들 무슨 소용 있겠느냐? 어서 황상께 가서 보고드려라. 너를 호위할 사람도 황상께서 골라 주실 것이다."

이 말을 들은 비연은 그제야 이 일을 천무제에게 숨길 수 없다는 사실을 깨달았다. 그날 정씨 가문에는 매 공공과 팔전하도 함께 있었으니까!

그녀는 괴로웠다. 그날 자신이 너무 냉정을 잃어 매 공공과 팔전하를 경계하지 못했다.

황상이 병세를 숨기고 있으니, 지금은 정왕 전하도 더 이상 은거 의원을 찾고 있지 않을 것이다. 그러나 천무제는 계속 비밀리에 찾고 있었을 것이다. 이런 기회가 있다는 것을 알게 된다면 황상이 정역비의 기회를 빼앗으려 하지 않을까? 정역비를 어떻게 하면 구할 수 있을까?

추천장 하나로는 의원에게 단 한 가지 일만을 부탁할 수 있을 뿐이다! 어떻게 하면 좋지?

비연의 마음은 한편으로 기울어져 있었다. 그녀는 정역비에게 책임감을 느끼고 있었다. 또한 천무제의 병세는 어떻게 치료한다 해도 결국은 단약에 의지해야 했다. 치료하는 의미가 그렇게 크지 않았다.

비연은 어찌해야 할지 알 수 없어 아름다운 미간을 찡그리기 시작했다. 군구신이 계속 자신을 보고 있다는 사실을 의식하지 못한 채.

그녀가 미간을 찌푸리는 것을 보자 군구신은 저도 모르게 미간을 찌푸렸다. 그가 먼저 입을 열었다.

"연운간은 남쪽에 있고, 진양성에서 거리가 멀지. 한 번 오가는 데 최소한 20일은 걸리는 여정이다. 정 대장군의 상황이 긴급하니 더 늦출 수는 없겠지. 의원을 청해 올 수 있다면 자연히 정 대장군을 먼저 치료하고, 그다음에 비밀리에 궁으로 초청해야겠지. 본 왕은 부황의 병세에 대해 알지 못하니, 너에게 어찌하라고 이야기할 수 없다."

이 말을 들은 비연이 갑자기 고개를 들었다. 암담하던 눈빛이 일순간에 빛나기 시작했다.

비연이 해맑게 웃으며 말했다.

"전하, 감사드립니다. 잘 알겠습니다, 저는……."

그녀가 말을 끝내기도 전에 군구신이 몸을 돌렸다. 더 이상 상대하지 않겠다는 듯이.

비연은 그를 쫓아가지 않고 그의 뒷모습만을 바라보았다. 그녀 입가의 웃음기가 점점 더 짙어졌다.

지극히 즐거운 표정이었다!

정왕 전하가 그녀에게 어찌하라고 말하지 않겠다고 했지만, 방금 그 말은 분명 그녀에게 자신의 의견을 밝힌 것이나 마찬가지였다!

그녀가 추천장 하나로 의원을 한 번밖에 청할 수 없다 말하지 않는다면, 누가 그 사실을 알겠는가? 노집사가 이 일을 밖에 누설하지 않을 테니 천무제도 알지 못할 것이다.

천무제에게 어떻게 말해야 할지, 그녀는 바로 깨달을 수 있었다!

정왕 전하의 뒷모습이 보이지 않게 된 다음에야 비연은 만족하고 잠을 자러 갔다.

정왕 전하가 그녀에게 의견을 밝혔다. 그녀에게 화가 난 상태가 아니라는 뜻이겠지? 이번에 그녀가 일을 제대로 해내면 그녀를 계속 정왕부에 남게 해 주지 않으실까?

연운간에 다녀오면 약속한 석 달이 될 것이다.

다음 날 아침 일찍, 비연은 궁에 들어가 천무제를 배알했다. 막 조회를 끝낸 천무제는 단약을 먹고 쉬려던 참이었다. 그는 비연이 은거 의원을 찾을 수 있다고 이야기하자 기뻐하며 벌떡 일어났다.

"뭐라고? 정말로 찾았느냐? 어디에 있지? 초청할 수는 있 겠는가?"

비연이 겸손하게 대답했다.

"노집사가 저에게 의원 한 분을 추천해 주었습니다. 다만 제 가 직접 다녀와야 합니다."

천무제는 속으로, 신농곡 노집사가 이렇게 비연의 체면을 세 워 주려고 하는 걸 미리 알았더라면, 자신이 먼저 비연을 걸고 노집사와 조건을 이야기해 보는 것도 나쁘지 않았겠다고 생각 했다.

어쨌든 비연이 그가 지배하는 진양성에 하루라도 더 머무를 수록 그가 신농곡에 대해 유리한 고지를 점하게 될 것이다.

'고비연, 이 사고뭉치, 하지만 가끔은 예쁜 짓도 하는군.'

천무제가 큰 소리로 웃으며 즐거운 듯 물었다.

"언제 출발할 생각이냐? 짐이 시위를 붙여 주마."

비연의 눈가에 교활한 빛이 스쳐 가는가 싶더니 그녀가 진지 하게 말했다.

"황상, 연운간은 진양성에서 아주 멀리 떨어져 있습니다. 오 가는 데만 20여 일이 걸리니, 정 대장군을 치료할 시기를 놓치지 않기 위해 오늘 당장이라도 출발할까 합니다.”

천무제가 고개를 끄덕이며 한마디 하려 했을 때였다. 비연이 다급하게 덧붙였다.

“황상! 황상의 병세는 남들 앞에서 이야기하기 곤란하고, 정 대장군은 병세가 긴급합니다. 일단 의원에게 정 대장군을 치료하게 한 후, 몰래 궁으로 데려와 황상을 진찰하게 하면 어떠실는지요?”

기분이 좋아진 천무제가 깊이 생각하지 않고 고개를 끄덕였다.

“네가 아주 세심하구나.”

비연이 속으로 안도의 한숨을 내쉬며 말했다.

“황상, 제가 어젯밤 내내 고민해 보았습니다. 팔전하로 하여금 저를 호위하게 해 줄 수 있으실는지요?”

군한인 이야기가 나오자 천무제의 기분이 나빠진 듯했다. 그가 물었다.

“무엇 때문이냐?”

비연이 진지한 표정으로 설명했다.

“제가 정 대장군을 위해 의원을 청하러 가는 일을 본래 비밀로 하고 싶었으나, 진양성 사람들 모두가 알게 되었습니다. 저는 의심이 많은 편이라, 누군가가 저를 막으려 하지나 않을지 걱정스럽습니다. 저를 막아 그 기회에 정 대장군을 모해하려는 누군가가 있을 수 있으니까요! 그리고 연운간까지 숲이 많으니 강도 등도 적지 않을 것 같습니다. 팔전하의 무예가 고강하니,

비밀리에 저를 호위해 주신다면 최선의 방법일 것 같습니다."

천무제가 무슨 생각을 하는지는 알 수 없지만, 비연을 바라보며 수염을 쓰다듬기만 할 뿐 한참 동안 아무 말도 하지 않았다.

비연은 담담한 표정이었지만 마음속으로는 사실 조금 긴장하고 있었다. 그녀는 군한인의 호위를 받고 싶지 않았다. 천무제가 군한인으로 하여금 그녀를 호위하게 할 리 없다는 것도 알고 있었다. 단지 군한인의 무공이 고강하다는 것을 언급함으로써 천무제를 깨닫게 하고 싶은 것뿐이었다. 군한인보다 무공이 더 높은 사람, 그는 바로 정왕 전하였다!

정왕 전하가 어젯밤 보여 준 태도를 보면, 천무제를 대할 때 분명히 피해야 할 부분이 있었다. 그러니 정왕 전하를 직접 언급할 수는 없었다.

천무제가 계속 아무 말도 하지 않자 비연은 점점 더 긴장했다. 그때 매 공공이 다가와 말했다.

"황상, 팔전하가 배알을 청하며 밖에서 기다립니다."

죽고 싶어 왔구나

군한인이 왔다고?

비연은 천무제가 그를 만나지 않을 거라 생각했다. 그러나 천무제는 무슨 생각인지, 그녀를 한옆에 세워 두고 군한인을 불러들였다.

군한인은 비연이 있을 거라 생각지 못했던 듯, 들어오는 순간 그녀를 보고 경악한 시선을 던졌다. 그러나 그는 곧 담담한 표정으로 성큼성큼 걸어 들어와 예를 행했다.

"소자, 부황을 배알하옵니다!"

천무제가 아주 엄숙한 표정으로 말했다.

"일어나거라."

군한인이 몸을 일으켰고, 비연도 담담하게 몸을 굽혔다.

"약녀 고비연, 팔전하를 뵙습니다."

"일어나거라."

군한인은 원래 비연을 상대하지 않으려 했다. 그러나 정씨 가문에서 난처했던 일이며, 매 공공이 부황께서 저 망할 계집에게 상을 내리려 한다고 말했던 것을 떠올리자 참지 못하고 입을 열고 말았다.

"고 약녀, 은거 의원을 찾고 있다지? 며칠이 지났는데, 소식이 있는가?"

비연은 군한인이 이 문제를 언급하리라고는 생각지 않고 있었다. 그런데 이 말을 들은 그녀는 군한인이 죽을 길을 찾고 있다고 확신했다!

그녀가 일부러 유감스러운 듯 대답했다.

"아직입니다."

천무제는 아무 말도 하지 않았다. 어쨌든 이 일이 비밀이기를 가장 바라는 사람은 바로 그였다.

군한인이 큰 소리로 웃었다.

"진양성 사람들 모두가 네가 정역비를 위해 의원을 찾고 있다고 이야기하기에, 나는 이미 찾은 줄 알았지."

"정 대장군을 위해 제가 의원을 찾고 있는 일은 임 노부인, 소 태의, 남궁 대인, 매 공공만이 아는 일입니다."

비연은 일부러 잠시 숨을 고른 후 덧붙였다.

"맞아, 전하께서도 알고 계셨군요. 어찌 된 일인지 모르겠지만, 거리로 나가 보니 모두 이 일을 알고 있었습니다. 이게 단순히 정 대장군의 마음을 상하게 하려는 의도는 아니겠지요? 혹시라도 악의를 품은 사람이 알게 된다면 아주 위험해질 것 같습니다. 아, 은거 의원이 어떻게 그렇게 찾기 쉽겠습니까! 저는 체면을 구길까 봐 걱정하고 있답니다!"

비연의 이 말이 암시하는 바는 명확했다.

임 노부인 등이 이 일을 세상에 퍼뜨릴 리 만무하니 군한인의 혐의가 가장 컸다!

천무제도 아직 이 일에 대해 잘 모르고 있었으나, 비연의 말을 듣자 마음속에 짚이는 것이 있었다.

군한인도 켕기는 곳이 있어 감히 비연과 계속 말을 섞지 못하고 서둘러 천무제에게 말했다.

"부황, 신농곡 경매장에 소자의 친우가 몇 있습니다. 며칠 내내 소자가 그들에게 추천을 부탁하여 나이 든 이사 한 사람을 소개받았습니다. 직접 그를 만나, 도움이 될 만한 소식이 있는지 알아볼 생각입니다."

천무제는 아무 말도 하지 않았다.

비연은 군한인이 일부러 그녀를 짓밟고, 천무제 앞에서 자신의 능력을 자랑하기 위해 그런다는 것을 알고 있었다. 마음속으로 냉소하며 그녀 역시 아무 말도 하지 않았다.

군한인이 머뭇거리다가 다시 말했다.

"부황, 정역비는 소자의 친우입니다. 하물며 그날 일은 소자에게도 책임이 있습니다. 부황께서 소자를 벌하지 않으셨다 해도 소자의 마음은 부끄럽기 짝이 없습니다. 공적으로건 사적으로건 소자는 그를 위해 좋은 의원을 찾는 데 전력을 다할 생각입니다! 그러지 않으면 소자는 평생 마음이 편치 못할 것입니다!"

이렇게 의리 넘치는 말을 늘어놓으니, 진상을 모르는 이라면 군한인이 진심이라고 생각할 것이다. 하지만 안타깝게도 지금 천무제 귀에는 그가 무슨 말을 해도 잘 들어오지 않았다.

천무제가 불쾌한 듯 물었다.

"신농곡에 다녀오는 데만도 보름은 걸린다. 소식을 알아 오는 것만으로 사람을 구할 수 있겠느냐? 헛수고가 아니겠느냐

말이다."

군한인도 부황이 화가 나 있다는 사실을 눈치챘다. 그는 답답한 마음에 변명하려 했다.

천무제가 참지 못하고 다시 말했다.

"짐이 너를 벌주지 않는다 해도 네가 부끄럽다니, 그럼 짐이 너에게 벌을 주마. 여봐라, 여덟째를 석 달 동안 가두고 반성하게 하라! 짐의 윤허 없이는 절대로 궁 밖으로 나갈 수 없다!"

"부황!"

군한인이 경악했다.

"부황, 소자는……."

천무제가 냉랭하게 물었다.

"왜 그러느냐? 부끄럽지 않은 것이냐?"

군한인이 깜짝 놀라 일순간 아무 말도 하지 못했다. 마침내 부황이 그가 잘못했다고 탓하고 있을 뿐 아니라 불만스러워하고 있다는 사실을 알게 되었다!

부황이 설사 그에게 화가 났다 해도 이렇게 벽력같이 화를 낼 줄이야!

대체 어찌 된 일이지? 설마 부황께서 무엇인가를 알게 되신 건가?

군한인이 바로 비연을 바라보았다. 그녀의 눈에는 비할 데 없는 조소가 담겨 있었다. 군한인은 화도 나고 동시에 이해할 수도 없어, 하마터면 그 자리에서 물어볼 뻔했다. 그러나 결국 그러지 못했다.

고비연, 저 망할 계집이 대체 부황에게 무슨 말을 한 걸까?

부황은 오래전부터 자신을 아껴 주었다. 그런데 어떻게 부황이 자신을 믿지 않고 일개 약녀의 말을 믿는 것인지, 그는 이해할 수 없었다.

천무제가 인내심 없이 재촉했다.

"아직 가지 않고 무엇 하느냐. 가서 잘 반성하고, 네가 대체 무엇을 잘못했는지 깨닫도록 해라! 제대로 반성하지 않는다면 단 한 걸음도 궁 밖으로 나가지 못할 줄 알아라!"

"예! 소자, 소자 명을 받들겠습니다!"

군한인이 달갑지 않은 마음으로, 비연에게 경고하는 눈길을 보내고 물러났다.

비연은 그를 상대하지 않고 속으로 가볍게 탄식했다.

황상은 어째서 그를 단지 석 달만 가둬 둘 생각을 한 걸까? 저 팔전하라는 사람은 아마 천무제가 구천을 헤맬 때가 되어야 자기가 대체 뭘 잘못했는지 반성하지 않을까?

사람이 잘못을 두려워하지 않으면 평생 무엇을 잘못했는지 모르게 된다. 죽음을 두려워하지 않으면, 죽는다 해도 자신이 어떻게 죽는지 모르게 될 것이다.

군한인이 나간 후에도 비연은 먼저 말을 하거나 하지 않고 조용히 기다렸다.

무예가 고강하고, 임무를 맡을 만한 사람이며, 입장상 정역비에게 악의가 없는 자라면, 군한인을 제외하면 정왕 전하뿐이었다. 이렇게 큰일이라면 천무제도 그녀에게 호위를 붙이지 않을 수 없었다.

천무제가 잠시 머뭇거리다가 말했다.

"정왕으로 하여금 너를 호위하도록 하겠다. 어서 다녀오너라. 짐이 좋은 소식을 기다리고 있을 테니."

비연은 무척 기뻤지만 겉으로 드러내지 않고 담담하게 말했다.

"감사합니다, 황상! 이만 물러가겠습니다!"

비연은 돌아오는 길 내내 웃음을 참을 수 없었다. 군한인이 물러나는 것을 직접 본 데다 좋은 소식까지 갖고 돌아가는 참이니, 어찌 기쁘지 않을까?

그녀는 정왕부로 돌아가자 흥분하여, 단숨에 침궁까지 달려가 문을 두드렸다.

"전하! 정왕 전하!"

그러나 한참을 기다려도 안에는 아무도 없는 듯했다. 후원으로 달려갔다.

"전하! 정왕 전하! 좋은 소식이 있어요⋯⋯."

그러나 후원을 한 바퀴 돌아도 정왕 전하는 보이지 않았다. 그녀는 청류전 창문이 모두 열려 있는 것을 발견하고, 살며시 다가가 창가에서 몰래 훔쳐보았다.

창문 안을 들여다보는 순간, 정왕 전하가 나신으로 약욕을 하고 있는 것이 보였다!

그는 벽에 몸을 기댄 채 두 팔을 양옆으로 펼치고 앉아 있었다. 어떻게 보면 나른해 보이고, 또 어떻게 보면 패기 넘치는 모습이었다.

물이 그의 배까지만 차 있어, 그의 단단한 가슴 근육이 숨김 없이 드러나 있었다. 물방울이 맺혀 있는 그 가슴은…… 무어라 표현할 수 없이 유혹적이었다.

비연의 목소리를 듣고 있었던 군구신은 그녀가 다가온 것을 알고 있었다. 이 순간, 그는 차가운 눈으로 그녀를 바라보고 있었다.

비연은 여전히 멍하니 군구신을 쳐다보고 있었다. 비록 지난번에는 그녀도 물에 들어갔고, 정왕 전하에게 화로로 오해받아 오랫동안 그 품에 안겨 있기도 했지만, 어쨌든 그때 그녀는 걱정과 긴장으로 인해 다른 일에는 전혀 신경 쓸 여유가 없었던 것이다!

그리고 지금, 그녀는 제대로 알게 된 것이다.

정왕 전하의 몸이 얼마나 훌륭한지, 그리고…… 이렇게나 유혹적이라는 사실을!

그녀의 시선이 저도 모르게 그의 가슴을 따라 움직였다. 천천히 위로 올라가던 시선이 군구신의 차가운 눈동자와 부딪쳤다. 그녀는 마침내 정신을 차리고, 자신이 무슨 짓을 하고 있었는지 깨달았다!

생각을 할 겨를도 없이 바로 쪼그려 앉아 창문 아래로 숨었다. 좋은 소식 같은 것은 머릿속에서 사라진 지 오래고 그저 도망치고만 싶었다.

그리고 그때, 발걸음 소리가 들려왔다. 비연이 차마 일어나지도 못하고 있는 와중에 하소만의 목소리가 들려왔다.

"전하, 의상을 준비해 두었습니다. 한동안 약욕을 하지 않으셨으니 오래 담그고 계십시오. 제가 문가에서 지키고 있겠습니다."

알지 못하는 사이에 생겨난 정

후원으로 나가려면 반드시 청류전 대문을 지나야 했다. 이제 도망칠 수 없으니 계속 숨어 있을 수밖에 없었다.

그녀는 하소만이 자신을 발견하는 것이 두려울 뿐 아니라, 정왕 전하께서 하소만을 시켜 그녀를 쫓아내려 하실까 봐 두려웠다.

절대로 고의가 아니었다! 하소만이 방금의 일을 안다면 정말이지……, 창피해 죽고 싶을 것이다!

그러나 청류전 안에서는 아무 소리도 들려오지 않았다. 하소만이 대문 앞에 앉아 노래를 흥얼거리고 있었다. 그 한가로이 즐거운 듯한 모습을 보니, 아무래도 이상한 점을 발견하지 못한 모양이었다.

제멋대로 날뛰던 비연의 심장도 겨우 진정되었다.

그녀가 고민하기 시작했다. 정왕 전하께서 그녀의 체면을 생각해 일부러 숨겨 주신 걸까?

곧 자신의 추측을 부정했다. 정왕 전하께서는 아마 그녀가 이미 멀리 도망쳤다 생각하셨을 것이다.

얼마나 지났을까? 마침내 군구신이 의관을 정제하고 청류전을 나왔다. 비연이 안도의 한숨을 내쉬며 귀를 쫑긋 세웠다. 하소만의 목소리가 평소처럼 나긋나긋했다.

"전하, 궁에서 보내온 올봄 새 차가 있습니다. 귀운정에 차를 준비해 두었습니다."

"시중을 들 필요 없으니 일단 물러가거라."

군구신의 말에 하소만이 고개를 끄덕이며 대답했다.

"그럼 일단 이 안을 정리하도록 하겠습니다."

"필요 없다. 물러가거라."

그러자 하소만이 다급하게 말했다.

"하지만 안이……."

하소만은 돈과 관련한 일에서만 세심하고 영리한 것이 아니라, 저택의 일을 처리할 때도 그러했다.

정왕부에는 여자 시종이 없었다. 3년 동안, 정왕 전하와 관련한 일은 큰일이건 작은 일이건 모두 대총관인 하소만이 직접 했다. 장작을 패고 물을 떠 와 밥을 하고 탕을 끓이는 일부터, 빨래를 하고 바닥을 쓸고 탁자를 닦는 일까지 모두 그가 해 왔던 것이다.

그는 저택에 더럽거나 어지러운 구석이 있는 것을 용납하지 않았다. 갈아입은 옷을 보면 바로 세탁하는 성격이었다. 그렇지 않으면 마음이 편하지 않았던 것이다.

군구신이 미간을 찌푸리며 더 이상 말하지 않았다. 하소만이 상황을 파악하고 입을 다물었다. 마음속에 의혹이 가득했지만 더 물을 수도 없었다. 그는 다시 청류전 안을 흘깃 보고는 아쉬운 모습으로 떠났다.

그리고 이 순간, 비연은 수심에 잠겨 있었다. 그녀는 정왕 전하께서 일부러 하소만을 내보내셨다는 사실을 알 수 있었다. 방금 자신의 생각이 너무 과했던 것이다. 정왕 전하께서 어찌 그녀가 몰래 훔쳐본 것을 그대로 넘기시겠는가?

비연은 고개를 푹 숙인 채 쪼그리고 앉아 있었다. 곧 군구신이 한 걸음 한 걸음 그녀 앞으로 다가오더니 발길을 멈췄다.

그녀는 점점 더 움직일 수 없었다. 정말이지 땅에 구멍이라도 파서 자신을 묻고 싶을 지경이었다.

군구신은 불쌍해 보이는 비연의 모습을 보니 달리 뭐라 하고 싶지 않았다. 그는 잠시 멈췄다가 바로 그 자리를 떠났다.

비연이 대사면이라도 받은 것처럼 바로 몸을 일으키고 크게 한숨을 토했다. 그런데 누가 알았을까? 그때 군구신이 갑자기 고개를 돌렸다. 예상과 다른 전개에 비연이 바로 고개를 숙였다.

"귀운정으로 오도록."

말을 마친 군구신이 몸을 돌렸다. 그 보기 좋은 입매에는 분명 웃음기가 떠올라 있었다.

비연이 다시 한번 한숨을 내쉬었다. 그녀의 마음속은 부끄러움과 울적함, 그리고 억울함으로 뒤범벅되어 있었다.

정말로 이렇게 놀라는 자신의 모습이 달갑지 않았다! 하지만 눈앞에 있는 사람이 숭배하고 사모하는 남신이다 보니, 어쩔 수가 없었다. 망할 얼음이었다면 그녀는 이미 코웃음을 치고, 고개를 돌린 채 자리를 떠났을 것이다.

비연은 마음의 준비를 한 다음에야 겨우 귀운정으로 향했다.

그녀가 도착했을 때 군구신은 차를 마시고 있었다. 오늘따라 그가 입은 흰옷이 무척 하얘 보였고, 앉은 자세도 우아하고 고귀해 보였다.

비연은 원래 담담한 상태였지만 다시 그를 보자 귓불까지 뜨겁게 달아올랐다. 머릿속에서 계속 '옷을 입으면 말라 보이지만 옷을 벗으면 근육이 대단하다'는 생각이 떠도는 것을 도저히 억제할 수가 없었다. 그녀는 자신이 색을 밝히는 것은 아닌지 의심하기도 했다.

고개를 숙인 채 쭈뼛거리며 다가가자 군구신이 먼저 입을 열었다.

"무슨 일로 본 왕을 찾았던 거지?"

비연은 깜짝 놀랐다. 정왕 전하가 어젯밤 그녀에게 지시를 내렸으니, 그녀가 무엇 때문에 온 건지 이미 알고 있을 거다. 그가 이렇게 묻는 것은, 피하고 싶은 것이 있어 일부러 모르는 척하는 것이리라.

그녀는 호기심을 참을 수 없었다. 정왕 전하와 천무제는 대체 어떤 관계인 걸까?

천무제는 정왕 전하를 경계하면서, 대체 무엇 때문에 권력을 위임하고 태자와 같이 대접하는 걸까?

천무제의 성격으로 보건대, 일단 경계하기 시작한 이상 분명 군한인을 대하듯 하는 것이 맞았다. 그런데 그러지 않고 눌러 참고 있다니!

정왕 전하가 황위에 아무 관심이 없고, 천무제와 태자에게 온 마음을 다하고 있다면, 그는 무엇 때문에 천무제 곁의 사람들을 매수한 걸까?

심지어 소 태의조차 정왕 전하에게 매수당했다. 이것만 보아도 정왕 전하가 적지 않은 마음을 쓰고 있다는 것을 알 수 있었다. 황위가 아니라면 대체 무엇 때문에 그러는 걸까?

그러나 호기심은 호기심일 뿐, 비연은 그런 일에 그렇게까지 큰 흥미를 느끼지 않았다. 그녀는 다만 남몰래 자기 자신에게 경고했다. 앞으로 황상 앞에서 정왕 전하를 언급할 때는 신중하고 또 신중해야 하노라고. 전하에게 불필요한 민폐를 끼치지 않도록 말이다.

그녀가 대답했다.

"오늘 아침 궁에 들어가 황상을 뵈었습니다. 황상께서는, 전하와 함께 연운간에 가서 의원을 구해 오라 하셨습니다. 시간이 긴박하온데 언제 출발하실 수 있을는지요?"

"오후에 가도록 하지."

군구신이 명쾌하게 대답하고 직접 비연에게 차를 한 잔 우려 주었다. 그리고 눈썹을 들어 올려 앉으라는 뜻을 표시했다.

"감사합니다."

비연이 계속 그의 눈길을 피하며 앉아서 차를 마셨다.

군구신이 다시 말했다.

"너의 그 약광석 처방이 아주 좋더군. 본 왕을 위해 다시 몇 첩 연마해 주면 좋겠다."

비연은 그가 약욕에 대한 일을 언급할까 두려워 속삭이듯 대답했다.

"예."

그러나 군구신은 더 이상 아무 말도 하지 않았다. 그는 몸을 돌려 화원을 바라보았다. 화원 가득 피었던 개나리가 시들어 떨어지며 바닥을 노랗게 물들이고 있었다. 오솔길도 온통 꽃잎으로 뒤덮여, 명실상부 꽃길을 만들고 있었다.

두 사람은 말없이 그렇게 앉아 있었다. 마음에 켕기는 것이 있던 비연은 점점 더 난처한 기분이 들어 무어라 말해야 할지 알 수 없었다. 그러나 이렇게 한참 앉아 있는 동안에 마음이 오히려 점차 평온해졌다. 간간이 들려오는 새소리를 제외하면 이 거대한 화원은 고요하다 못해 석막했다.

바람이 불자 노란 개나리가 분분히 날아올라 하늘을 가득 채웠다. 비연이 저도 모르게 고개를 들었다가 정왕 전하가 꽃을 보고 있는 걸 발견했다. 그의 옆얼굴은 마치 칼로 조각한 듯이 선이 또렷하고 완벽했다. 정면에서 보는 것보다 훨씬 냉혹해 보이면서도 보기 좋았다.

꽃잎들이 하늘을 가득 채운 곳에 그가 있기 때문일까? 떨어진 꽃잎에 다한 향이 어딘가 처량해 보이는 봄의 풍경이었다. 그 모습을 보다가 저도 모르게 마음이 아려 오는 것을 느꼈다.

점차, 그녀는 기시감을 느꼈다. 눈앞의 이 모습이 익숙하게 느껴지는 것인지, 아니면 마음속의 그 이유 모를 아련한 슬픔이 익숙한 것인지는 알 수 없었지만.

언제였던가, 눈앞의 광경과 같은 것을 본 적 있었던 걸까? 아니면 언젠가 흩날리는 꽃 사이의 남자를 보며 슬퍼한 적이 있었던 걸까?

눈앞에 있는 이 남자에게서 이유 모를 익숙한 감정을 느끼는 게 이번이 처음은 아니었다. 과거의 그 의문이 다시 한번 마음속에 떠올랐다.

'정왕 전하, 어릴 때 당신을 본 적 있는 걸까요? 아니면 몸의 원래 주인이 당신을 보았던 걸까요?'

묻고 싶었지만, 당돌하게 느껴져 그럴 수 없었다. 그리고 그렇게 많은 것을 드러낼 수도 없었다. 자신조차 잡을 수 없는, 그 무어라 표현할 수 없는 감각을 대체 어떻게 증명할 수 있단 말인가?

이 순간, 군구신은 비연이 저를 보고 있다는 사실도 모른 채 분분히 흩날리는 개나리를 쳐다보고 있었다. 그의 마음을 채우고 있는 것 역시 이유 모를 익숙한 느낌과 애잔함이었다.

이 익숙한 느낌이 어디서 온 것인지, 또한 이 애잔한 정이 어디서 온 것인지 알지 못했다. 그는 절대로 문인들이 이야기하는, 봄날이 오니 이유 없이 슬퍼지는 그런 감정을 느끼고 있는 게 아니었다.

마침내 망중이 왔다. 군구신이 그에게, 오후에 출발할 수 있도록 말과 식량을 준비하도록 명령했다. 비연도 마음을 가라앉히고 명월거로 돌아와 행장을 꾸렸다.

그녀가 문을 나서려 했을 때, 갑자기 망할 얼음의 그 약방문이 떠올랐다. 그녀는 재빨리 그 약방문을 품에 넣었다. 그 약방문은 아주 어려웠는데, 고민할 시간이 없었다.

오후가 되자 비연과 군구신은 비밀리에 진양성을 떠났다.

그들은 10여 일 가까운 길을 간 후, 저녁 무렵 마침내 연운간에 도착했다. 그곳은 오래된 마을이었다.

뜻밖에도 그를 만났다

거대한 두 개의 산 사이에 위치하고 있는 연운간은 강물을 따라 형성된 마을이었다. 마을 전체가 강을 거리로 삼고 시내를 길로 삼아, 모든 집이 물 가까이에 지어져 있었다.

이곳을 오가기 위해서는 모두 배를 이용해야 했다. 물 위로는 물안개가 자욱하게 피어 있어 마을 이름이 연운간인 듯했다.

이곳에 외지인이 오는 경우는 많지 않았다. 그렇기 때문에 마을 전체에 객잔이라고는 남산객잔 단 한 곳뿐이었다.

비연과 군구신이 작은 배를 타고, 강물을 따라 천천히 남산객잔으로 향했다.

지난번 신농곡에 갈 때는 망중이나 하인들과 대화를 나눌 수 있었다. 그러나 이번에는 군구신이 아무도 데려오지 않았다.

그나마 다행인 것은, 그들이 계속 주야로 말을 달리느라 말을 할 기회가 적었다는 것이다. 그게 아니었다면 군구신의 그 과묵한 성격에 비연은 아마 숨이 막혀 버렸을 것이다.

지금 배에 오르니, 열흘 가까이 억눌려 있던 비연의 수다쟁이 기질이 다시 깨어나려 하고 있었다. 물론 비연은 감히 군구신을 귀찮게 할 엄두조차 내지 못했다. 그녀는 군구신을 내버려 두고 선미로 가서 뱃사공과 이야기를 나누기 시작했다.

이야기를 나누다가 비연은 저도 모르게 뭍을 흘깃 쳐다보았다. 그런데 갑자기 익숙한 그림자가 보였다. 꼭 백리명천 같아 보였다.

재빨리 몸을 돌려 자세히 살펴보려 했지만 안타깝게도 그림자는 이미 창문 안으로 사라져 버린 다음이었다. 그 사치스럽고 음탕하던 바람둥이 여우 녀석이…… 이렇게 편벽한 지역에 숨어 있을 리는 없겠지? 분명 그녀가 잘못 본 걸 거다! 그녀는 계속 뱃사공과 이 마을이며 남산객잔에 대해 이야기를 나눴다.

앞쪽에서 강물이 휘어지는가 싶더니 배가 남산객잔에 도착했다. 객잔 대문이 높이 걸려 있었고, 돌계단이 문 앞에서부터 물속까지 이어져 있었다. 비연과 군구신이 계단을 밟고 올라가 문 앞에 이르자 점원이 웃으며 맞이했다.

"어서 오십시오. 늦은 시간에 오셨군요. 방이 필요하신지요?"

"사장님을 찾아왔다."

안쪽에 있던 사장이 말소리를 듣고 재빨리 밖으로 나왔다. 그는 중년 남자로, 얼굴은 엄숙했고 웃음기라고는 전혀 없었다. 그가 비연을 한번 훑어보고 다시 군구신을 바라보더니 그들을 안으로 안내했다.

사장은 비연이 왜 자신을 찾아왔는지 아는 것 같았다. 방 안으로 들어서자마자 본론으로 들어갔다.

"두 분께서는 일부러 저를 보러 오셨는지요?"

비연이 재빨리 노집사의 추천장을 내밀었다. 사장이 자세히 살펴보더니 여전히 엄숙하게 말했다.

"신농곡 노집사의 추천이라니? 하하, 제가 여기 있은 후 처음 있는 일입니다! 일단 위에서 하룻밤 쉬십시오. 내일 아침 제가 두 분을 모시고 산으로 들어갈 테니."

비연이 물었다.

"산에 들어가는 데 얼마나 걸리죠?"

사장이 직접 방 열쇠를 집어 들며 대답했다.

"조급해해 봤자 소용없습니다. 내일 산속으로 들어갈 사람은 두 분만이 아니라 다른 사람도 있습니다. 그러니 고顧 의원이 두 분을 반드시 선택할 거라고는 확신할 수 없습니다."

이 말에 비연뿐 아니라 군구신도 경악했다. 군구신이 물었다.

"다른 사람이 있다고요? 이 산속에 의원이 한 사람뿐입니까?"

사장이 설명했다.

"이곳은 수백 년 전 고씨 가문이 은거하던 곳이었습니다. 후에 변고가 생겨 지금 고씨는 고 의원 혼자만 남았지요."

군구신이 다시 물었다.

"내일 산에 들어가는 사람은 어떤 사람입니까?"

"그건 다른 사람 일입니다. 두 분이 신경 쓰실 일이 아니지요."

사장이 군구신에게 열쇠 두 개를 건넸다. 그리고 점원을 불러 식사를 준비시킨 다음 그 자리를 떠났다.

보아하니 더 캐물은들 얻을 수 있는 것이 없어 보였다. 어쨌든 아쉬운 쪽은 이쪽이니 비연과 군구신도 더 이상 물을 수 없었다.

사장의 태도는 냉담했지만 점원은 아주 열정적이었다. 그가 곧 뜨거운 김이 모락모락 피어오르는 요리들을 내왔다.

오는 내내 계속 마른 양식만 먹었기 때문에 비연은 따뜻한 요리를 먹을 꿈에 젖어 있었다. 그러나 지금 그녀는 근심이 가득 차 있어 식욕이라고는 전혀 없었다. 노집사의 추천장이 있으면 모든 일이 순조로울 거라 생각했는데, 이렇게 중요한 순간에 왜 이런 상황이 벌어지는 걸까?

만약 그 고 의원이 내일 다른 사람의 청을 받아들여 가 버린다면 그들은 어떻게 해야 할까? 남은 날짜는 10여 일뿐이었다. 노집사가 그들에게 다시 은거 의원을 소개해 주고 추천장을 써 준다 해도, 그들에게는 새로운 의원을 청하러 갈 시간이 없었다!

비연은 걱정 때문에 한 손으로 턱을 받진 재 먹는 둥 마는 둥, 젓가락으로 음식을 깨작거리고 있었다. 군구신이 계속 자신을 보고 있다는 사실도 눈치채지 못한 채 말이다.

한참 후, 비연이 한 입도 먹지 않는 것을 본 군구신이 음식을 집어 주려 했다. 그러나 다시 망설이다가 결국은 그만두고 차갑게 말했다.

"식사를 하도록."

비연은 그제야 정신을 차리고 나지막한 목소리로 말했다.

"감사드립니다, 전하."

군구신도 더 이상 이야기하지 않았다.

얼마 지나지 않아 비연이 다시 정신을 놓고 있는 걸 보고는 그의 눈빛에 불쾌한 빛이 스쳐 갔다. 그러나 역시 말을 하지 않고 직접 음식을 접시에 담아 비연에게 밀어 주었다.

비연은 뜻밖에도 알아채지 못하고 있었다. 군구신은 점점 더 불쾌해졌다. 그가 입을 열어 한마디 하려 했을 때, 문밖에서 남녀 한 쌍의 웃음소리가 들려왔다.

비연은 문득 그 남자의 웃음소리가 아주 익숙하다는 생각이 들었다. 고개를 돌려 보니 바로 그 바람둥이 여우 백리명천이었다! 그녀가 배 위에서 본 그 사람이 정말 그였던 것이다!

대체 뭘 하러 온 걸까? 객잔에 머무르려고? 아니면…….

백리명천은 한 손으로는 여자의 어깨를 끌어안고 다른 손으로는 여자의 턱을 만지며 희롱하느라 방 안 사람들에게는 신경쓰지 못하고 있었다.

비연이 놀란 가운데에서도 정신을 차렸고, 군구신이 검을 뽑아 들었다. 살기를 느낀 백리명천이 즉시 눈을 들었다. 비연과 군구신을 본 그도 매우 놀란 듯 멈칫했다.

백리명천의 시선이 비연의 얼굴로 향했다. 좁고 긴, 봉황을 닮은 눈이 천천히 가늘어졌다. 그에게서 비할 데 없이 위험한 기운이 풍겨 나왔다. 모든 여자들을 웃으며 대했지만 비연만은 예외인 모양이었다! 지난번의 음양독이 그에게는 평생 잊기 힘든 치욕이었음이 분명했다!

군구신은 두말하지 않고 검을 휘둘렀다. 제대로 피할 시간이 없던 백리명천이 망설임 없이 제 품에 있던 여자를 군구신 쪽으로 밀었다. 그리고 군구신이 여자를 피하는 틈을 타서 재빨리 비연을 잡으러 왔다.

군구신은 당연히 대비하고 있었다. 백리명천은 군구신이 휘두른 장검에 손을 베일 뻔했지만 요행히 피하고는 멀리 물러났다. 그리고 이제야 진심으로 군구신을 살펴보았다. 그는 남자에게는 여자에게처럼 '우호'적이지 않은 듯했다.

백리명천의 시선이 차가워지는가 싶더니 그가 오만한 목소리로 외쳤다.

"군구신, 너의 약녀를 본 황자가 오늘 데려가야겠다!"

군구신은 백리명천에게 답하는 대신 검을 겨눈 채 비연을 향해 차갑게 말했다.

"이리 와."

비연은 순간적으로 그의 말뜻을 알아채지 못해 움직이지 않고 있었다. 백리명천이 하하 웃으며 말했다.

"연아, 네 주인이 너에게 오라고 하신다!"

군구신이 말없이 다른 손을 그녀를 향해 뻗었다. 백리명천과 대적하기 위해서는 일단 비연을 잘 지켜야만 했다.

그제야 비연도 그의 뜻을 알아차렸다. 그녀는 재빨리 군구신에게로 가 그의 손을 잡으려 했다. 하지만 손이 닿는 순간 군구신이 먼저 그녀의 작은 손을 꽉 쥐었다.

이런 상황에서도 비연의 심장은 반사적으로 빠르게 뛰었다. 그녀는 정왕 전하의 손이 길고 따뜻하다는 것을 발견했다. 손끝은 차가웠지만. 그리고 뜻밖에도 망할 얼음에게 잡혀 있을 때와 조금 비슷한 느낌이 들었다.

비연은 곧 자신의 이 생각을 부정했다. 망할 얼음의 그 빌어먹을 손을 어찌 정왕 전하의 손과 비교할 수 있겠는가? 그건 정왕 전하에 대한 모욕이다!

군구신이 그녀의 손을 잡은 채 바로 백리명천에게 달려들었다. 비연도 길게 생각할 겨를 없이 다급하게 그의 발걸음을 따랐다. 그녀의 손안에는 몰래 준비한 독약이 있었다.

지난번에는 백리명천을 독살하는 데 실패했으니, 이번에는 더 독한 맛을 보여 줄 작정이었다!

사장이 도중에 끼어들다

군구신은 비연을 잡은 채 한 손으로만 백리명천과 겨루었다.

백리명천이 몇 걸음 물러서자 군구신이 계속 몰아쳐 갔다. 몇 합 주고받자 두 사람의 세력이 균형을 이루기 시작했다.

백리명천이 기회를 잡아 멀리 물러난 다음에야 겨우 부채를 꺼낼 수 있었다. 이 부채야말로 그가 잘 쓰는 무기였다. 부채의 면은 연보랏빛이었는데, 글자 하나, 그림 하나 없이 텅 비어 있었다. 부챗살은 귀한 자단목을 이용해 정교하고 당당하게 조각되어 있었다.

그가 가볍게 부채를 흔들며 미소 지었다. 그 동작이 여자보다도 훨씬 우아하고 아름다워 보였다. 음험한 느낌이라고는 전혀 없는 것이, 지극히도 매력적이었다.

"하하, 군구신! 네가 하인을 그렇게 열심히 지켜 주는 주인인 줄은 몰랐군!"

군구신이 대답하지 않고 그의 부채만 노려보았다. 그 부채에 여러 가지 현묘한 장치들이 설치되어 있다는 것을 알고 있었기 때문이다.

비연은 백리명천의 이런 괴벽이 정말 싫었다. 원망스러운 마음에 그녀가 말로 되돌렸다.

"하하, 만진국 삼황자께서 약을 훔치는 도적일 줄은 나도 몰랐지!"

백리명천이 화를 내지 않고 말했다.

"연아, 본 황자는 네 약술 말고, 네 그 말솜씨도 아주 좋아한단다!"

대화가 오가는 사이에 백리명천이 우아하게 손을 한 번 흔들었다. 부채가 바로 닫히면서 부챗살에서 금침이 발사되었다. 전부 군구신에게로 향하고 있었다.

군구신도 대비하고 있었다. 몸을 피하지 않고 검을 휘둘러 금침 모두를 백리명천에게 되돌렸다. 힘이 맹렬하고 속도가 빠르니, 백리명천으로서도 어찌할 수가 없었다.

백리명천이 몸 전체를 뒤로 젖혔다. 금침이 그의 얼굴에 거의 붙다시피 날아갔다. 군구신이 그 기회를 타 재빨리 공격했다.

백리명천이 바닥에 무겁게 쓰러지더니, 재빨리 몸을 굴려 공격을 피해 냈다. 그와 동시에 다시 암기를 써서 군구신과 비연의 측면을 공격했다.

"하하, 역시 정왕이야! 본 황자의 적수가 될 만해!"

"어림도 없다!"

군구신이 곁에 있던 탁자를 차올려 금침을 막더니, 그대로 탁자를 사납게 백리명천을 향해 날렸다. 백리명천이 그것을 가볍게 피하더니 곁에 있던 긴 의자를 차서 돌려주었다.

"은혜도 모르는군!"

"우쭐거리기는!"

보통은 손을 쓰지 입을 열지 않는 군구신도 이번만은 예외였다.

이렇게 두 사람이 서로 호적수를 이루며 싸웠다. 얼마 지나지 않아 객잔 안의 탁자며 의자가 모두 부서졌다. 그러나 여전히 승부를 가리기 어려운 상황이었다. 비연 역시 독을 쓸 기회를 찾지 못하고 있었다.

그녀는 조급했다. 전하는 분명 그녀 때문에 발목을 잡힌 상태였다. 그녀를 보호하면서도 백리명천과 호적수를 이루고 있으니, 만약 그녀가 없다면 분명 전하가 이길 것이다.

그녀를 데리고 있는 전하가 분명 백리명천보다 더 정력을 낭비하고 있었다. 이대로 간다면 인내심을 겨루게 되어 버릴 것이다!

그녀가 속삭였다.

"전하, 저에게는 신경 쓰실 필요 없습니다. 독으로 스스로를 지킬 수 있어요. 저를 놓아주세요."

군구신은 대답하지 않았다. 비연이 다시 말했다.

"전하, 저자의 목표는 저입니다. 제가 미끼가 되면 속전속결로 끝낼 수 있어요!"

군구신이 어떻게 비연에게 그런 위험을 무릅쓰게 할 수 있겠는가. 그가 불쾌한 목소리로 외쳤다.

"시끄럽다!"

놀랍고 당황스러웠다. 정왕 전하가 지난번보다 더 사납지 않은가. 그러나 비연도 입을 닫지 않고 계속 말했다.

"전하, 그럼 대신 제가 기회를 잡게 해 주세요. 저자 가까이

가기만 하면 독을 쓸 수 있습니다!"

약왕정이 여러 번 파업했던 점을 고려하여, 이번 여정에 오르기 전에 미리 준비를 했다. 바로 직접 배합한 독약을 호신용으로 몸에 감춰 둔 것이다.

그녀가 현재 지닌 독은 지난번의 음양독과 비슷하되 독성은 더욱 강한 것이었다. 해독약은 아예 없고, '그런 행위'만을 통해 해독할 수 있는 독약이었다. 백리명천이 아무리 잘 버틴다 해도 영향을 받지 않을 수 없을 것이다. 그럼 전하가 그를 죽이는 것은 손바닥을 뒤집는 것처럼 쉬울 것이다!

군구신도 이 싸움을 오래 끌어서는 안 된다는 사실을 잘 알고 있었다.

"좋다."

그가 머뭇거리다가 그녀에게 속삭였다.

천하의 무공이라 하는 것은 빠름으로 우열을 가릴 수 있는 것이다. 사실 그의 무공에 영술을 사용한다면 백리명천을 가볍게 격파하고 절대적인 우세를 점할 수 있었다.

그러나 안타깝게도 영술은 그의 잃어버린 어린 시절의 기억과 관계가 있었다. 비연 앞에서건 백리명천 앞에서건 가볍게 드러낼 수 없었다.

군구신이 맹렬하게 검을 휘두르며 다시 백리명천의 암기를 떨어뜨렸다. 그와 동시에 재빠르게 다가갔다.

백리명천은 교활한 데다 이미 대비하고 있었기 때문에 바로 뭔가 수상하다는 것을 알아차렸다. 그는 방어를 위주로 하며 물러남으로써 공격의 발판을 마련했다. 그가 옆으로 움직이는 가 싶더니 다시 군구신과 거리를 벌리고 암기를 날렸다.

그러나 군구신은 영리하고 과감한 성격이었다. 다시 암기를 쳐서 돌려보냈다. 그 힘이 셌기 때문에 암기가 전부 벽에 튕기 더니 바로 백리명천의 등으로 향했다.

이제 백리명천은 앞으로 도망치든지 그 자리에서 피하든지 둘 중 하나밖에 할 수 없었다. 머뭇거릴 시간이 없던 그가 과감 하게 후자를 택해 몸을 숙였다. 이때 군구신이 검을 쥐고 가까 이 다가왔다.

그의 검이 번개보다도 빠르게 백리냉천의 심장을 공격해 들 어갔다. 동시에 벽을 맞고 튕겨 나온 금침이 군구신과 비연에 게로 향했다.

순식간에 발생한 일이었다. 사람이 생각할 여유가 전혀 없 도록 빠르게 모든 일이 벌어졌다. 백리명천도 군구신이 이렇게 할 줄은 몰랐기에 깜짝 놀랐다! 군구신은 자기 자신과 비연에 게 쏟아지는 금침들이 전혀 무섭지 않은 걸까?

그러나 위기의 순간에 군구신이 갑자기 백리명천을 놓아주 고, 검을 휘둘러 금침들을 떨어뜨렸다. 동시에 비연을 앞쪽으 로 끌어당겼다.

비연이 독을 쓰려는 바로 그 순간, 갑자기 날카로운 목소리 가 들려왔다.

"모두 멈추시오!"

눈앞에 성공이 다가와 있었다. 하늘이 말린다 해도 비연은 멈출 생각이 없었다. 그녀는 망설임 없이 독약을 백리명천의 얼굴을 향해 뿌렸다.

그러나 누가 알았을까? 거의 동시에, 소리친 그 사람이 날듯이 사이에 끼어들더니 백리명천을 멀리 걷어차 버렸다. 비연의 검푸른 독이 그 사람의 다리 위로 쏟아졌다. 일순간 모두가 당황했다!

이 중간에서 끼어든 사람은 바로 남산객잔의 사장이었다!

사장은 바닥에 누운 채 백리명천을 보고, 다시 군구신과 비연을 바라보며 노한 목소리로 외쳤다.

"다시 손을 쓸 생각이라면 모두 내 앞에서 꺼져! 누구의 추천장이건 받지 않을 것이다!"

비연과 군구신이 경악하여 백리명천을 바라보았다. 내일 그들과 함께 산에 들어갈 사람이 바로 백리명천이었던 것이다!

비연이 외쳤다.

"원래 당신이었군!"

백리명천도 그들을 바라보며 말했다.

"정역비를 위해 약을 구하러 온 모양이지?"

정역비의 일은 진양성에 두루 퍼져 있었다. 백리명천은 진양성에 항상 수하들을 풀어놓고 있으니 당연히 알 수밖에 없었다. 다만 온 천하에 은거 의원이 단 한 명인 것도 아니니, 그들이 자신과 같은 의원을 찾아왔을 거라고는 생각지 않았던 것이다.

백리명천은 군구신과 비연 두 사람을 만난 이상, 내일 일이 상당히 어려울 것 같다고 생각했다.

비연과 군구신도 울적했다. 천하에 신농곡 사람들을 제외하면 대체 누가 어떤 연줄로 백리명천에게 추천서를 써 준 것일까? 백리명천, 저 자식으로 하여금 직접 은거 의원을 찾아오게한 인물이 대체 누구일까?

비연은 걱정스러웠다. 그 고 의원이 어떤 성격인지 알지 못하는 상황에서 백리명천이라는 적수까지 만났으니, 대체 내일무슨 일이 벌어질지 짐작도 가지 않았다!

비연과 군구신, 백리명천은 이렇게 서로 대치하고 있었다. 각자의 마음속에는 의혹이 있었고, 또 계산이 있었다.

한편 사장은 다리에 뜨겁게 열이 오르고 가려워 선니기 어려울 지경이었다. 그는 마침내 참지 못하고 소리쳤다.

"망할 계집, 이건 무슨 독이지? 어서 해독하지 못해! 말해 두겠는데, 내 다리에 무슨 문제라도 생기면 산에 올라갈 생각은꿈도 꾸지 않는 게 좋을걸!"

비연은 그제야 사장을 바라보며 난감해하기 시작했다.

너, 아가씨가 되어 가지고

이 독은 백리명천처럼 해독에 아주 익숙한 사람을 상대하기 위한 것이었다! 근본적으로 해독약이라고 할 만한 것은 없고 오로지…… 그 일만을 통해 독성을 제거할 수 있었다!

그녀의 계획은 완벽했다. 그런데 사장이 중간에 끼어들 줄 누가 알았겠는가?

이 순간, 사장의 노한 눈이며 노발대발한 모습을 보니 비연은 어떻게 설명해야 할지 도저히 알 수 없었다. 아니, 사장이 진상을 알게 된 후에 어떤 반응을 보일지 두려웠다!

원래도 성격이 좋지 않은 사장이, 독에 당하고 나니 더욱 포학해졌다. 다리에서 시작된 뜨거운 감각이 재빠르게 온몸으로 퍼지고 있었고, 몸 전체가 바싹 마르는 느낌이 들었다. 너무나 불편했다. 온몸에 벌레가 꿈틀거리는 것 같은 기분도 들었다.

비연이 계속 입을 다물고 있자 그가 더욱 화를 냈다.

"망할 계집, 해독약은! 어서 가져오지 못해!"

비연이 입술을 꽉 깨물었다. 해맑은 얼굴엔 갈등의 빛이 어려 있었다. 그러나 계속 아무 말도 하지 않았다.

군구신은 그녀에게 무슨 계략이 있어, 사장과 거래를 하려는 모양이라 생각하고 잠시 아무 말도 하지 않았다.

백리명천은 독약의 냄새를 맡는 순간 이미 의심하고 있었다.

지금 사장의 안색이 점점 붉게 달아오르는 걸 보고 제 생각이 옳았음을 알아챘다.

백리명천은 화를 내야 마땅했다. 어쨌든 비연이 그에게 쓰기 위해 준비했던 독약이었으니까. 그러나 비연의 그 절박한 작은 얼굴을 보니 화를 내기는커녕 참지 못하고 웃어 버렸다. 비할 데 없이 즐거웠다.

백리명천이 아무 말 없이 실실 웃으며 바닥 한구석에 자리를 잡고 앉았다. 비연이 이 일을 어떻게 수습하는지 보고 싶었던 것이다!

사장이 마침내 폭발했다.

"망할 계집, 해독약을 주지 않을 생각인가? 주지 않을 거라면 어서 썩 꺼져!"

군구신도 뭔가 이상하다는 생각에 나지막한 목소리로 비연에게 말했다.

"해독약은?"

"해독약은……, 해독약……."

비연의 걱정스러운 얼굴에 곧 눈물이라도 터뜨릴 것 같았다. 결국은 사장에게 다가가 그의 귀에 대고, 독의 독성과 해독 방법을 요점만 간단하게 설명하는 수밖에 없었다.

상황을 이해한 사장이 멍한 표정을 지으며, 온몸이 굳은 듯 꼼짝도 하지 않았다. 그 모습을 본 백리명천도 마침내 참지 못하고 큰 소리로 웃기 시작했다.

군구신은 여전히 상황을 이해할 수 없어 비연에게 물었다.

"어찌 된 일이지?"

군구신의 말이 끝나자마자 사장이 정신을 차리고, 폭발해 욕설을 늘어놓기 시작했다.

"망할 계집, 너……, 너……, 젊은 아가씨가 되어 가지고! 아니, 지금 몇 살이나 먹었다고! 어디서 이렇게 음탕한 물건을 구한 거지? 너……, 아직 시집도 안 간 처녀가, 모르는 게 없구나! 어디서 이런 음란하고 사악한 방법을 배워 와서는! 낯짝도 두껍지! 아니, 여자가 맞긴 한 거냐? 너……, 쯧쯧! 내 평생 온갖 사람을 다 봐 왔다만 너 같은 사람은 본 적이 없다. 얼굴은 청순하게 생겨 가지고! 오늘 네가 내 견식을 넓혀 주는구나!"

군구신도 바보가 아니었다. 사장의 말을 듣자마자 비연이 무슨 독을 썼는지 알 수 있었다. 그의 놀람의 정도도 사장보다 덜하지 않았다. 비연이 그런 독을 지니고 다닐 줄 누가 알았겠는가? 그는 비연이 열여덟이지만, 사실 아직 제대로 다 크지 않았다고 생각하고 있었다. 세상 때가 묻지 않은 소녀라고.

그가 아무 말 없이 비연을 바라보았다. 깊고 검은 눈에 미묘한 빛이 반짝였다.

비연도 마침 그를 보고 있던 참이었다. 그의 그런 눈빛을 받으니 더욱 수치스러워 그저 숨고만 싶었다. 그녀가 고개를 푹 숙였다. 너무 울적했다! 그저 백리명천을 상대할 생각에 골몰했을 뿐 다른 음란한 생각은 한 적이 없었다! 그러나 사장이 이렇게 욕을 하는데 어떻게 변명할 수 있단 말인가?

그녀는 청류전에서 자신이 군구신을 훔쳐보았던 일을 떠올렸다. 지금 이 자리에서 땅을 파고 스스로를 묻어 버린다 해도 이제 아무 소용 없겠지? 아마 영원히, 정왕 전하가 그녀에게 받은 인상을 만회할 수 없을 것이다!

사장의 몸을 돌아다니던 열기가 그의 복부로 몰리기 시작했다. 그가 가까스로 일어나더니 비연을 가리키며 노발대발, 한 걸음 한 걸음 다가오기 시작했다.

군구신은 놀란 것은 놀란 것이고, 비연을 제대로 지켜야겠다는 생각이 들었다. 즉시 비연을 제 등 뒤로 감추고 진지하게 말했다.

"제 시녀가 의도하지 않은 상태에서 잘못을 저질렀습니다. 일단 가셔서 해독하는 것이 좋을 것 같습니다. 몸이 상하지 않도록 말입니다."

말하기 어려운 어처구니없는 일도 군구신은 이렇게 예의 바르게 말할 줄 알았다. 그의 말에는 틀린 부분도 없었다. 사장이 더 이상 해독하지 않고 버틴다면 몸이 상하게 될 것이다.

사장은 확실히 견디기 어려웠다. 그는 사나운 기세로 비연에게 경고의 말을 내뱉었다.

"망할 계집, 꼭 기다려라! 기다……, 기다려……, 기다리라고! 돌아와서 내가 손을 봐 줄 테니!"

그는 군구신과 백리명천에게 경고하는 것도 잊지 않았다.

"이곳의 규칙은, 의원을 찾아오는 이들이 불구대천의 원수라 해도 서로 손을 써서는 안 됩니다. 의원을 찾으러 가기 전 당신들 중 누군가가 손을 쓴다면, 산을 오르지 않는 것으로 알겠습

니다! 의원을 찾은 다음에는, 당신들……이 서로 싸우다 죽는
다 해도 나랑은 상관없고!"

말을 마치자마자 그는 낭패한 몰골로 후원으로 달려가면서
소리쳤다.

"여봐라, 어서 마님을 모셔 오너라! 어서! 어서! 마님을 모셔
오라고!"

백리명천은 정말로 참을 수 없었다. 배를 잡고 큰 소리로 웃
기 시작했다. 도저히 멈출 수가 없었다.

군구신이 차가운 눈길로 그를 흘깃 보았다. 뭐가 그리 웃긴
지 이해가 가지 않았다. 아무튼 사장이 그렇게 경고했으니, 아
쉬운 쪽이 사장의 말을 따를 수밖에 없었다.

백리명천도 손을 쓸 생각은 없었다. 그는 계속 고개를 숙이
고 있는 비연을 쳐다보다가 나른하게 몸을 일으켰다. 그리고
부채를 살랑거리며 느긋하게 위로 올라가다가 그 사악하고도
매력적인 미소를 지으며 말했다.

"정왕, 그 약녀를 누릴 복이 없으면 본 황자가 대신 힘써 줄
생각이 있소. 하하, 잘 고려해 보시게!"

비연이 바로 고개를 들어 노려보았다.

백리명천은 비연이 화내는 모습이 무척 마음에 들어 더욱 즐
거워졌다. 그가 소리 내어 웃으며 말했다.

"맞아, 정왕, 내일은 일찍 깰 필요 없을 것이오. 어쩌면 내일
밤까지도 사장이 침상에서 나오지 못할지도 모르니까. 저 약녀
의 약은 본 황자가 보았던 중 가장 무서운 거였소! 크크크……."

백리명천이 말을 마치고 의기양양한 태도로 사라졌다. 비연은 부끄러워서인지 화가 나서인지 얼굴과 귓불뿐 아니라 목까지도 새빨갛게 달아올랐다.

곧 사방이 고요해졌다. 이제 남은 사람은 비연과 군구신뿐이었다.

비연은 고개를 푹 숙이고 있었다. 비할 데 없이 난처했다. 무슨 말이라도 해야 할 것 같았지만 뭐라 해야 할지 알 수 없었다. 그녀는 결국 이렇게 말했다.

"전하, 저는……, 저는 일단 먼저 방으로 갈게요."

그녀가 열쇠를 들고 위로 올라갔다. 군구신도 아무것도 묻지 않고 말없이 위로 올라갔다.

그와 비연의 방은 모두 특실로, 나란히 붙어 있었다. 군구신은 비연이 방으로 들어가는 것을 지켜보았다. 그리고 자신은 방으로 들어가지 않고, 문 앞 벽에 기대서서 검을 안은 채 지키기 시작했다. 백리명천도 특실에 머물고 있을 테니 안심할 수 없었다.

군구신이 아래층의 난잡한 모습을 무표정하게 바라보았다. 그런데 얼마 지나지 않아 무슨 생각이 떠올랐는지, 차가운 입매가 슬며시 올리고 미소 지었다.

그때 갑자기 옆방 문이 열리며 백리명천이 나왔다. 군구신이 상당히 놀란 듯 그를 바라보았다.

백리명천도 놀란 듯 옆방 문을 보고, 다시 군구신의 손에 들린 열쇠를 보았다. 그리고 곧 비연의 방이 그와 군구신의 방 사이라는 것을 눈치챈 듯했다. 그는 즐거운 표정으로 아래층 점원에게 술을 가져오라고 외친 후 나른하게 회랑의 난간에 기댔다. 그리고 빙긋 웃으며 군구신에게 말했다.

"왜? 본 황자가 당신의 약녀를 몰래 잡아먹기라도 할까 봐?"

즐겁다, 그가 아직 맛본 적 없다니

군구신은 백리명천과 허튼소리를 늘어놓고 싶지 않았다. 이런 경박한 화제라면 더욱더!

싸울 수 없으니 피해야만 했다. 그가 비연의 방문 앞에 서 있었던 이유 자체가 백리명천이 문제를 일으킬까 염려되어서였으니, 참을 수밖에 없었다. 그가 고개를 돌려 다른 곳을 보았다. 백리명천을 공기로 생각하는 것처럼.

백리명천도 사실 비연을 귀찮게 할 생각은 없었다. 그저 아래층에 가서 술을 마실 생각이었는데, 생각지도 못하게 군구신과 마주친 참이었다.

그가 여전히 웃는 얼굴로 군구신을 바라보며 매끄러운 턱을 가볍게 쓰다듬었다. 마치 무슨 생각에 잠기기라도 한 듯이. 그러나 입을 열지는 않았다.

방 안에 있던 비연은 백리명천의 말을 듣고, 정왕 전하가 밖에서 자신을 지키고 있었다는 사실을 알게 되었다. 그녀는 침상 위에 가부좌를 틀고 앉아 있던 참이었다.

정왕 전하에게 과분한 관심을 받은 것 같아 그녀의 심장이 두근거리기 시작했다. 온갖 상상이 떠올랐다. 정왕 전하께서 직접 그녀를 지켜 주고 계셨다고? 너무도 행복한 일 아닌가! 정왕 전하는 마음속으로 계속 그녀에게 관심을 두고 계셨던 것이다! 최소한, 최소한 겉으로 보는 것처럼 그렇게 차갑지만은 않으셨던 것이다!

어쩌면 석 달 후에도 계속 남게 해 주실지 몰라.

비연은 머뭇거리다가 재빨리 침상에서 뛰어내렸다. 그리고 살금살금 문 앞으로 다가가 바닥에 가부좌를 틀고 앉아 몰래 엿듣기 시작했다. 하지만 문밖은 조용했다. 비연은 한참 기다리다가, 정왕 전하와 백리명천 모두 자리를 떠난 건 아닐까 의심하기 시작했다.

그러나 잠시 후에 점원이 술 가져오는 소리가 들렸다. 그녀가 살며시 웃으며 계속 기다렸다.

문밖, 군구신은 백리명천이 술을 가지고 자리를 떠날 거라고 생각했다. 그러나 백리명천은 회랑의 난간에 기댄 채 침착하게 술을 맛보기 시작했다. 마치 계속 그러려 했다는 듯한 자세였다.

그가 군구신에게 술을 내밀며 나른하게 말했다.

"어쨌든 지금은 싸울 수 없는데, 그렇게 얼굴을 굳히고 있은들 무슨 소용이지? 좀 편하게 있자고. 자, 한잔하지!"

군구신은 대답하지 않았다.

백리명천이 점점 더 제멋대로 떠들기 시작했다. 상황을 모르는 이가 보면 군구신과 백리명천이 아주 친한 사이라 생각할 정도였다.

백리명천이 말했다.

"군구신, 이렇게 우리가 대화를 나눌 기회는 잘 없다고. 하하, 말 좀 해 보지. 본 황자가 당신의 이름을 얼마나 오랫동안 들어 왔는지!"

군구신은 여전히 대답하지 않았다.

여기까지 들은 비연이 마음속으로 조소했다. 세상에 '이름을 오랫동안 들어 왔다'라는 인사말을 저런 어조로 말하는 사람이 어디 있어!

백리명천, 저놈은 전하의 대명을 오랫동안 들어 온 것이 아니라 분명 오랫동안 계략을 세웠겠지. 진양성에서 최소한 1년은 잠복하며 전하를 감시해 왔으면서!

백리명천은 무시당하면서도 전혀 싫지 않은 듯, 계속 나른하게 벽에 기댄 채 미소를 머금고 술을 따랐다. 그가 술을 몇 모금 마신 후 다시 물었다.

"군구신, 본 황자가 여기서 밤새도록 있겠다면, 당신도 여기서 밤을 새울 작정인가?"

이 말을 들은 순간 비연이 귀를 쫑긋 세웠다.

그러나 군구신은 벽에 기댄 채 눈을 감고 수양하고 있었다. 노승이 선정에 든 것처럼, 백리명천이 어떻게 도전해 오건 꿈쩍도 하지 않았다.

백리명천의 눈가에 교활한 미소가 스쳐 갔다. 그리고 일부러 자극하기 위해서인지 아니면 탐색하기 위해서인지, 그는 감탄한 듯 말했다.

"아무리 봐도 저 약녀는 보통이 아니야."

비연이 멈칫했다. 백리명천이 어떤 의도를 품고 저렇게 말한

152

건지 분명히 알고 있는데도, 정왕 전하가 그를 상대할 리 없다는 것을 알고 있는데도. 그녀는 정왕 전하가 만약 저 말에 대답한다면 어떤 말을 할지 궁금해 견딜 수가 없었다.

군구신의 얼굴에는 어떤 변화도 없었다. 비연이 생각한 대로 그는 백리명천을 상대하지 않았다. 그러자 백리명천이 일부러 목소리를 죽이고, 그렇고 그렇다는 듯 웃으며 말했다.

"군구신, 저 약녀를 맛본 적 있나?"

그 순간, 군구신이 눈을 떴다. 백리명천을 차갑게 노려보며 저도 모르게 미간을 찌푸렸다. 그 모습을 보고 백리명천이 갑자기 큰 소리로 웃기 시작했다. 군구신의 대답을 기다릴 것도 없이, 반응만 보아도 알 수 있었다. 군구신은 저 약녀와 아무 관계가 없다!

백리명천이 너무나 즐거운 듯 웃으며 손에 들고 있던 술을 전부 마셔 버렸다! 군구신이 그를 노려보았다. 차가운 두 눈이 서서히 가늘어지며 살기를 내뿜고 있었다! 만약 정역비의 다리 문제가 아니었다면 벌써 검을 뽑았을 것이다.

방 안에 있던 비연은 심장이 여전히 쿵쾅거리고 있었다. 산이 무너지고 땅이 갈라지는 것 같은 기분이었다. 백리명천이 저 정도까지 체면을 내던질 줄은 몰랐던 것이다. 비연에게 저런 저질스러운 일을 물은 건 그렇다 쳐도, 감히 정왕 전하께 저런 질문을 하다니! 저 녀석 머릿속에는 정말이지, 그런 일 외에는 아무것도 없는 건가?

그녀는 정왕 전하가 어떤 반응을 보였을지 감히 상상도 할 수 없었다. 그러나……, 제기랄! 그녀의 마음속 깊은 곳에서는 조금씩……, 조금씩 호기심이 일고 있었다. 정왕 전하의 반응이 궁금했다. 그러나 방 밖에서는 백리명천의 웃음소리만 들려올 뿐이었다.

그가 웃고 또 웃으며 말했다.

"보아하니 석 달 후에도 그녀를 곁에 남겨 둘 생각이군. 쯧쯧. 군구신, 설마 저 약녀에게 반한 건 아니겠지?"

여기까지 들은 비연이 저도 모르게 제 가슴을 꼭 눌렀다. 마치 이 요동치는 심장이 밖으로 튀쳐나오기라도 할 것처럼. 그녀는 정왕 전하가 그를 상대하지 않을 거라는 걸 알면서도, 아아, 제기랄, 대체 자신이 왜 이렇게까지 긴장하는지 알 수 없었다!

군구신이 백리명천을 노려보았다. 그의 눈빛 속에는 차가운 살기가 감돌고 있었다. 그가 마침내 입을 열었으나…… 다른 화제였다.

"삼전하, 본 왕이 보름의 시간을 드렸소. 그러나 약선 사건에 대해 지금 여기서 사과하고 싶다면, 본 왕도 반대하지 않겠소!"

보름 후라면, 기욱이 동쪽 변경에 도착할 때였다.

군구신은 기씨 가문이 반란할 마음을 품고 있다는 걸 알고 있었다. 그러나 동시에 기가군이 동쪽 변경의 전쟁을 아주 완벽하게 끝낼 거라는 사실도 알고 있었다. 그때가 되면 만진국 황실은 백리명천을 내세워 사과하고, 분쟁을 끝낼 수밖에 없을 것이다.

백리명천의 그 가늘고 긴, 매력적인 눈에는 원한의 빛이 어려 있었다. 그러나 그는 여전히 웃으며 말했다.

"정왕, 기다릴 필요 없을 텐데. 본 황자가 보증하건대, 평생을 기다려도 안 될 일이니까! 사과는 또 무슨 장난인지, 하하, 본 황자는 모르겠군!"

그가 술 항아리를 집어, 아래층에 낭자하게 부서져 있는 탁자며 의자 사이로 내던졌다. 분명 군구신의 말에 마음이 상한 듯했다. 그가 몸을 돌려 자리를 떠나며 말했다.

"당신의 약녀나 잘 간수하시지. 그 약녀가 본 황자의 손에 떨어지는 일이 없도록 말이야!"

백리명천의 뒷모습이 사라질 때까지 기다린 다음에야 군구신이 고개를 돌렸다. 그리고 마치 생각에 잠긴 듯 가볍게 입술을 문지르기 시작했다. 그 모습이 유달리 안정되어 보였다.

방 안에 있던 비연의 심장도 이제 정상적으로 뛰고 있었다. 그녀는 감히 움직이지도 못하고 한참을 기다렸다. 더 이상 아무 말도 들리지 않는다는 것을 확인한 다음에야 몸을 일으켰다.

백리명천이 떠난 게 확실했다. 그러나 정왕 전하가 계속 있는지는 알 수 없었다. 그녀는 소리 없이 문에 기댄 채 한참을 망설이다가 결국은 문을 열지 않았다.

이대로 군구신은 조용히, 밤새도록 비연을 지켰고, 비연은 방 안에 숨어 있었다. 그리고 백리명천은 그날 밤 내내 어디로 갔는지 돌아오지 않았다.

해가 뜨기 시작하자 점원이 회랑의 등불을 끄기 시작했다. 눈을 감고 수양하던 군구신이 천천히 눈을 떴다. 그는 비연도 밤새 잠을 이루지 못했다는 걸 알지 못했다. 그는 점원에게, 비연에게 남산객잔을 떠나지 말라고 전하라 한 후 자신의 방으로 돌아왔다.

백리명천의 말대로, 사장은 오후가 되어서야 겨우 나타났다.

쾅쾅쾅!

사장이 광포한 태세로 비연의 방문을 두드렸다. 비연은 쭈뼛거리며 문을 열었다. 군구신은 이미 밖에 나와 있었다.

사장이 입을 열기 전에 비연이 먼저 말하기 시작했다.

입산, 고씨 유적

비연은 무엇보다도 사장이 시간을 끌까 봐 두려웠다. 그녀는 잘잘못을 따질 마음이 없었기에 바로 사과를 쏟아 냈다.

"사장님, 어제는 정말로 죄송합니다! 전부 제 잘못입니다!"

웃는 얼굴에 침 뱉으랴는 말이 있다. 사장은 원래 그녀에게 욕설을 퍼부을 생각이었지만, 비연의 태도를 보고는 조금쯤은 냉정해진 것 같았다.

비연이 재빨리, 어젯밤에 준비한 커다란 약재 꾸러미를 두 손으로 건넸다.

"별거 아니지만 제 마음이에요. 사과의 뜻을 전하고 싶어서요. 그러니 어른의 도량으로, 너무 화내지 말아 주세요."

사장은 움직이지 않았다. 비연이 꾸러미를 풀어 안에 있는 물건을 보여 주었다. 사장은 물론이고 군구신도 깜짝 놀랐다.

꾸러미 안에는 귀한 약재들이 들어 있었다. 하수오, 녹용, 해마, 동충, 영지, 사향, 설련, 이름만 대면 모두가 알 정도로 귀한 약재가 모두 들어 있었다.

군구신은 비연이 이렇게 많은 물건을 가져왔다는 사실을 믿을 수 없었다. 슬며시 비연의 허리춤에 있는 약왕정을 바라보았다.

사장도 이렇게 많은 양일 줄 몰랐기에 두 눈을 빛내고 있었다! 사실 신농곡 노집사가 직접 추천한 사람을 그가 어찌할 수는 없었다. 그저 분노를 삼킬 수 없어 비연에게 욕설이나 좀 더 퍼부을 생각이었다. 하지만 욕하는 것과 약재 사이에서 고민하라면, 사장은 당연히 후자를 선택했다!

"하하! 노집사의 체면을 보아 이 일은 덮어 주기로 하지!"

사장이 이렇게 말하며 냉큼 약재 꾸러미를 받았다. 비연이 속으로 안도하며 물었다.

"그럼…… 우리 언제 산으로 올라가나요?"

사장도 더 이상 비연을 괴롭힐 마음이 없는 듯 하늘을 흘깃 보더니 말했다.

"반 시진 후. 만진국 삼전하가 돌아오면 오늘 산에 올라가고, 돌아오지 않으면 내일까지 기다려야겠지."

그 말에 백리명천에 대한 미움이 더 커지고 말았다. 비연이 머뭇거리다가 목소리를 낮춰 물었다.

"사장님, 저……, 그 사람은 누구 추천을 받고 온 건가요?"

사장이 그녀를 빤히 쳐다보기만 할 뿐 대답하지 않았다. 비연이 일부러 그를 자극했다.

"신농곡 노집사의 체면이 그 사람보다 못한가요? 그렇다면 우리도 우선권을 가질 수 있는 것 아닌지……?"

사장은 비연의 뜻을 짐작하고도 그에 대해서는 더 이상 언급하지 않고, 그녀에게 착하게 기다리라고만 말했다.

사장이 떠난 후 비연이 중얼거렸다.

"엄숙은 개뿔, 겉으로만 그렇군!"

군구신이 입을 열었다.

"본 왕은 계속 백리명천이 어디서 약술을 배웠는지 궁금했다."

비연도 그제야 정왕 전하가 계속 곁에 있었다는 사실을 인식했다. 전날 밤 자신이 저지른 일이며, 몰래 엿들은 말들을 떠올리자 그녀는 감히 정왕 전하의 눈을 제대로 쳐다볼 수도 없었다.

그녀가 말했다.

"백리명천이 사부가 있다고 말했어요. 진짜인지 가짜인지는 모르겠지만요."

"사부?"

군구신은 상당히 놀랐다. 백리명천은 만진 황족의 적자였고, 셋째였다. 교만하고 방종하며 음란하다고 현공대륙에 소문이 자자했다. 그러나 지금까지 그에게 사부가 있다는 이야기는 들은 적이 없었다.

설마 남모르게 사부를 모시고 있었단 말인가? 만약 사부가 없다면, 비연에 필적할 정도의 약술과 독술을 어디에서 배운 걸까?

의학이나 약학을 배우는 것은 하루아침에 되는 일이 아니었다. 천부적인 재능만으로도 충분하지 않았다. 반드시 수년에 걸쳐 힘겹게 노력해야 하는 일이었다.

비연의 생각도 군구신과 별 차이가 없었다. 하지만 그녀는 많은 이야기를 할 수 없었다. 그녀가 약술을 어디서 배웠는지 정왕 전하가 의심할 것 같아서였다.

두 사람이 아래층으로 내려갔을 때, 백리명천이 밖에서 들어오는 것이 보였다. 백리명천은 눈썹을 치켜세우며 그들을 한번 훑어보고는 입을 열려 했다. 그때 비연이 바로 점원에게 소리쳤다.

"사장님을 모셔 와요! 이제 출발할 수 있다고!"

백리명천이 소리 내어 웃었다.

"보아하니, 잘못을 인정한 모양이군."

비연이 말없이 마음속에 원한을 새겨 두었다. 그리고 마음을 단단히 먹었다. 나도 정왕 전하처럼 저자에게 아무 대답도 하지 않고, 상대도 하지 않을 거다!

사장이 오더니, 모두가 모인 것을 보고 바로 작은 배 한 척을 끌고 왔다. 그렇게 모두 함께 산에 들어가게 되었다.

사장이 선미에서 배를 몰기로 했다. 비연이 제일 먼저 배에 올라 뱃머리에 자리를 잡고는 군구신에게 손을 흔들었다.

"전하, 여기요!"

군구신도 어쩔 수 없다는 듯한 눈빛으로 비연에게 다가와 옆자리에 앉았다. 백리명천이 그들을 흘깃 보더니, 입가에 무시하는 듯한 냉소를 떠올리며 선미로 가서 사장과 함께 앉았다.

산으로 들어가는 길도 연운간의 강물을 따라 계속 앞으로 나가야 했다. 강물 위를 천천히 떠다니는 유람선들과는 달리 사장 배의 속도는 매우 빨랐다. 그들은 곧 마을을 빠져나가게 되었다.

양쪽 뭍에는 더 이상 건물들이 보이지 않았다. 대신 비췻빛 대나무 숲이 나타났다. 대나무 숲의 비췻빛이 원래도 푸른빛이었지만 강물에 비치니 더욱 푸르게 보였다.

대숲을 지나니 진정으로 산속으로 들어가게 되었다. 깊이 들어갈수록 양편 물가의 비췻빛이 더욱 짙어졌다. 빽빽한 나무들이 점차 하늘의 태양을 가렸다. 그들이 배를 띄운 강물이 그윽하니 어두워졌다.

비연이 주변을 바라보며 한여름에 이곳에 왔더라면 좋았을 거라고 생각했다. 어둡고, 시원하고, 이렇게 고요하다니, 더위를 피하기에는 최고 아닌가!

그러나 군구신과 백리명천은 마음의 준비를 하고 있었다. 무술을 익힌 이들의 예민한 직감이 그들에게 말해 주고 있었다. 이곳에는 상당수의 살의가 잠복해 있고, 아주 위험하다고 말이다. 사장이 배를 몰며 길을 안내하지 않았다면 그들은 아마 여기까지 오지도 못했을 것이다. 군구신은 자신들이 찾아가고 있는 고 의원이라는 자가 어떤 사람인지 궁금해졌다.

주변의 나무들이 무성해짐에 따라 점점 더 어두워졌다. 사장이 서서히 속도를 늦추더니 배를 아주 어두운 곳으로 몰아가 멈추었다. 백리명천이 즉시 사장의 손을 잡고 냉랭하게 물었다.

"무슨 일이지?"

군구신은 아무 말도 하지 않았다. 대신 비연의 팔을 잡아 제 옆으로 끌어당긴 뒤 주변을 경계했다. 비연의 팔은 그만 굳은 채 움직이지 않게 되었다. 비록 부끄럽긴 했지만 비연도 곧 경계를 높였다.

사장은 백리명천에게 대답하지 않았다. 백리명천이 다시 물었다.

"어째서 가지 않는 거지?"

사장은 그제야 말했다.

"입을 다무시지. 이곳을 소개해 준 사람을 믿는다면 당연히 나를 믿어야지! 믿지 않는다면 지금 돌아가면 그뿐이고!"

백리명천이 입을 다물었다. 주위는 적막에 빠져들었다. 어찌나 고요한지, 벌레 소리나 새소리도 들리지 않을 정도였다. 그때 갑자기 사장이 노로 강물을 가볍게 두드리기 시작했다.

철퍽, 철퍽, 철퍽.

한 번 또 한 번, 그의 노는 박자를 맞추고 있었다. 마치 음악이라도 연주하는 것처럼. 분명 암호였다. 군구신과 백리명천은 주변에 잠복해 있던 살기가 점차 물러가는 것을 명확하게 감지했다.

잠시 후, 사장이 다시 배를 몰아 앞으로 나가기 시작했다. 속도도 다시 빨라졌다. 어둠 속을 빠져나와 다시 숲을 지나니 강이 넓어졌다. 그리고 멀지 않은 곳 물가에 궁전이 보였다.

산에 의지해 지은 건축물들의 크기며 높낮이가 제각각이었지만 나름의 운치가 있었다. 소박하고 신비로운 분위기의 궁전이었으나 사람이라곤 하나도 보이지 않았고, 등불이 켜진 곳도 없었다. 비연의 마음속에 저도 모르게 황량한 느낌이 들어 물었다.

"이곳이 고씨 가문의 은거지였나요? 지금…… 고 의원 혼자 여기서 살고 있고요?"

사장이 배를 뭍 가까이 대며 대답했다.

"바로 그렇지. 잠시 후 저기로 올라갈 텐데, 함부로 행동하지 말고 나를 따라오도록."

사장이 말을 끝냈을 때, 궁전에서 은은하게 금 소리가 들려왔다.

당신이라니, 우연하게도

금 소리가 아련한 느낌을 풍기다가 또 때로는 경쾌하고 맑은 느낌을 주면서 적막을 깨트렸다. 사람들이 느끼던 황량한 감정이 줄어들며 갑자기 유쾌하고 밝은 기분도 들었다.

사장이 앞에서 길을 안내했고, 비연과 군구신, 백리명천이 그 뒤를 따랐다. 궁전 깊은 곳으로 들어갈수록 금 소리도 가까워졌다. 물어볼 필요 없이, 금을 타고 있는 사람은 분명 고 의원이었다.

물에 접한 긴 회랑을 지나니, 마침내 높은 대 위에 금을 놓고 앉아 있는 흰옷의 남자가 보였다. 남자는 그들을 등진 채 금을 타고 있었다. 거리가 멀어 그의 모습을 분명히 볼 수는 없었지만 나이가 많지 않다는 것 정도는 판단할 수 있었다.

백리명천이 나지막한 목소리로 말했다.

"사장, 고 의원이 이렇게 젊습니까?"

이 말은 고 의원의 나이를 묻는 것이 아니라 의술을 묻는 것이었다. 의원이라면 환자의 병세를 듣고, 보고, 묻고, 맥을 짚어야 한다. 배움이 셋이라면 경험이 일곱이었다. 의원의 나이가 많을수록 그 의술이 뛰어나다는 보증이 되는 것이다.

비록 은거 의원이 다른 의원보다 뛰어나다 하지만, 은거 의원 중에도 높고 낮음이 있을 터였다. 은거 의원이라고 어떤 병세든 잘 치료할 수 있다고 보증할 수도 없었다. 은거 의원을 찾는다는 것은 최후의 희망을 찾는 편에 가까웠다.

사장이 고개를 돌리더니 불쾌한 시선으로 백리명천을 노려보았다.

"궁금한 것이 있으면 지금이라도 배로 돌아가 기다려도 될 것 같군. 잠시 후 고 의원을 만나서는 그런 무례는 저지르지 말도록!"

군구신은 아무 반응도 보이지 않았지만 비연은 즐거운 마음에 속삭였다.

"사장님, 견식 없는 사람 때문에 화를 내실 필요는 없잖아요."

그녀의 이 말이 마음에 들었는지 사장이 고개를 끄덕이며 계속 앞으로 걸어 나갔다. 백리명천이 눈썹을 치켜세우고 비연을 바라보았다. 비연은 못 본 척하고 계속 성큼성큼 앞으로 걸어 나갔다.

곧 그들은 금이 놓인 대 앞에 이르렀고, 백의 남자의 뒷모습을 똑똑히 보게 되었다. 눈보다도 하얀 옷을 입고 있는 그는 키가 크고 호리호리한 몸에 등을 곧게 쭉 펴고 앉아 있었다. 검은 머리는 백옥 비녀로 반쯤 틀어 올리고 있었는데, 맑고 수려한 느낌을 주었다.

비연 등이 발걸음을 멈추었을 때에도 그는 여전히 그들에게서 등을 돌린 채 금의 현을 타는 데 집중하고 있었다. 침착하고, 우아하고……. 마치 이 세상 어떤 사람도, 어떤 일도 그를 방해할 수 없을 것 같았다.

사장은 앞으로 나가지 않고 곡이 끝나기를 기다리고 있었다.

비연이 그 뒷모습을 열심히 살펴보았다. 보면 볼수록 이유를 알 수 없는 익숙한 느낌이 밀려왔다. 마치 어디선가 본 듯한 뒷모습이었다. 대체 어디서 저런 뒷모습을 보았던 걸까? 그리고 저 눈보다도 흰 백의는……, 침착하고 우아한 저 느낌은, 저 익숙한 느낌은…….

그녀는 도무지 판단할 수 없었다. 지금까지 만났던 사람들 중에서 곁에 있는 정왕 전하를 제외하면 그 누구도 이렇게 간결한 백의만으로, 마치 땅에 떨어진 신선처럼 저렇게 수려하고 우아한 느낌을 낼 수 있는 이는 없었다. 하지만 지금 느끼는 이 익숙한 감정은 정왕 전하에게서 온 것이 아니었다. 그렇다면…….

그녀는 도무지 알 수 없었다. 정왕 전하가 아니라면 누구에게서 본 것이었을까?

계속 그 뒷모습을 바라보며 생각에 빠져 있느라 비연은 정신을 차리지 못하고 있었다.

금의 음이 천천히 끝으로 향하더니 점차 멈췄다. 주변이 원래의 고요함을 회복하자 그 황량한 느낌이 다시 살아났다. 백의 남자는 여전히 자리에 앉은 채 두 손을 금 위에 올려놓고 있었다. 금을 쓰다듬듯, 혹은 방금의 곡을 다시금 되새기듯.

잠시 후에야 그가 말했다.

"여러분, 오래 기다리셨습니다."

너무나 익숙한 목소리! 비연은 바로 정신을 차리고 두 눈을 휘둥그렇게 떴다. 오랫동안, 아주 오랫동안 들어 온 목소리였다! 설마, 설마…….

백의 남자의 뒷모습을 바라보았다. 심장이 갑자기 빠르게 뛰기 시작했다. 당황한 나머지 순간적으로 머리가 텅 비어 버렸다. 너무나 갑작스러워 어찌해야 할지 알 수 없었다.

백의 남자가 몸을 돌렸다. 그가 사장을 바라보며 미소 지었다.

"사장, 그간 여전하셨지요?"

조각한 듯한 저 얼굴, 준수한 풍채, 마치 신선과도 같은 저 느낌. 저 깊고 검은 두 눈, 이 세상 모든 화려함을 다 거두어들인 듯 침착하고 세상 모든 것을 초탈한 듯한, 마치 이 세상 그 누구도 그 어떤 일도 그를 진정으로 방해할 수 없을 것 같은!

그의 얼굴을 본 순간 비연은 그대로 굳어 버렸다. 그였다! 뜻밖에도 그였다!

비연이 멍하니 그의 얼굴을 바라보았다. 그리워하고 원망했던 사람. 그를 보니 흥분되기도 하고 울고 싶기도 했다. 그러나 그녀는 움직일 수 없었다. 심지어 말 한마디 내뱉을 수 없었다.

그를 보기 전에 그녀가 외로움을 느끼고 있었던 건 아니었다. 그러나 그를 보자 그녀는 갑자기 더 이상 외롭지 않다는 것을 깨달았다.

그를 보기 전에 그녀가 안전하다는 감정을 느끼지 못했던 건 아니었다. 그러나 그를 보자 그녀는 갑자기 온 세계가 안전한 것 같은 느낌을 받았다.

비연의 눈가가 젖어 드는가 싶더니 붉어졌다. 맑은 눈물 한 줄기가 눈가를 따라 소리 없이 흘러내렸다.

사부였다! 그는 분명 그녀의 백의 사부였다! 10년 동안 그녀를 키워 주고 가르쳐 준, 항상 곁에 있어 주고 그녀를 사랑해 주었던 백의 사부! 사납게 그녀를 절벽 아래로 밀어 버려 그녀 혼자 이 낯선 세계로 오게 만든 백의 사부!

군구신과 백리명천은 비연의 이상한 모습을 눈치채지 못하고 이 젊은 의원을 살펴보고 있었다. 이때 사장이 서둘러 앞으로 나서더니, 공손하게 읍하며 두 장의 추천장을 내밀었다.

"고 의원, 제가 또 방해드리게 되었습니다."

고 의원은 전혀 거들먹거리는 태도 없이, 재빨리 사장에게 읍하며 예를 되돌렸다.

"별말씀을요. 제가 귀찮게 해 드리는 거지요."

사장이 몸 둘 바를 몰라 하며 재빨리 손을 내저었다.

"아니, 아닙니다. 고 의원이 그리 말씀하시면 제가 감당할 수 없지요."

고 의원도 손을 내저었다.

"아니, 아닙니다. 아니에요."

두 사람이 이렇게 예의 바르게 서로에게 아니라고 말하는 걸 보고, 비연은 말할 것도 없고 군구신과 백리명천까지도 모두 멍한 표정이 되었다.

그들은 은거 의원이라면 상대하기 어려울 거라 상상하고 있었다. 괴이한 성격 아니면 아주 거들먹거린다거나 하는 식으로. 그러나 눈앞의 이 고 의원은 문약한 서생 같아 보였고, 말도 잘 통할 것 같았다. 우아하고 예의 바르며 아주 점잖은 사람이었다! 어떻게 이럴 수 있지?

비연은 도무지 알 수 없었다. 방금 그가 몸을 돌리던 그 순간, 그녀는 분명 그의 눈 속에서 활달하면서도 제멋대로 구는, 나른하니 한적한 것을 좋아하는 기질을 읽어 냈다. 바로 백의 사부와 완벽하게 같은 기색과 자태를!

그런데 지금 어떻게 이럴 수 있지? 설마 그녀가 잘못 본 걸까? 이 고 의원은 백의 사부와 얼굴이 닮았을 뿐 백의 사부가 아닌 걸까?

비연은 믿을 수 없었다. 아니, 믿고 싶지 않았다!

그때 백리명천이 재촉했다.

"사장, 귀찮겠지만 소개 좀 부탁드립니다."

고 의원과 예의 바른 대화를 나누던 사장이 마침내 고개를 돌리더니 서둘러 소개하기 시작했다.

"여러분, 이분이 바로 고씨 가문에 남은 최후의 의원으로, 고운원顧雲遠의원이십니다."

이름이…… 고운원이라고?

비연의 머릿속에, 고씨 가문 장경탑에서 보았던 그 신비로운 초상화가 떠올랐다. 초상화에서 유일하게 제대로 읽을 수 있었던 시구는 바로 '금은 어느 밤에야 돌아올까, 마음은 외로운 구름과 멀어지고'뿐이었다.

그녀는 계속 이 시를 쓴 이가, 금을 타다가 산수에 마음을 빼앗기고 마음은 외로운 구름과 함께 멀리 가는, 그러니까 아무 구속도 없는 자유로운 마음과 삶을 표현하고 있다고 생각했다.

구름이 멀어지다라는 의미의 '운원雲遠'이라는 두 글자가 이름일 거라고는 생각지도 못했던 것이다.

백의 사부는 자신의 성이 고孤씨기 때문에 그녀에게도 고씨 성을 주었다고 했다. 그래서 그녀는 고비연이었다.

고孤운원? 고顧운원? 이 두 이름 사이에 어떤 관계가 있는 건 아닐까? 혹은 그저 우연일 뿐일까?

그는 단지 고顧운원이고……, 그리고……, 백의 사부인데 그녀를 모르는 척하는 걸까?

어린 시절 감초 사탕

비연이 미간을 찌푸렸다. 번잡한 마음에 생각이 더욱 복잡해졌다.

사장이 백리명천을 소개하고 이어 군구신을 소개했다. 고운원이 여전히 미소 띤 얼굴로 예의 바르게 읍하고 있었다. 백리명천에게건 군구신에게건 아주 온화하고 겸손한 모습으로 반갑다고 말했다.

고 익원의 신분으로 이렇게 예를 갖추니, 냉담한 군구신이나 오만한 백리명천도 다소 놀라고 있었다.

사장이 소개했다.

"이분은 정왕의 약녀 고비연입니다."

고운원이 그제야 비연을 바라보았다. 그리고 군구신이나 백리명천을 대할 때와 다르지 않은 모습으로, 잔잔한 미소를 띤 채 예의 바르게 읍했다.

"고 약녀, 반갑습니다."

비연은 익숙한 얼굴을 바라보며, 그리고 너무나 익숙한 목소리가 이렇게 예의 바른 말을 하는 것을 듣자 마음이 미어지는 듯했다. 너무 괴로워 말이 입 밖으로 나오지 않았다. 풍경은 의구한데 사람은 간데없다는 표현이 이런 감정을 의미하는 걸까. 아니면 푸른 바다가 뽕나무 밭이 되듯 세상이 변했다는 표현이…….

그녀는 상상했었다. 백의 사부를 다시 만나면 한바탕 욕을 할 거라고. 그리고 죽어라 끌어안고 엉엉 울 거라고.

그래, 그녀는 상상했었다. 백의 사부가 다시 그녀를 만나면 분명 예전처럼 부드럽게 그녀의 머리를 쓰다듬고, 그녀의 머리며 옷차림을 정리해 주고, 또 예뻐 죽겠다는 듯 웃으며 바라봐 줄 거라고. 마치 귀한 보물을 대하듯.

사부를 만나는 것을 수없이 상상했지만 이런 모습은 없었다.

고顧운원, 고孤운원……. 당신의 성이 고顧씨일까, 아니면 고孤씨일까? 백의 사부일까, 아니면…… 낯선 사람일까?

비연이 조용하게 고운원의 눈을 바라보았다. 아주 고집스럽게. 반드시 그의 눈에서 어떤 실마리나 답이라도 찾아낼 것처럼.

고운원이 계속 예의 바르게 웃으며 기다렸지만 비연이 바라보기만 할 뿐 아무 말도 하지 않자 난처해진 모양이었다. 그가 어색하게 그녀의 시선을 피하며 다시 읍했다.

"고 약녀, 반갑습니다."

비연이 여전히 아무 말도 하지 않고 고집스럽게 그의 시선을 좇으며, 그가 자신을 보게 만들었다.

고운원은 백의 사부처럼 침착하고 담담하지 않았다. 그의 수려한 얼굴에는 난처한 기운이 가득했다. 그가 사장에게 도움을 청하는 듯한 눈길을 던졌다.

사장은 말할 것도 없고 군구신과 백리명천도 비연의 이상한 모습을 눈치챘다. 사장이 입을 열려고 했을 때 백리명천이 먼

172

저 웃으며 말했다.

"고 의원, 여기 이 아가씨는 만만한 상대가 아니랍니다! 사장이 제일 잘 알겠지만. 자, 너, 이만 나를 따라오너라."

사장도 난처해하던 참이었다. 음란하고 못된 계집이니 지금 미인계를 쓰는 중이라 생각한 그는 바로 비연에게 경고의 눈빛을 보냈다. 하지만 입 밖으로 소리 내어 야단치지는 않고 화제를 바꿨다.

"고 의원, 이들이 온 것은 모두 고 의원이 산 밖으로 나와 주셨으면 해서입니다. 소개를 끝냈으니 저는 배에서 기다리기로 하지요."

고운원이 철저히 비연을 피하며 재빨리 고개를 끄덕였다.

"살펴 가십시오."

사장이 떠나자 백리명천은 아무 말도 하지 않았다. 군구신이 비연의 소매를 잡아끌며 속삭였다.

"왜 그러는 것이냐?"

고 의원은 보기에는 말이 잘 통할 것 같고 온화하고 겸손했다. 그러나 여기까지 오는 길을 삼엄하게 방비하고 있는 걸 보면 절대 아무나 들이지 않는 성격이었다. 결코 상대하기 쉬운 사람이 아닐 터였다. 게다가 사장이 안심하고 떠난 걸 보면 그들이 함부로 행동할 수 없다는 걸 확신했기 때문임이 분명했다.

비연은 백의 사부에 관해 말할 수 없었다. 고운원의 저 난처한 얼굴을 보니 그녀도 실망하지 않을 수 없었다. 하지만 여전히 집념이 남아 있었다. 그녀가 짙은 눈빛으로 그를 바라보고······ 읍했다.

"고 의원, 정말로······ 만나 뵙게 되어 영광입니다!"

고운원이 예절을 되돌렸으나 분명히 그녀의 시선을 피하고 있었다. 그가 말했다.

"여러분, 같은 날 오셨으니 제가 누구를 선택하건 문제가 있겠군요. 일단 따라오시지요."

백리명천의 눈에 복잡한 빛이 스쳐 가더니 서둘러 그를 따라 갔다.

비연이 생각에 빠져 있느라 움직이지 않자, 군구신도 바로 그를 따라가지 않고 그런 그녀를 세심하게 살펴보았다. 그리고 그제야 그녀의 눈이 붉어져 있다는 것을 발견했다. 그가 놀라 물었다.

"대체 왜 그러지?"

비연이 정신을 차리고 마침내 자신이 어떤 모습인지 알아차렸다. 재빨리 눈을 비비고 억지로 웃음을 짜내며 속눈썹이 눈에 들어갔다고 변명했다. 그러나 군구신은 그렇게 쉽게 속일 수 있는 사람이 아니었다. 그가 냉랭하게 말했다.

"사실을 말해라!"

"전하, 정말이에요, 보세요. 속눈썹이 눈에 들어가서 그래요."

비연은 군구신이 믿지 않을까 두려워 일부러 눈을 들고 한마디 덧붙였다.

"전하, 어디선가 저 고 의원을 본 적이 있는 것 같아요. 하지만 어디서였는지 잘 생각나지 않아요."

잠시 망설이던 그녀가 군구신이 믿건 안 믿건 서둘러 앞으로 달려가 탐색하듯 물었다.

"고 의원, 제가 어디선가 뵌 적이 있나요?"

고운원이 발걸음을 멈추긴 했으나 고개를 돌리지는 않았다. 그리고 다시 계속 걸으며 말했다.

"외유를 몇 번 나간 적이 있지요. 몇 년 전 천염의 황도에 다녀온 적이 있으니, 정말로 보았을지도 모르겠군요."

비연이 재빨리 말했다.

"고 의원도 저를 어디선가 본 것 같으세요?"

고운원이 다시 발걸음을 멈췄다. 고개를 돌리려는 듯 보였으나 결국은 돌리지 않고 이렇게만 말했다.

"제가 기억력이 좋지 않습니다. 정말 보았다 해도 아마 기억하지 못할 겁니다."

이런 탐색으로는 쓸 만한 정보를 얻어 낼 수 없을 것 같았다. 정왕 전하와 백리명천도 곁에 있으니 빙해영경에 대해 언급하기도 힘든 상황이었다. 다른 일은 더더군다나 말할 수 없었다. 비연은 한 걸음 한 걸음 고운원의 뒤를 따라가며 한참 후에야 대답했다.

"오."

군구신도 계속 뭔가 이상하다고 생각했으나 입 밖에 내지는 않았다. 그가 아무리 영리하다 해도 비연의 내력을 생각해 낼 수는 없었다. 다만 비연이 이 고 의원과 일면식이 있다면 그들에게 승산이 있을지 암암리에 고민하기 시작했다.

고 의원은 그들을 어디로 데려가려는 것일까? 그리고 어떻게 선택하려는 것일까?

백리명천이 큰 소리로 웃기 시작했다.

"연아, 남자에게 작업 거는 솜씨가 대단한걸? 본 황자에게도 지지 않겠어."

비연이 난감해하며 그를 상대도 하지 않았다.

그녀는 고운원의 뒤를 따라가고 있었다. 그녀의 눈에 보이는 것은 그의 뒷모습뿐, 그의 얼굴은 볼 수 없었다.

어째서 이 뒷모습을 보면서 누구인지 제대로 떠올리지 못했을까? 얼굴을 보고 나니 이 호리호리한, 조용하고 침착한 뒷모습이 가장 백의 사부를 닮았다는 생각이 들었다. 모습도 닮았고, 기질은 더 닮았다.

그의 뒤를 따라 걷고 있노라니 어린 시절로 돌아간 것 같았다. 여덟 살의 그해로. 빙해영경에서 보낸 첫 번째 해였다. 사부에게 처음으로 약을 배우던 시절이기도 했다.

그녀는 항상 팔에 대나무 바구니를 걸고 사부를 따라 살랑살랑, 온 산을 두루 다니며 약초를 채집하고 구분하는 법을 배웠다. 그때, 그녀는 언제나 키 큰 사부의 뒷모습을 볼 수 있었다.

그녀는 계속 자신이 누구인지, 어디서 왔는지, 아버지는 누구고 어머니는 또 누구인지 물었다. 그리고 자신이 어째서 빙해에 대한 악몽을 계속 꾸는지도. 그녀는 묻고 또 묻다가 약초밭에 앉아 엉엉 울었다. 집에 가고 싶다고, 엄마와 아빠가 필요하다고.

그녀는 자신이 몇 살 때부터 울지 않게 되었는지, 그런 것들을 묻지 않게 되었는지 기억나지 않았다. 그녀가 기억하는 것은 단 하나뿐이었다. 그녀가 울기 시작하면 사부는 그녀를 등에 업고 감초 사탕을 주었다.

비연이 아직 기억 속에 잠겨 있는데 고운원이 그들을 응접실로 안내했다. 그가 직접 따뜻한 차를 내왔다.

"여러분, 앉으시지요. 일단 환자의 상황에 대해 들어 봅시다. 세상에 질병이 워낙 많으니, 저라고 다 치료할 수 있는 것은 아니니까요."

백리명천이 먼저 말했다.

"고 의원, 잠시 둘이서만 이야기할 수 있겠습니까?"

비연과 군구신에게 자신의 사정을 알리고 싶지 않은 모양이었다. 고 의원도 망설임 없이 비연과 군구신에게 잠시 기다리라고 하고는 백리명천을 옆방으로 안내했다.

그들이 사라진 후에 군구신이 나지막하게 물었다.

"확실히 그를 만난 적이 있나?"

"그렇게까지 확실하지는 않아요. 그저 낯이 익어요."

비연이 어물거리며 말하고는 몸을 일으켜 주변을 둘러보았다. 그리고 그녀는 발견하고 말았다. 주인의 자리 근처, 탁자 위 접시에 담겨 있는 감초 사탕을!

제가 어떻게 해야 할까요?

비연은 의연하게 냉정을 지키려 했으나 탁자 위의 감초 사탕을 보자 다시 눈시울이 붉어졌다. 그리고 그대로 굳어 버린 듯, 마치 정신이 나간 아이처럼 감초 사탕을 바라보았다.

군구신도 그녀처럼 주변을 둘러보았다. 그가 다가오더니 담담하게 말했다.

"아주 오래된 건물이다. 꼭 남방 유수 일대의 건축물 같군."

마음이 온전히 감초 사탕에만 쏠려 있던 비연은 군구신이 무슨 이야기를 하는지 제대로 듣지도 못하고 답했다.

"네."

군구신 역시 감초 사탕을 보았지만 별일 아니라 생각하고 몸을 돌려 다른 곳을 살피기 시작했다. 그러나 비연은 계속 그 감초 사탕만을 보며 꼼짝도 하지 않았다. 실망하게 될까 봐 두려웠다. 저 감초 사탕이 어릴 때 먹던 것과 맛이 다르면 어떻게 하지? 이 모든 것이 정말 우연의 일치일 뿐이라면……?

한참을 머뭇거리다가 겨우 손을 뻗었다. 바로 이때 고운원과 백리명천이 돌아왔다. 비연은 재빨리 사탕을 반 움큼 집어 주머니에 넣고 자리로 돌아와 앉았다. 당장에라도 고운원에게 백의 사부가 맞는지 묻고 싶었지만 사탕을 훔쳤다는 생각에 뜻밖에도 살짝 겁이 났다. 자신이 무엇 때문에 겁을 내는지도 알 수 없었다.

백리명천은 고운원과 즐겁게 대화를 나눈 것 같았다. 빙긋 웃으며 비연과 군구신을 바라보더니 별말 없이 느긋하게 자리에 앉았다.

고운원은 평온해 보였다. 그가 군구신에게 읍한 다음 말했다.

"오래 기다리셨습니다. 정왕께서는……."

그가 말을 끝내기도 전에 군구신이 그를 초대하듯 손짓했다. 역시 다른 곳에서 이야기하자는 뜻이었다.

백리명천은 호기심이 이는 모양이었다. 어쨌든 그는 정역비가 비연의 약으로 목숨을 건지고 두 다리를 잃었다는 이야기만 들었을 뿐 자세한 내용은 모르고 있었다.

그가 탐색하듯 물었다.

"연아, 어디서 그렇게 대단한 약이 난 거야? 위를 치료하면서 두 다리를 못 쓰게 만들다니? 본 황자는 들어 본 적도 없는데?"

원래 백리명천을 상대하지 않으려 했지만 이 말을 듣자 비연이 억지로 웃음을 짜내며 놀리듯 말했다.

"그야 우리 사부의 독자적인 처방이니까요. 그걸 당신이 어떻게 알 수 있겠어요?"

그녀는 이렇게 대답하며 고운원을 바라보았다.

고운원이 그녀의 시선을 피했다. 비연이 주머니 속 감초 사탕을 만지작거리며 점점 더 확신했다. 고운원은 분명 백의 사부였다!

백리명천은 계속 귀찮게 굴 태세였다.

"뭐야, 정말로 사부가 있었어?"

비연이 반문했다.

"당신도 사부가 있지 않나요? 아니면, 당신의 약술은 사부 없이 혼자 배울 수 있는 건가?"

그녀가 여전히 고운원을 바라보며 물었다.

"의학과 약학은 사부의 가르침을 받지 않으면 이루기 어려운 학문이죠. 고 의원, 제 말이 맞지요?"

고운원이 고개만 끄덕였다. 비연과 백리명천 대화에 끼고 싶지 않은 모양이었다. 그러나 비연이 포기하지 않고 계속 물었다.

"고 의원, 이미 제자를 받아들이셨나요?"

그녀가 '이미'라고 물어본 것은 누가 보아도 일부러였다. 그러나 고운원은 담담하게 대답했다.

"저는 아직 제자를 받아 본 적이 없습니다."

비연의 마음이 살며시 아려 왔다. 그녀는 일부러 그 가까이 가서 진지한 눈빛으로 물었다.

"제자를 받을 생각이 있으신가요?"

"고씨 가문은 외부의 제자를 받지 않습니다."

고운원의 태도는 매우 단호했다. 그리고 다시 한번 그녀의 시선을 피하더니 옆방으로 가자는 듯 손짓했다.

"두 분, 따라오시지요."

군구신과 백리명천은 비연이 스승을 찾아 의학을 배우려는 모양이라 여기며 더 이상 깊이 생각하지 않았다.

군구신이 빠르게 앞으로 걸어갔고 비연도 뒤를 따라갔다. 옆방에 이르자 고운원이 진지한 표정으로 말했다.

"정왕, 환자의 병세에 대해 상세하게 설명해 주십시오."

군구신은 정역비의 병세에 대해 잘 알지 못해 당연히 할 말이 없었다. 대신 비연이 말했다.

"고 의원, 제가 말씀드리겠습니다."

그녀는 고운원이 계속 그녀를 피하리라 생각했다. 그러나 생각과는 달리 그가 진지하게 그녀와 눈을 마주쳤다.

"고 약녀, 부탁드립니다. 상세하게 이야기해 주실수록 좋습니다."

그의 눈빛 속의 진지함은 신중하게 전심전력을 다하는, 바로 의원이 환자를 대할 때의 진지함이었다. 어떤 양심의 가책 같은 것도 느낄 수 없었다. 하지만 그가 그래서는 안 되는 것 아닌가!

연극을 하고 있는 걸까, 아니면 정말로 그녀를 알아보지 못하는 걸까? 그것도 아니라면, 방금까지는 그저 그녀의 시선에 놀랐을 뿐 정말로 마음에 거리끼는 부분이 전혀 없는 걸까?

"고 약녀, 말씀해 주시지요."

고운원이 다시 말하자 비연이 겨우 정신을 차렸다. 그녀는 재빨리 정역비의 상세한 상황을 설명했다.

고운원이 이야기를 들으며 몇 가지 질문을 던졌다. 그중 어떤 질문들은 비연도 답할 수 없는 것들이었다. 어쨌든 그녀는 의원이 아니니까.

하지만 이 순간 비연은 깨달았다. 고 의원은 정상급의 은거 의원이었다. 백의 사부는 의학에 대해 아주 정통하지는 않았다. 적어도 그녀가 그와 함께 지냈던 10년 동안엔 그가 의술을 안다는 증거를 본 적이 없었다.

다른 것이라면 모두 연극이라고 할 수 있을 것이다. 하지만 의술은…… 그렇게 쉽게 아는 척할 수 있는 것이 아니지 않은가? 설마 정말로 우연일 뿐일까?

비연이 주머니 속 감초 사탕을 만지작거리며 스스로를 위로했다. 어쩌면 백의 사부도 의술을 할 줄 알았을지도 몰라. 그저 계속 숨겨 왔던 거지. 10년 동안이나 말이야. 백의 사부가 나를 속인 적 없는 것도 아니잖아!

그녀가 그 피를 만드는 약방을 꺼내 건네며 고집스럽게 다시 한번 탐색해 보았다.

"고 의원, 이 약방문을 보세요. 혹시 이 약방문을 본 적 있으신가요?"

그녀는 백리명천을 속이지 않았다. 이 약방문은 백의 사부가 그녀에게 준 것이고, 그녀의 현재 능력으로는 이런 약방을 배합해 낼 수 없었다.

그녀가 고운원의 눈을 바라보며 한마디 덧붙였다.

"어쩌면 이 약방문의 이치를 저보다 더 잘 아실지도 모르겠어요."

고운원이 약방문을 받아 열심히 들여다보았다. 그 수려한 이마를 단단히 찌푸린 채. 그 모습만으로는 그가 이 약방문을 낯설어하는지 아니면 잘 알고 있는지 판단할 수 없었다.

방 안이 고요했다. 군구신도 고운원에게 온 신경을 쏟고 있었다. 고운원이 정역비의 병을 제대로 파악하지 못할까 봐 걱정하느라 비연의 이상한 모습에는 신경 쓰지 못하는 상태였다.

비연이 고운원을 바라보며 기다렸다.

고개를 숙인 채 한참을 들여다보던 그가 비연을 실망시켰다.

"고 약녀, 아주 기괴한 약방문이군요. 저로서는 이 안의 이치를 도저히 알 수가 없습니다. 그러나 환자의 다리에 대한 설명을 들어 보면, 약을 쓰지 않고 침만 쓰더라도 치료할 가능성이 열에 일고여덟은 되는 것 같습니다."

그가 다시 한참 생각에 빠지더니, 이윽고 고개를 들어 비연을 바라보며 진지하게 말했다.

"고 약녀, 이 약방문 사부에게서 전수받은 것이라 했지요? 어떤 의원이 치료하게 되건, 사부님을 청해 와서 함께 진료하게 하는 것이 좋겠습니다."

군구신이 곁에 없었더라면 비연은 분명 울어 버리지 않았을까?

그러나 이 순간, 그녀는 울지 않고 억지로 웃음을 짜내며 농담이라도 건네듯 말했다.

"고 의원, 제 사부께서는 저를 원하지 않으신답니다. 저는 그분을 찾을 수 없어요……. 말해 보세요, 제가 어떻게 할까요?"

고운원이 여전히 미간을 찌푸리고 있었다. 일부러 그러는 건지, 아니면 정말로 비연의 말에 숨어 있는 뜻을 알아채지 못한 건지는 모를 일이었다. 그가 가볍게 탄식했다.

"아! 제가 누구와 함께 가야 할지, 정말 어려운 문제입니다!"

그가 몸을 일으켜 응접실로 향했다. 가볍게 제 머리를 두드리는 모습이 정말로 난처한 듯했다.

저 사람은 진지하다. 저 사람은 품위 있다. 저 사람이 난처해한다……. 정말로 전혀 백의 사부답지 않았다. 비연의 기억 속 백의 사부는 언제나 제 마음대로 행동했고, 동시에 담담하고 침착했다. 백의 사부는 결코 미간을 찌푸린 적이 없었다.

고운원의 뒷모습을 보며 그녀는 문득 그가 백의 사부가 아니었으면 좋겠다는 생각이 들었다.

그가 백의 사부가 아니라면 그녀가 이렇게 괴로워할 이유도 없지 않은가?

삼판양승, 어떻습니까

응접실로 돌아오니 백리명천이 다리를 꼰 채 느긋하게 앉아 있었다. 언제나처럼 제멋대로인 태도였다.

군구신이 그의 건너편에 앉고, 비연은 군구신 옆에 앉았다. 그들 모두 조용히 고운원의 결정을 기다리고 있었다.

고운원의 얼굴에는 난처한 빛이 가득했다. 한참 생각하던 그가 결국은 탄식하는 소리를 내더니 말했다.

"두 사람 다 약사시니 이렇게 하는 것이 어떻겠습니까. 제가 몇 문제 낼 터이니 한번 겨뤄 보시지요. 저는 이긴 쪽을 따라가기로 하겠습니다."

백리명천이 아주 상쾌하게 말했다.

"하하, 좋습니다! 본 황자가 안 그래도 연아와 겨룰 기회가 없을까 봐 걱정하고 있었으니까요! 하지만 정왕께서 본 황자에게 가르침을 청하신다면, 본 황자도 매우 기쁘게 받아들이지요!"

이자가, 군구신이 약술을 잘 모른다고 무시하고 있었다!

군구신도 의약과 관련된 물건이라면 한번 보는 순간 잊지 않았지만, 확실히 백리명천이나 비연만큼 정통하지는 않았다. 그는 백리명천의 모욕을 받고도 분노하거나 부끄러워하지 않고 냉랭하게 받아쳤다.

"고 의원, 본 왕과 삼황자 둘 다 무술을 익힌 사람입니다. 우리 두 사람이 힘을 겨루는 것은 어떻겠습니까?"

백리명천은 군구신의 뜻을 이해했다. 남산객잔에서 그들은 이미 실력을 겨룬 바 있었다. 그때 군구신은 한 손으로 비연을 보호하면서도 호적수를 이루었다. 군구신의 무공이 그보다 한 수 위였다.

군구신의 도전을 받고도 백리명천 역시 분노하거나 부끄러워하지 않았다. 그저 지긋이 웃으며 말했다.

"이곳은 싸울 만한 장소가 아닙니다. 의원을 청하러 온 셈이니, 약으로 높고 낮음을 겨루는 것이 맞지요!"

고운원이 긴장한 듯 서둘러 권했다.

"정왕, 하실 말씀이 있으면 말로 하시고 제발 손을 쓰지는 마십시오."

군구신도 더 이상 다투지 않았다. 대신 그의 눈가에 일말의 복잡한 빛이 스쳐 갔다.

"고 의원, 병세에는 경중이 있는 법입니다. 본 왕 쪽의 일이 급박하니 먼저 본 왕과 함께 가신 후에 다시 만진국 황도로 가셔도 늦지 않을 것 같습니다."

비연이 정신이 나가 있는 동안에도 군구신은 계속 마음에 두고 있었던 것이다.

군구신의 이 말에는 탐색하고자 하는 뜻이 몇 겹이나 숨겨져 있었다.

첫째, 방금 사장이 소개할 때 백리명천이 약술에 능하다고 말한 적 없는데 고운원이 어떻게 그 사실을 알고 있을까? 소개장에 언급되어 있는 것이 아니라면, 백리명천이 고운원과 단둘이 이야기를 나눌 때 언급한 걸까? 백리명천이 구하려는 사람이 대체 누구며, 어디에 살고 있을까? 상황이 정말 그렇게 급한 걸까?

둘째, 고운원은 보기에는 말이 잘 통할 것 같고 병세를 토론할 때에도 상당히 진지하고 신중했다. 이치대로라면 덕이 매우 높은 의원인 것 같으니 의술로 세상 사람들을 구제하려 해야 했다. 그런데 어째서 그를 청하기가 이리도 어려울까?

셋째, 고운원은 보기에는 문약한 서생 같았고 싸움에 대해 언급하는 것만으로도 긴장했다. 그런데 어째서 밖의 수로에는 살기가 충만한, 그렇게 많은 호위들을 잠복시키고 있을까?

군구신의 말에는 이러한 의혹들이 전부 들어 있었다.

백리명천도 매우 영리하기 때문에 군구신이 무엇을 묻고자 하는지 알아챘다. 그러나 아무 말도 하지 않았다. 대신 백리명천의 입가에 피어 있던 매력적인 웃음기가 점점 더 의미심장해질 뿐이었다.

고운원이 군구신의 뜻을 알아들었는지는 알 수 없었지만, 다시 한번 탄식했다.

"아, 가문의 규칙은 어길 수가 없습니다. 어길 수 없어요!"

상당수의 은거 가문의 규칙은 매우 엄격했다. 자손들이 멋대로 외부 세계와 접촉하는 것을 허락하지 않을 뿐 아니라, 더 심한 경우는 자손들이 거주지를 떠나지도 못하게 했다.

군구신은 고운원의 찌푸려진 미간을 보며 잠시 분별하지 못하고 있었다. 고운원이 정말로 저렇게 고루하고 완고한 사람인지, 아니면 단지 연극을 하고 있는 것인지.

물론 그는 전자일 거라고 생각했다. 수로의 그 호위들은 고운원 한 사람이 아니라 고씨 가문을 지키는 것이었으리라. 다만 지금 이 가문에 남은 사람이 고운원 한 사람일 뿐.

그는 더 이상 탐색하려 하지 않고 비연에게 그녀의 의사를 묻는 눈빛을 보냈다. 비연은 계속 다른 생각에 빠져 있다가 군구신의 시선을 받고 겨우 정신을 차렸다.

"저도 괜찮습니다."

고운원이 무거운 짐이라도 벗은 것처럼 잔잔히 미소 지었다. 그 수려한 얼굴이 비할 데 없이 선량해 보였다. 그가 물었다.

"제가 세 문제를 내겠습니다. 삼판양승으로 하면 어떻겠습니까?"

백리명천이 여전히 웃으며 말했다.

"고 의원께서 기쁘시다면야, 어찌해도 무방합니다."

비연이 남몰래 숨을 내쉬며 제 안의 잡념을 몰아내려 애썼다. 일단은 정역비 일부터 처리해야 했다.

그녀가 자리에 앉은 채 정신을 다잡고 진지하게 대답했다.

"공평하기만 하다면, 저도 어찌하건 무방합니다."

그녀는 그저 입에서 나오는 대로 말했을 뿐이었다.

고운원이 진지하게 대답했다.

"안심하셔도 좋습니다. 저는 절대로 그런 사람이 아닙니다."

비연이 그를 바라보며 속으로 중얼거렸다.

'나도 당신이 절대로 사람을 속인 것이 아니기를 바라.'

고운원은 비연의 표정을 보고 그녀가 자신을 믿지 않는다고 생각한 모양이었다. 그는 그녀에게 무슨 말인가 더 하려다가 결국은 이렇게만 이야기했다.

"여러분, 잠시만 기다리십시오. 제가 준비를 좀 해 오도록 하지요."

얼마 지나지 않아 고운원이 비단에 싸인 상자 세 개를 안고 돌아왔다. 그리고 그것들을 다탁 위에 한일자 형태로 내려놓더니 진지하게 말했다.

"문제가 이 상자 안에 있습니다. 모두 세 문제지요."

그는 첫 번째 상자를 열어 약방문을 하나 꺼냈다.

"이것은 우리 고씨 가문에 전해져 내려오는 약방입니다. 제가 약방에서 약재 하나를 지우겠습니다. 지워진 약재가 무엇인지 먼저 알아내는 분이 이기시는 겁니다."

그는 분명 비연이 방금 이야기한 '공평'이라는 단어에 신경 쓰고 있었다.

고운원이 원래 약방문을 꺼내 베낀 다음, 원래의 약방문을 다시 상자 안에 넣고 여전히 진지한 목소리로 말했다.

"고 약녀, 원래의 약방문을 여기 넣었습니다. 두 분이 종이 위에 답을 쓰면 다시 꺼내 비교해 보겠습니다. 이러면 괜찮으시겠습니까?"

저 신중하고 융통성 없는 태도라니. 정말로 백의 사부와는 거리가 멀어도 너무 멀었다!

비연이 말없이 고개를 끄덕였다.

고운원이 그제야 베낀 약방문을 다탁 위에 놓았다.

"두 분, 시작하시지요."

비연과 백리명천이 거의 동시에 몸을 일으켜 다가가 약방문을 읽기 시작했다.

고수라면 약방문을 보는 순간 바로 그 약방문의 이치를 이해하기 마련이다. 조금 늦어지는 것은 말할 것도 없고, 단 한순간이라도 머뭇거린다면 곧 패배하게 될 것이다.

고씨 가문에서 대대로 내려오는 약방문이라 결코 쉽지 않았다. 고운원이 보여 준 약방문은 매우 수준이 높았다. 비연과 백리명천 둘 다 단숨에 약방문을 이해할 수 없었다.

두 사람은 다탁 앞에 나란히 선 채 계속 약방문을 읽고 있었다. 두 사람 모두 약방문에 적힌 모든 약재를 한번 읽은 다음, 다시 고민하기 시작했다. 수준이 높은 약방문일수록 터럭만큼의 차이도 거대한 차이를 만들어 낼 수 있었다.

그들의 방식은 같았다. 두 사람 모두 약방문의 주요 약재를 보고, 이 약방이 치료하고자 하는 병세를 대략 판단해 냈다. 그런 후 약물이 지닌 약성이며 약물의 맛, 약물이 사람 몸 안에서 작용하는 방향, 병세가 허증인지 아니면 실증인지, 약방에 적힌 약재가 인체 어느 장기에 영향을 끼치는지, 독이 있는지 없는지 등 여러 방면에서 각 약재의 성능을 세심하게 분석하고, 마지막에 다시 종합하여 고민했다.

비연은 비록 마음에 걸리는 것이 있었으나 일의 경중을 알기에 자기 자신을 가라앉힌 상태였다. 이 순간, 그녀는 약방문에 온 정신을 집중하고 최대한 빠른 속도로 분석하고 있었다.

백리명천도 평소와는 달리 그 나른하고 매력적인 표정을 짓지 않고 진지하게 임하고 있었다. 그는 고민하는 와중에 손을 뻗어 약방문 옆에 있는 감초 사탕을 집더니 입에 넣었다. 그러나 그는 사탕을 한 입 깨물자마자 바로 뱉고 몇 번 마른 구역질을 했다.

"멀쩡한 감초 사탕에 왜 은단초가 들어 있는 거지? 본 황자는 이것을 제일 싫어하는데!"

비연이 맹렬하게 고개를 들었다.

"박하라고?"

은단초가 바로 박하였다!

백의 사부는 감초 사탕 안에 박하를 넣는 것을 좋아했다. 아주 약간만 더하면 박하 특유의 냄새는 거의 나지 않지만 일단 깨물면 그 맑고 시원한 느낌이 입 안에 퍼졌다. 비연은 백의 사부의 그 감초 사탕을 정말로 좋아했다.

그녀가 어떻게 질 수 있을까

비연의 경악한 표정을 보고 백리명천이 별생각 없이 대답했다.

"그래, 바로 박하."

그가 이상하다는 듯 고운원을 흘깃 보고는 더 이상 아무 말도 하지 않고 다시 약방을 고민하기 시작했다.

그 순간, 비연은 멍하니 굳어 버렸다. 그녀의 시선이 천천히 고운원에게로 향했다. 고운원이 그녀의 시선이 두렵기라도 한양 재빨리 말했다.

"고 약녀, 저를 보지 마십시오! 제 얼굴에 답이 쓰여 있는 것도 아니니 어서 약방문을 보시지요!"

비연이 무의식적으로 고개를 숙였다. 그러나 도저히 집중할 수 없었다. 생각을 이어 나가기는커녕 머릿속이 완전히 텅 비어 버린 상태였다.

그녀가 약왕정을 꼭 쥐었다. 지금 당장이라도 모든 것을 털어놓고 눈앞의 이 남자에게 묻고 싶었다. 그녀의 백의 사부가 맞는지.

시간이 조금씩 흘러갔다. 얼마나 지났는지 모를 지경이었다. 비연이 어쩔 줄 몰라 하고 있을 때 백리명천이 갑자기 손뼉을 쳤다.

"본 황자가 답을 찾았습니다!"

그가 큰 소리로 웃더니 말했다.

"연아, 찾아냈느냐? 첫 번째 판은 본 황자가 너에게 양보하마. 본 황자가 셋을 세겠다. 네가 그래도 찾아내지 못한다면 본황자가 바로 답을 쓰겠다!"

삼판양승에서 첫 번째 판이 가장 중요했다! 첫 번째 판에서이기면 두 번의 기회가 있지만, 첫 번째 판에서 지면 남은 기회는 한 번뿐이었다!

이 말에 비연이 마침내 자기만의 세계에서 깨어났다. 그녀가재빨리 고개를 들어 놀란 얼굴로 백리명천을 바라보았다.

"하나……."

백리명천이 웃으며 손가락 하나를 세웠다. 비연이 저도 모르게 고개를 숙이고 다시 약방문을 들여다보았다.

"둘……."

백리명천이 다시 손가락 하나를 세웠다. 마디가 분명하고 길쭉한 제 손가락을 하나씩 올리며 아주 만족하고 있었다.

비연의 안색이 변했다. 재빨리 약방문을 보며 조급하게 다시생각을 정리했다. 백리명천이 그녀의 긴장한 모습을 보며 더욱즐겁게 웃기 시작했다. 그가 느릿느릿 세 번째 손가락을 세우며 만족한 표정으로 말했다.

"셋! 연아, 본 황자가 너에게 양보해 주고 싶었지만 상황이 그리 되지 않는구나. 본 황자가 너를 괴롭혔다고 말하기 없기다!"

백리명천이 한옆으로 걸어가더니 우아한 자세로 답안을 적어 고운원에게 건넸다. 비연은 아직 생각을 정리하지 못한 상태였다. 고운원이 답을 발표했다.

"이 약방은 더위 먹은 증상을 치료하기 위한 것으로, 모자라는 약재는 바로 납설수입니다!"

말을 마친 고운원이 즉시 백리명천이 쓴 답과 원래의 약방문을 비연에게 보여 주었다. 비연의 심장이 쿵쿵거리며 아주 거칠게 뛰고 있었다. 볼 필요도 없었다. '납설수'라는 말을 듣는 순간 그녀는 일이 어찌 될지 알고 있었으니까.

약방에 적힌 약재의 종류와 양을 배합해 보면 더위 먹은 증상을 치료하기에 매우 좋은 약이었다. 저 약방에 어떤 다른 약재라도 첨가한다면 그 결과가 반대가 될 터였지만, 물만은 예외였다. 물은 약을 끓이거나 달일 때 사용되지만, 본래는 약재 중 하나였다!

세상에는 여러 종류의 물이 있다. 빗물, 서리 녹인 물, 눈을 녹인 물, 얼음물, 우물물, 샘물, 바닷물, 따뜻한 물, 뜨거운 물, 끓인 물과 끓이지 않은 물 등, 성질도 다르고 근원도 다른 물들은 당연히 그 효능도 모두 달랐다.

동지 후 한 달 정도를 납이라 했다. 그 기간에 내린 눈을 녹인 물을 바로 납설수라 불렀다. 이 물은 냉하고 독성이 없었다. 어둡고 온도가 낮은 곳에 밀봉하여 보관하면 수십 년 동안도 부패하지 않아, 술을 빚을 수도 있고 약에 넣을 수도 있었다.

고운원이 베낀 그 약방은 사실 납설수가 없다 해도 아주 완벽했다. 굳이 약재 하나를 더 첨가해야 한다면 약재를 끓이는 물에 공력을 기울이는 수밖에 없었다.

사실 비연에게 이 문제는 결코 어려운 것이 아니었다! 그렇게 오래 고민했는데 어째서 생각해 내지 못했을까? 그녀가 방금 대체 무엇을 하고 있었던 걸까?

이 시험이 얼마나 중요한지, 자신이 여기 무엇 때문에 왔는지도 잊고 있었다. 어떻게 그럴 수 있었던 걸까? 오늘 그녀가 어떻게 하느냐에 따라 정역비의 두 다리가, 정역비의 평생이 달라지는데! 그녀가 어떻게 질 수 있을까?

비연이 원래의 약방문을 보지 않고 천천히 백리명천을 바라보았다. 그가 즐거운 기분을 과시하듯 웃고 있었다.

다시 고운원을 바라보았다. 그의 표정은 융통성이 없어 보이기도 하고, 그만큼 진지해 보이기도 했다. 그가 말했다.

"첫 번째 판은 삼전하의 승리입니다. 고 약녀, 지셨습니다."

비연이 겨우 정신을 차렸다. 그녀가 망설임 없이 시선을 돌리고 성실하게 대답했다.

"예, 제가 졌습니다! 두 번째 판을 시작하지요!"

첫 판에서 졌으니 두 번째, 세 번째 판을 반드시 모두 이겨야 했다. 그녀에게는 더 이상 퇴로가 없었다!

고운원이 누구건, 백의 사부건 아니건 잠시 생각하지 않기로 했다. 자기 자신을 핍박해서라도 어떻게든 마음에서 그 문제를 떠나보내야 했다.

정역비의 다리를 끝까지 책임지겠다고 말했다. 그녀는 절대로 질 수 없었다!

백리명천이 웃으며 말했다.

"연아, 본 황자는 너랑 한 판이라도 더 겨뤄 보고 싶단 말이다. 두 번째 판은 절대로 지면 안 된다!"

비연이 무표정한 얼굴로 상대하지 않았다.

고운원이 두 번째 상자에서 약방문을 한 장 꺼냈다.

"두 번째 판은 약을 감별하는 것입니다. 저를 따라오시지요."

고운원이 그들을 데리고 후원으로 나갔다. 후원 가운데에는 작은 오두막 몇 채가 한일자로 늘어서 있었다. 그곳은 약을 달이기 위한 전약방이었는데, 화로와 약풍로, 장작 등이 모두 구비되어 있었다.

백리명천이 첫 번째 전약방을 고르자 비연은 그에게서 가장 멀리 떨어진 마지막 전약방을 골랐다.

약재가 미리 준비돼 있었다. 고운원이 약방문을 건네며 빠른 시간 내에 효과가 가장 뛰어난 탕약을 달일 것을 요구했다.

비연과 백리명천이 거의 동시에 약방문을 보았다. 두 사람 모두 한눈에 약방문을 마음에 새기고는, 약속이라도 한 듯이 제공된 약재가 약방문에 적힌 것과 같은지 검증했다.

의학의 정수는 약에 있고, 약은 어떻게 달이느냐가 바로 관건이었다.

같은 약방문이라도 약재의 질에 따라 약효가 크게 차이 난다.

약재의 품질이 똑같아도 달이는 방식에 따라 약효는 천양지차였다.

약을 달이는 것은 단지 물을 더해 끓이는 것이 아니었다. 불씨를 조절한다는 것도 그렇게 쉬운 일이 아니었다!

약재에 아무 문제가 없다는 것을 확인한 후 비연과 백리명천이 거의 동시에 전약방으로 들어갔다.

사실 비연이 약재를 약왕정에 넣기만 하면 약왕정이 바로 최고의 약효를 내는 탕약을 만들어 줄 터였다. 그러나 그녀는 그렇게 하지 않았다. 이런 시험에서 싸우지 않고 이기는 것은 그녀의 방식이 아니었다.

일단 약재를 종류별로 분류해 재빨리 좋은 것만 골라냈다. 고운원이 준 약방문은 서른 가지가 넘는 약재로 이루어져 있고, 종류도 복잡했다. 보통 약재처럼 모두 함께 넣고 달일 수 있는 것이 아니었다.

굴, 자석, 천오, 대황, 파두 같은 약재는 오랜 시간 달여야 약효가 우러나오고 독성도 제거할 수 있었다.

또 어떤 약재는 너무 오래 끓이면 그 약효가 사라지거나 다른 약재에 흡수되는 경우도 있었다. 바로 아교류의 약재나 보양을 위한 약재가 그런 식이었다.

또 어떤 약재는 일단 물에 담가 녹인 다음 다시 달여야 했다.

그리고 달일 필요 없이 직접 복용해도 되는 약재도 있었다.

비연은 고운원에게 감탄했다. 그가 건네준 약방문에 적힌 약재들을 달이려면, 약을 달이는 거의 모든 방식을 써야만 했다. 이 약을 달이려면 시간이 상당히 걸릴 뿐 아니라 아주 복잡한 공정을 거쳐야 했다.

비연은 시간을 절약하기 위해 약재를 일단 먼저 달일 것과 나중에 달일 것, 함께 달일 것과 따로 달일 것, 먼저 녹일 것과 그대로 먹을 것 등으로 하나하나 분류하고, 각각 다른 약탕관에 넣어 준비를 끝냈다. 그러나 바로 약을 달이지 않았다.

약을 달이는 방식이 복잡하다 해도 약학의 기초일 뿐이었다. 고운원의 약방문이 그렇게 간단할 리 없었다.

확실히 한 수 아래

약을 달이는 공정에서 신경 써야 할 것은 물의 양, 물의 수질, 불씨, 그리고 불의 품질이었다.

약효의 세밀한 차이가 바로 여기에서 나왔다. 약효가 훌륭하려면 반드시 약방문의 모든 약재를 완벽하게 알고 달여야만 했다!

이런 것들 모두 백의 사부가 비연에게 조금씩 전수한 것이었다!

비연이 지금 얼마큼의 인내심으로 자신의 잡념을 제거하고, 정성을 다해 약을 달이고 있는지 아무도 모를 것이다. 이 순간 그녀의 작은 얼굴은 진지하고 엄숙했다. 그 누구라도, 그 어떤 일이라도 그녀를 방해할 수는 없었다.

백의 사부가 말했다. 약사는 약방을 마주할 때 반드시 환자를 마주하는 것처럼 행동해야 한다고. 생명을 경외하며, 그 어떤 실수도 용납해서는 안 된다고.

비연이 곁에 있는 수납장을 살펴보았다. 그 안에는 여러 종류의 물이 놓여 있었다. 다시 반대편을 바라보았다. 불을 피울 수 있는 여러 땔감들이 있었다. 목탄, 목재, 대나무, 갈대, 쑥 등등.

그녀의 시선이 일자로 배열된 약탕관에 향했다. 다시 한번 살펴본 다음, 자신의 판단이 틀리지 않았음을 확신하고 약재마다 각각 다른 유형의 물을 필요한 양만큼 부었다. 약풍로에도 각각 다른 종류의 땔감을 넣었다. 그리고 모든 준비를 끝낸 후에 차례대로 불을 붙였다.

얼마나 흘렀을까, 비연이 뜨거운 탕약을 받쳐 들고 나올 때, 백리명천도 약그릇을 들고 전약방에서 걸어 나왔다. 그 모습을 본 군구신의 눈가에 복잡한 빛이 슬며시 스쳐 갔다.

백리명천의 약술을 본 적이 있던 그는 비연이 강적을 만났다는 사실을 아주 잘 알고 있었다. 두 번째 판이지만, 이번 판의 결과가 바로 비연의 승패와 직결된다! 지금 상황으로 보건대 시간상으로는 두 사람이 호적수였다!

비연이 백리명천을 힐긋 보더니 계속 대범한 발걸음으로 고운원을 향해 걸어갔다. 이 순간 그녀가 긴장하지 않았다면 거짓말이었다. 백리명천의 실력에 대해서라면 그녀가 군구신보다 더 잘 알고 있었다.

곧 뜨겁게 김이 올라오는 약그릇 두 개가 고운원 앞에 놓였다. 색이나 분량, 냄새로 보건대 두 그릇의 약이 별 차이가 없어 보였다.

고운원이 비연을 보더니 다시 백리명천을 보고, 마지막으로 시선을 약그릇으로 떨어뜨렸다. 몹시 기쁜 듯 눈썹을 치켜올린 그는 다시 한번 미간에 주름을 잡으며 가볍게 찬탄했다.

"두 분이 이렇게 빠르게 약을 달이시다니, 무척 탄복했습니다. 다만 제 재능이 미천하고 배움이 얕아, 약학에 있어서는 감히 두 분 앞에서 무어라 평하기 부끄럽군요. 두 분이 각자의 약을 교환해 맛을 보시고, 스스로 승부를 판단해 보심이 어떠실는지요?"

비연은 고운원이 정말로 약에 대해 모르는 것인지 아니면 모르는 척하는 것인지 알 수 없었다. 그러나 그가 말한 이 방법이 아주 약삭빠른 방식이라는 것만은 알 수 있었다. 왜냐하면 이 방법은 그저 약을 달이는 능력을 겨루는 것뿐 아니라 약을 마시는 능력까지 시험할 수 있기 때문이었다!

약을 마시는 것 역시 기술이었다!

백리명천이 잠시 당황하더니 곧 큰 소리로 웃기 시작했다.

"고 의원, 본 황자의 마음에 드는 방법입니다. 아주 좋습니다! 좋아!"

그가 비연을 바라보며 말했다.

"연아, 본 황자의 입은 꽤 훈련되어 있단다. 무서우냐?"

비연이 즉시 자신의 약그릇을 그에게 밀어 주면서, 그를 차갑게 노려보며 말했다.

"연아라는 이름은 당신이 부를 수 있는 이름이 아니에요."

그녀는 다른 말은 한마디도 하지 않았다.

백리명천이 자신이 달인 약을 비연에게 건네며 일부러 말했다.

"연아, 마셔 보아라!"

비연이 탕약을 들어 올려 색과 향을 살피고는 마음속으로 대강 짐작했다. 그녀가 살며시 백리명천을 곁눈질했다. 그도 색과 향을 살피고 있는 것을 보고 그녀는 약그릇을 잠시 내려놓고 기다렸다.

백리명천은 분명 그녀에게 신경을 쓰고 있었지만 멈추지 않고 가볍게 약에 입김을 불었다.

"잠시 식힌 다음 마셔야겠군."

비연이 하고 있는 일을 그는 말로 한 셈이었다. 비연이 슬며시 그의 입을 흘깃 보고는 아무 말도 하지 않았다.

잠시 기다린 후 두 사람이 진정으로 품평을 시작했다. 비연이 다시 한번 뭔가 관찰하듯 백리명천의 입을 바라보았다.

두 사람 다 한 모금만 마셨을 뿐 많이 마시지는 않았다.

그들이 더 이상 마시려 하지 않는 것을 보고 고운원이 물었다.

"두 분, 결론이 났습니까?"

백리명천이 웃으며 말했다.

"연아, 먼저 할래? 아니면 본 황자가 먼저 할까?"

비연이 대답하기도 전에 고운원이 서둘러 말했다.

"공평을 기하기 위해 두 분의 결론을 종이에 쓰시지요."

먼저 칼을 빼 들면 다음 사람에게 얼마간 뭔가를 알려 주게 되기 마련이니 확실히 공평하지 않았다!

이에 동의한 비연과 백리명천이 응접실로 돌아와 결론을 적었다. 그리고 동시에 고운원에게 내밀었다.

고운원이 결론을 보고 다시 미간을 찌푸렸다. 그러나 이번에는 탄식하지 않고 잔잔하게 미소 지었다. 우아하고도 맑은 그 미소가, 그를 순수한 서생처럼 보이게 했다.

"두 분, 이번 판은 무승부인 것 같습니다."

그가 결론이 적힌 종이를 보여 주었다. 비연과 백리명천이 서로에게 똑같은 칼을 빼어 들고 있었다.

약방에 적힌 약재 중 '엽유용'이라는 것이 있었다. 몸을 따뜻하게 보해 주는 약재로, 비슷한 다른 약재들과 마찬가지로 약의 효력을 완전히 발휘하려면 말똥으로 불을 지펴 달여야 했다. 하지만 전약방에는 말똥이 준비되어 있지 않았다. 대신 비연은 뜬숯을, 백리명천은 뽕나무 장작을 사용했다.

백리명천이 턱을 쓰다듬으며 말했다.

"고 의원, 본 황자가 사용한 뽕나무 장작은 말똥과 똑같은 효과를 냅니다. 둘 다 약효가 올라가도록 도울 수 있습니다. 연아가 사용한 뜬숯은 화력이 느리게 올라가니, 기껏해야 약효를 떨어뜨리지 않는 정도지요."

고운원이 진지하게 말했다.

"제가 말똥을 준비해 두지 않았으니 제 잘못입니다. 다만 뜬숯과 뽕나무 장작의 차이를 저는 잘 모르겠습니다."

그가 비연의 뜻을 묻듯 그녀를 바라보았다.

비연은 고운원이 어리석은 척하는 것인지 아니면 정말 모르는 것인지 알 수 없었다. 그녀가 알 수 있는 것은 그저 자신이 약왕정을 사용하지 않은 것이 옳았다는 것뿐이었다. 약왕정은 반드시 말똥을 사용해 '엽유용'을 달였을 것이다. 그랬다면 그녀로서는 설명할 방법이 없었다.

고운원의 시선을 받은 비연이 망설임 없이 고개를 끄덕였다.

"삼황자께서 하신 말씀이 이치에 맞지요."

백리명천은 깜짝 놀랐다. 그는 비연이 이렇게 쉽게 인정하리라 생각지 않았던 것이다.

곁에 있던 군구신은 더욱 놀랐다. 이건 비연답지 않다! 그녀가 이렇게 백리명천을 인정한다면, 이건…… 진 것을 인정한다는 의미일까?

고운원이 재빨리 물었다.

"고 약녀, 그렇게 말씀하신다면…… 자신의 약이 삼전하의 약보다 못하다는 것을 인정하시는 겁니까?"

비연이 다시 고개를 끄덕였다.

"예! 엽유용의 약효만 보자면 확실히 제 약이 떨어지지요. 하지만, 제가 이겼습니다."

이 말이 무슨 뜻인지 모두 알 수 없었다. 군구신이 묵묵히 답을 기다렸고, 고운원은 백리명천을 바라보았다.

백리명천은 비연이라는 강적을 결코 경시한 적 없었다. 그가 웃음기조차 사라진 얼굴로, 봉황을 닮은 눈을 천천히 가늘게 뜨고 진지하게 고민하기 시작했다. 그러나 그는 비연의 말뜻을 이해할 수 없었다.

"연아, 근거를 대지 않는다면 아무 의미도 없다!"

비연이 말없이 입을 벌렸다……!

약을 찾으니, 모두 놀라다

비연의 입 안, 혀끝에 작은 사탕 같은 무엇인가가 놓여 있었다. 고운원과 군구신은 이해할 수 없었지만, 백리명천은 깜짝 놀랐다.

"너⋯⋯."

비연이 따뜻한 약그릇을 들더니, 한 모금 입에 물고 잠시 가만있다가 삼켰다. 그녀는 이런 방식으로 천천히 약 한 그릇을 다 마셨다.

그녀가 다시 입을 열었다. 입 안에 있던 그 수정 같은 물체가 약에 녹아 사라진 듯 보이지 않았다.

그녀가 물었다.

"삼전하, 이러면 의미가 있을까요?"

모든 것을 이해한 백리명천이 어쩔 수 없다는 듯 머리를 흔들며 웃었다. 매우 놀랐지만 패배를 인정했다.

"쯧, 연아, 확실히 만만하지 않아. 본 황자를 절대로 실망시키지 않는구나."

그는 방금 비연이 달인 약을 맛보면서 엽유용의 약효를 판별해 내지 못했다. 그랬기에 그는 비연이 그와 마찬가지로 말똥을 찾을 수 없는 상황에서 약효를 높이지 못하고 달였다고 생각했다.

그러나 사실 비연은 엽유용을 아예 탕 안에 넣지 않았던 것이다. 대신 달여서 그 정화만을 모아 수정과 같은 형태로 만들었다. 그리고 입 안에 머금고 있다가, 따뜻한 약에 녹여서 함께 먹는 방식으로 약효를 높인 것이다.

비연은 백리명천의 칭찬을 대범하게 받아들였다. 그녀가 고운원에게 말했다.

"화기에는 명화明火와 암화暗火가 있습니다. 제 약의 뜨거움은 바로 암화에 속하지요. 이 암화로 약의 효력을 높였으니, 뽕나무 장작으로 달인 것보다 훨씬 뛰어납니다. 두 번째 판은 제가 이겼습니다!"

고운원이 대오 각성한 듯, 비할 데 없이 탄복하는 표정을 지으며 몇 번이고 감탄했다.

"오늘 저의 견식을 넓혔습니다. 네! 두 번째 판은 고 약녀의 승리입니다!"

정말로 견식을 넓혔을까? 이 방법 역시 백의 사부가 그녀에게 알려 준 것이었다!

더 이상 깊이 생각하지 않기로 했다. 겸손한 척하며 시간을 끌 생각도 없었다. 그녀가 과감하게 외쳤다.

"세 번째 판을 시작하지요!"

두 번째 판이 백리명천이 이길 수 있는 기회였다면, 지금은 그와 비연이 같았다. 다음 한 판이 생사를 결정하는 것이다. 무슨 일이 있어도 마지막 한 판을 이겨야 했다! 고 의원을 초청하는 데 실패한다면 그는 만진국으로 되돌아갈 수 없었다.

백리명천이 웃음기를 지운 채 고운원을 바라보았다. 그 가늘고 긴 눈에는 단호한 결의가 드러나 있었다. 그가 말했다.

"고 의원, 시작하시지요!"

응접실의 고요하던 분위기가 갑자기 엄숙하게 변했다. 모두 긴장하고 있었다.

고운원이 세 번째 상자를 열어 약방을 꺼냈다. 그리고 다시 백지 두 장을 꺼냈다. 이게 무슨 뜻일까? 비연과 백리명천 둘 다 이해할 수 없었지만 아무 말도 하지 않았다. 누가 보아도 두 사람은 정신을 집중하고, 언제라도 겨룰 준비를 하고 있었다.

고운원도 그런 그들에게 영향받은 듯 긴장하는 모습이었다. 비연과 백리명천에게 백지 한 장씩을 주고, 필묵도 준비해 준 다음 진지하게 말했다.

"세 번째 대결은 약을 찾는 것입니다."

이 말을 들은 순간 비연과 백리명천은 깜짝 놀랐다. 무슨 약을 찾건 산과 들을 뒤져야 할 터였다. 백리명천은 경공술을 익히고 있으니 비연보다 훨씬 유리했다.

백리명천은 마음속으로 짚이는 바가 있어 아무 말도 하지 않았다. 비연 역시 말없이 생각했다. 정말 이렇게 불공평하게 나온다면 내가 약왕정을 쓴다 해도 탓할 수 없을걸!

이 몇 달 동안 약왕정을 배불리 먹여 준 상태라 약재 창고가 가득 차 있었다.

비연과 백리명천은 고운원의 자세한 설명을 기다렸다. 고운원이 향로에 향을 하나 꽂더니 말했다.

"차 한 잔 마실 시간 동안에 더 많은 약재를 찾아오는 쪽이 이기는 겁니다. 두 분, 준비되셨습니까?"

시간제한만 있고 종류 제한은 없다고?

군구신은 비연이 계속 약왕정을 쥐고 있는 것을 발견했다. 그는 잠시 망설였으나 계속 아무 말도 하지 않았다.

백리명천이 참지 못하고 물었다.

"이 산림 전체를 다 뒤져도 됩니까?"

고운원이 착실하게 대답했다.

"그럴 수는 없지요. 어디에서 찾을지는, 준비가 끝나고 나면 알려 드리겠습니다."

그는 대체 무슨 생각을 하는 것일까?

백리명천도 답답했다. 그러나 함부로 추측하지 않고 명쾌하게 말했다.

"본 황자는 준비되었습니다."

비연도 역시 답답했지만 담담하게 말했다.

"저도 준비되었습니다."

고운원이 향에 불을 붙이더니 진지한 얼굴로 말했다.

"바로 이 응접실 안에서 찾으시면 됩니다. 누구건 먼저 얻은 약재의 이름을 종이 위에 쓰면, 다른 한 사람은 그 약재의 이름을 쓸 수 없습니다. 시작하시지요!"

뭐라고? 탁자 위에 있는 마시다 만 약그릇 외에 이 응접실 어디에 약재가 있단 말인가?

군구신과 같은 문외한은 물론이고 비연과 백리명천 같은 고

수들 역시 멍한 표정을 지었다. 그러나 그들은 곧 정신을 차리고 동시에 붓을 들어 휘갈기기 시작했다.

빠른 속도로 약그릇 안에 남아 있는 서른세 가지 약재를 단하나도 빠트리지 않고 적은 다음, 감초 사탕의 성분인 감초와 박하도 적고, 심지어 향로 안의 향을 사르고 남은 재까지 적었다.

백리명천이 다 적었을 때 비연도 붓놀림을 멈췄다. 두 사람이 동시에 똑같이 서른여섯 가지 약재를 적었다. 심지어 약속이라도 한 듯 순서마저 일치했으니, 그야말로 완전히 호각을 이루고 있었다.

그러나! 시험은 이제 시작되었을 뿐이다!

두 사람은 붓놀림을 끝냈을 뿐 붓을 놓은 건 아니었다. 비연이 주변을 둘러보았고 백리명천도 게으름 피우지 않고 주변을 관찰했다.

곧 비연이 붓을 들어 '황화리, 옻'을 적었다.

이 응접실의 탁자며 걸상은 모두 황화리 나무로 만든 것이었다. 황화리는 목재였지만 약재로도 쓸 수 있었다. 화기를 내리고 어혈을 풀어 주며, 지혈하고 통증을 멈추는 효과가 있었다. 그리고 탁자와 걸상의 옻칠은 바로 옻나무의 즙을 이용한 것으로, 구충 효과와 기침을 멈추는 효과가 있었다.

비연은 고개도 들지 않고 계속 적어 내려갔다. 그녀가 '차'라는 글자를 썼을 때 고운원이 말했다.

"삼전하께서 이미 쓰셨습니다."

차는 원래 약으로 쓰였다. 후에 차차 음료로 변했으나, 여전히 소화를 돕고 머리와 눈을 맑게 해 주는 효과가 있었다.

백리명천은 '차'만을 쓴 것이 아니라 청동도 적었다. 방 안에 청동으로 만든 장식품이 있었던 것이다. 청동 위의 녹은 비록 독성이 있지만 금속성 무기에 입은 상처에는 아주 좋은 약이었다.

비연은 과감하게 '차'를 포기하고 대신 '경화'라는 꽃 이름을 적었다. 응접실에는 식물이 거의 없고 경화 화분만이 하나 있었다. 경화는 그 자체가 보물 같은 약재였다. 해독 작용도 하고 가려움증을 멈춰 주었으며 열기를 내리고 습도 제거해 주었다.

그러나 거의 동시에 백리명천도 '경화'라고 적고, 다시 바로 '황화리'를 적으려 했다.

그가 황 자를 썼을 때 고운원이 일깨워 주었다.

"황화리는 이미 있습니다."

백리명천이 바로 붓을 놓고 비연의 종이를 흘깃 본 후, 재빨리 고개를 들어 주변 물건을 살펴보았다. 비연 역시 그의 종이를 본 후 사방을 둘러보며 찾는 중이었다.

그녀의 눈빛이 엄숙하게 빛나고 있었다. 지금 이 순간 그녀를 방해할 수 있는 사람은 아무도 없었다.

얼마 지나지 않아 두 사람은 대오 각성한 듯, 사방을 둘러보던 눈빛을 약속이라도 한 듯이 탁자 위의 먹으로 떨어뜨렸다!

먹 역시 약으로 쓸 수 있었다! 매운맛이 나면서 지혈의 효과가 있기 때문이었다!

비연이 바로 붓을 들어 글자를 적었고, 백리명천도 약해 보이기 싫은지 빠르게 글자를 적었다. 두 사람은 다시 동시에 같은 약재를 적었고, 다시 무승부를 이루었다!

비연이 일각도 지체하지 않고 바로 고개를 들어 계속 찾기 시작했고, 백리명천도 똑같이 행동했다. 다만, 이번에는 두 사람 모두 한참을 찾아도 새로운 것을 발견하지 못했다.

이 응접실은 아주 넓었지만 매우 소박하게 꾸며져 있었다. 다탁과 걸상을 제외하면 청동 장식품 몇 가지, 화분 하나, 수묵화 하나가 전부였다. 찾을 수 있는 것은 이미 다 찾은 것 같았다.

응접실에 침묵이 내려앉았다. 비연과 백리명천의 표정은 시종일관 진지해 그 누구의 침범도 허락하지 않을 것 같았다. 고요한 가운데 시간이 점차 흘러갔고, 향이 거의 다해 가고 있었다.

군구신이 향로를 흘깃 바라보았다. 마음속이 조금 불안했다. 아무래도 이번 시합은 또 동점을 이룰 것 같았다.

그러나 그때, 백리명천이 갑자기 붓을 들어 먹을 찍었다.

이것은 공평하지 않다

백리명천이 붓을 들자 비연도 깜짝 놀랐다가 바로 붓을 들었다.

그녀도 생각해 냈다! 이 방 안에는 물건 외에 사람이 있었다. 사람 몸에도 약으로 쓸 수 있는 것들이 있었다.

머리카락은 쓴맛이 나지만 살짝 따뜻한 성질이 있어 기침을 다스릴 수 있고, 어린아이의 급경풍 등에도 좋았다.

손톱에는 미약하나마 기가 있었고, 맛이 달고 짰다. 소염 작용과 진통 성분이 있고 새 살을 돋게 했다.

타액은 금진옥액이라고도 불렀는데, 병을 제거하고 몸을 강하게 하며 장수하게 해 주었다.

피는 짠맛이 나고 성질이 차갑지도 뜨겁지도 않아 피를 멈추게 할 수 있고, 피부와 살이 마르는 증세를 치료할 수 있었다.

이외에도 인중황人中黃, 인중백人中白, 사람의 젖 등도 일정한 약효가 있었다.

방 안에는 비연과 성인 남자 세 사람만 있었으니 모든 것이 다 있는 건 아니었다. 비연은 '머리카락, 손톱, 타액, 사람의 피' 네 가지를 적었다. 다 적은 후에 백리명천을 바라보자 공교롭게도 그 역시 붓을 멈추고 그녀를 바라보았다.

백리명천이 생각해 낸 것도 역시 '사람'이었다. 두 사람은 가까스로 곤경에서 벗어났으나 다시 균형을 이루게 되었다.

시간이 얼마 남지 않았다. 비연은 지고 싶지도, 무승부로 끝내고 싶지도 않았다. 이기고 싶었고, 이겨야만 했다!

그녀가 계속 약을 찾고 있는데, 한참 동안 엄숙한 표정을 짓고 있던 백리명천이 평소의 나른하고 교활한 매력을 되찾고 눈웃음을 치며 말했다.

"연아, 본 황자는 비기는 것을 좋아하지 않는다. 하하, 네가 지겠구나."

비연이 코웃음 쳤다.

"큰소리치기는!"

그러나 백리명천이 붓을 높이 잡더니 갑자기 재빠르게 휘갈기기 시작했다. 그가 약재를 하나하나, 계속 멈추지 않고 적었다. 잠시 후 그의 종이 위에는 스무 종류가 넘는 약재가 늘어 있었다. 독활, 천오, 복령, 뇌완, 사군자 등등.

이건……?

비연이 눈을 휘둥그렇게 떴다. 이 방 안에 그녀가 찾지 못한 약재가 있는지 없는지는 확신할 수 없었다. 그러나 이 방 안에 이렇게 많은 약재가 더 있을 리 없었다! 백리명천이…… 되는 대로 아무거나 쓴 걸까?

비연이 입을 열기 전에 고운원이 먼저 미간을 찌푸리며 엄숙하고 진지하게 말했다.

"삼전하, 대결이 아직 끝나지 않았으니 낙서는 그만하시지요."

백리명천이 그를 흘깃 보더니 뜻밖에도 상대하지 않고 계속 적었다. 비연이 한마디 하려는데 군구신이 눈짓으로 그녀를 막았다.

비록 고 의원이 친화력이 좋은 사람이지만 그 누구보다도 성실하고 융통성이 없는 사람이었다. 잠시 무승부를 이룬 상태에서 백리명천이 그의 감정을 상하게 한다면 비연과 군구신에게는 좋은 일일 수도 있었다.

과연, 백리명천이 약재의 이름을 잔뜩 적어 내자 고운원은 화를 냈다.

"삼전하, 이 시합은 공정하고 진지하게 치러지는 중입니다. 어찌 이러십니까? 만약 약을 찾지 못하시면……."

고운원의 말이 끝나기도 전에 백리명천이 소매에서 작은 약병을 하나 꺼냈다. 그가 약병을 열자 그 안에서 환약이 나왔다.

"고 의원, 본 황자가 쓴 약은 전부 여기 있습니다. 제가 어떻게 낙서를 하겠습니까?"

고운원이 당황했고, 군구신은 더욱 놀랐다. 그들 중 누구도 백리명천이 그렇게 많은 약을 갖고 있을 거라고는 생각지 못했던 것이다.

그러나 비연은 딱히 이상하다고 생각하지 않았다. 대신 그녀가 진지하게 항의했다.

"고 의원, 이건 불공평합니다! 저 약들은 셈에 넣을 수 없어요!"

자신이 갖고 있는 약을 셈에 넣어도 된다면 이 시합은 능력을 겨루는 것이 아니라 운을 겨루는 것이 된다. 누가 지닌 약이 많은가에 따라 승패가 갈리는 것이다!

고운원이 대답하기도 전에 백리명천이 오만하게 웃기 시작했다.

"어째서 불공평하지? 고 의원은 우리 두 사람에게 응접실에서 약을 찾으라고 했을 뿐 다른 제한은 둔 적 없는데. 본 황자의 이 약도 응접실에 있었는데, 어째서 쓰면 안 된다는 걸까?"

"당신이 약을 가지고 있다는 걸 알았다면 시합 전에 이야기했겠지요! 어째서 숨기고 이야기하지 않은 거죠? 고 의원은 약을 '찾으라'고 했어요. 당신 스스로가 지닌 물건을 '찾을' 필요가 있나요? 당신이 몸에 숨기고 있는 물건을 나는 어떻게 찾아낼 수 있죠? 이게 불공평한 게 아니라면 무엇이고요?"

비연이 차가운 눈길로 백리명천을 노려보았다. 우아한 작은 얼굴에서 위엄이 흘러넘치고 있었다. 그 누구도 침범할 수 없는 그런 위엄이었다.

백리명천은 언제나 하고 싶은 대로 하고, 교활한 행동을 서슴지 않는 사람이었다. 무엇이 공평한지 공평하지 않은지, 무엇이 정의고 정의가 아닌지는 안중에도 두지 않았다. 그러나 비연의 눈길을 마주하자 그는 저도 모르게 시선을 피했다.

사실 그도 처음부터 제가 가진 약을 꺼내려 했던 것은 아니었다. 그저 자신이 약을 지니고 있음을 문득 깨닫고 이 방법을 생각해 낸 것에 불과했다.

그는 당연히 이것이 영광 없는 승리가 되리라는 것을 알고 있었다. 그러나 이길 수만 있다면, 그 앞에 있는 것이 누구건 그는 양보할 생각이 전혀 없었다. 고 의원을 데려가지 않는다면 부황은 그에게 퇴로를 열어 주지 않을 것이다.

백리명천이 비연의 시선을 피하며 아무렇지도 않다는 듯 웃어 댔다.

"하하! 연아, 본 황자는 네가 본 황자의 몸을 뒤지는 것을 막지 않았다. 자, 와서 뒤져 보려무나! 가만히 있을 테니!"

비연의 귀에 그 말은 음탕하게만 들렸다. 군구신의 귀에는 더욱 거슬렸다. 그가 마침내 화를 참지 못하고 검을 빼 들어 백리명천의 목을 겨눴다. 속도가 어찌나 빠른지 백리명천이 제대로 반응하지 못할 정도였다.

군구신이 얼음 같은 얼굴로 냉랭하게 경고했다.

"그 입 다무는 것이 좋을 거다. 이 일은 고 의원께서 판단할 일이다. 한마디라도 더 내뱉는다면, 본 왕은 네가 영원히 입을 다물게 해 주겠다."

백리명천의 얼굴도 차가워졌다.

"감히!"

군구신이 대답했다.

"괜찮다면 시험해 보든가!"

일촉즉발의 상황이었다. 그때 갑자기 푸른 옷을 입은 시위들이 문밖에서 달려 들어와 순식간에 군구신과 백리명천을 포위했다. 그중 우두머리로 보이는 자가 고운원에게 읍하며 물었다.

"주인님, 괜찮으십니까?"

깜짝 놀란 고운원은 뜻밖에도 비연의 등 뒤에 숨어 있었다.

안색은 파랗게 질려 있었고, 표정도 한껏 긴장한 듯한 모습이었다.

"괜찮다. 괜찮다."

그가 시위들에게 손을 내저은 후, 권하듯 말했다.

"정왕 전하, 하실 말씀이 있으면 말로 하십시오. 군자는 손을 쓰지 않는 법입니다! 일단 검을 내려놓으시지요! 다 같이 이야기로 풀어 봅시다."

군구신이 사양하지 않고 직접 물었다.

"고 의원, 백리명천의 이런 저질스러운 방식을 인정하십니까?"

그가 말을 하면서 옆에 있는 향로를 흘깃 바라보았다.

"강호의 도에 따르면, 사기를 치는 자는 지게 되어 있습니다. 시간도 거의 되어 가고 있군요. 고 의원께서는 마음속으로 결론을 내리셨겠지요?"

고운원이 대답하려 할 때 백리명천이 그를 향해 경멸하는 듯한 눈빛을 던졌다. 마치 그의 공정성에 질문을 던지는 듯한 눈빛이었다.

그 눈빛 때문일까? 고운원이 속으로 무슨 생각을 했는지 아주 난처한 표정을 지으며 다시 말했다.

"정왕 전하, 우리 학자들 규칙으로는 먼저 손을 쓰는 자가 잘못입니다! 어서 검을 내려놓으시지요! 우리 의논을 해 봅시다!"

군구신이 이미 검을 빼 든 이상 어찌 그리 쉽게 거둬들일 수 있을까? 그가 냉랭하게 말했다.

"보아하니, 고 의원은 저자를 감싸고 싶으신 모양이군요?"

고운원이 다시 손을 내저으며 탄식했다.

"아니, 그렇다면 이 시합은 그냥……."

고운원의 말이 끝나기도 전에 비연이 강한 어조로 말을 잘랐다.

"백리명천의 저 약을 인정하겠습니다! 정왕 전하, 그를 놓아주세요. 향이 아직 다 타지 않았으니 시합은 끝나지 않았습니다. 누가 이기고 누가 질지, 그건 아직 모르는 일입니다!"

고운원과 백리명천이 놀란 표정을 지었고, 군구신도 망설이고 있었다.

군구신은 비연의 약왕정이 현묘한 물건이라는 걸 알고 있었다. 예전에 동굴에서 그녀가 약을 간청하는 것을 몰래 보았기 때문이다. 그러나 그가 약왕정에 대해 제대로 아는 것은 아니었기 때문에, 비연이 짧은 시간 내에 백리명천을 이기기에 충분한 약재를 꺼낼 수 있을지 고민되었던 것이다.

게다가 비연이 이 자리에서 약을 꺼낸다면, 약왕정이라는 보물을 사람들 앞에 드러내게 될 것이다!

그에게 한 수 보여 주겠어

군구신이 비연을 보며 계속 움직이지 않았다. 그는 계속 저울질을 하고 있었다.

정역비의 다리는 확실히 중요했다. 그러나 비연이 약왕정 같은 보물을 드러내면 그녀에게 귀찮은 일들이 생길 뿐 아니라 목숨까지 위험한 상황이 올 수 있었다!

비연은 군구신이 약왕정에 대해 조금이나마 안다는 사실을 몰랐다. 그래서 단지 군구신이 그녀의 능력을 믿지 않는다 생각했다.

시간이 없었기 때문에 그녀는 더 이상 군구신에게 검을 내려놓으라고 권하지 않고, 차가운 눈길로 백리명천을 보며 진지한 목소리로 말했다.

"당신 말은, 이 방 안에 있는 약재라면 그게 무엇이건 괜찮다는 거죠?"

백리명천의 눈가에 일말의 교활한 빛이 스쳐 갔다. 그가 싱긋 웃으며 대답했다.

"바로 그렇지!"

그는 자신이 몸에 지니고 있던 약재 외에 방 안에 다른 약재가 있을 거라고는 생각하지 않았다. 물론 비연 역시 몸에 약재를 지니고 있을 것이다. 그러나 그는 두렵지 않았다.

약학계에서, 그가 지니고 다니는 약재는 절대적으로 많은 양이었다. 그는 습관적으로 약재를 달여, 그 정화만을 모은 환약을 몸에 지니고 다녔다. 약재 하나가 환약 하나에 담겨 있었고, 작은 약병 하나에 최소 스무 알의 환약이 들어가니 모두 스무 종의 약재였다.

그는 방금 약병 하나만을 꺼냈을 뿐, 그의 몸에는 여전히 다른 약병들이 있었다!

지난번에는 그가 비연의 손에 놀아났다. 지금 그녀를 곤경에 빠트린 상황에서, 그는 당연히 한 수 남겨 두었다. 그는 비연이 연약하고 마른 몸에 대체 얼마나 많은 약재를 숨기고 있는지 지켜볼 생각이었다.

백리명천의 자신만만한 모습을 보자 비연의 입매가 살며시 위로 올라갔다!

그녀는 원래 시합에서 부정행위를 하는 것을 경멸했다. 그러나 백리명천이 먼저 시작한 이상 배로 갚아 줄 생각이었다! 그에게 한 수 보여 줄 것이다. 진정으로 싸우지 않고 이긴다는 것이 어떤 것인지, 똑바로 쳐다보고 있으라지!

"백리명천, 그럼…… 제대로 보고 있어요!"

그녀는 한 손을 들어 손바닥을 위로 하고, 다른 손으로 붓을 들어 '자목련'이라고 썼다. 그 단어의 마지막 획을 쓰는 순간, 그녀의 손바닥에서 자목련 한 송이가 피어났다.

그 모습을 보고 모두 경악했다. 자신들이 보고 있는 것을 믿을 수가 없었다! 이, 이건 마법인 걸까? 이 약재가 어떻게 나타난 거지?

군구신도 경악했다. 비연에게 이런 능력이 있으리라고는 생각지 못했다. 아무것도 없는 공중에서 약재를 꺼내다니! 약왕정에게 약을 달라고 빌 필요도 없다니!

비연은 사람들이 어떻게 보건 무표정한 얼굴로 고개를 숙였다. 그리고 손을 흔들어 자목련을 떨어뜨렸다. 그러자 그녀의 손바닥에서 다시 결명자 한 움큼이 나타났다. 그와 동시에 그녀가 종이 위에 쓴 단어가 바로 결명자였다.

백리명천이 눈을 휘둥그렇게 뜨고 보고 있었다. 한순간 정신을 차려, 자신이 꿈을 꾸고 있는 건 아닌지 의심하기 시작했다.

비연이 계속하고 있었다! 그녀는 결명자를 떨어뜨렸다. 그러자 손바닥에서 붉은 콩이 나타났다.

이렇게 약재 하나를 쓸 때마다 약왕정에서 약재 하나를 소환하고 떨어뜨린 후 다시 다른 약재를 소환했다.

약왕정에서 보통 약재를 소환하는 것은 아주 쉬운 일이었다. 최근 그녀는 수련도 꽤 했기 때문에 그야말로 손바닥 뒤집는 일만큼 쉽게, 한순간에 가능한 일이었다.

시간이 점점 흘렀고, 약재도 하나하나 빠르게 바뀌었다. 향이 다 타올랐을 때 비연 주변의 탁자며 의자, 그리고 바닥이 전부 약재로 가득 차 있었다. 비연의 종이에는 앞뒤로 빽빽하게 약재의 이름이 적혀 있었다!

거대한 응접실이 소리가 사라진 세계처럼 고요했다. 모두가 비연을 바라보고 있었다. 그들 모두 단순히 경악한 것이 아니

라 세상이 흔들리는 느낌을 받았고, 지금까지도 정신을 차리지
못하고 있었다.

비연이 마지막 약재를 떨어뜨림과 동시에 붓을 놓고, 천천히
머리를 들어 백리명천을 바라보았다. 그녀는 저려 오는 손가락
을 문지르며 미소 지었다.

"삼전하, 제 약재들도 모두 셈에 넣어도 되는 것 맞지요?"

마침내 백리명천도 정신을 차렸다. 그가 외쳤다.

"고비연, 대체 어떻게 한 거지? 이 약들은 어디서 난 거야?"

비연이 웃으면서, 결코 약하지 않은 기세로 말했다.

"전하는 대답만 하시면 됩니다. 저의 120가지 약재를, 셈에
넣으시겠어요?"

백리명천은 한순간 무어라 대답할지 알 수 없었다. 이제 사
리에 맞지 않는 억지를 부릴 수도 없었다.

비연이 더 이상 묻지 않고 고운원을 바라보았다. 그는 경악
을 넘어, 무슨 괴물이라도 보듯 그녀를 보고 있었다.

비연의 마음이 무척 아려 왔다. 그러나 그녀는 그 마음을 지
우고 진지하게 말했다.

"고 의원, 시합이 끝났습니다. 승패를 정해 주시지요!"

고운원은 그제야 겨우 정신을 차린 것처럼 다급하게 시위의
등 뒤로 숨었다. 비연이 무서운 모양이었다. 그는 말까지 더듬
으며 물었다.

"고……, 고 약녀, 서, 설마…… 마술을 할 줄 아는 겁니까?"

마술이라고? 그녀는 요술도 부릴 줄 알았다!

비연은 까닭 없이 화가 나서, 갑자기 위협하듯 소리쳤다.

"누가 이겼는지 어서 판단하지 못하겠어요?"

고운원이 깜짝 놀라, 머뭇거릴 여유도 없이 말했다.

"세 번째 판을 고 약녀가 이겼습니다! 이번 시합은 역시 고 약녀의 승리입니다! 저……, 저는 고 약녀를 따라 사람을 구하러 가겠습니다."

이 말을 들은 비연이 마침내 안도의 한숨을 내쉬었다. 그녀가 회심의 미소를 지으며 군구신을 바라보고 담담하게 말했다.

"전하, 제가 이겼어요."

군구신이 그제야 장검을 집어넣고 그녀를 바라보았다. 그는 칭찬에 인색하지 않았고, 심지어 웃음기도 아끼지 않았다.

"하하, 완벽하게 이겼군!"

지금까지 군구신의 냉랭한 얼굴에 이런 웃음이 떠오른 것을 본 적이 없었다. 아니, 냉담한 성격의 그가 웃으리라고는, 그것도 이렇게 따뜻한 웃음을 지을 거라고는 상상조차 한 적이 없었다.

사월의 봄바람이 불어오는 것처럼, 어디서 온 것인지 모를 따뜻함 속에서 모든 차가움이 사라지는 기분이 들었다. 그녀 안의 모든 상처가, 그리고 불안한 마음도 함께 사라지고 있었다. 아무리 불안한 마음이라도 이제 평온하게 내리누를 수 있었다.

이겼다 해도 비연의 마음은 고운원으로 인해 무거운 상태였다. 그러나 지금 군구신의 웃는 모습을 보니 그녀의 심장이 마치 해방된 것처럼 아주 많이 편해졌다.

그녀는 더 이상 미소 짓지 않고 태양보다 찬란하게 웃기 시작했다. 그녀는 일부러 백리명천에게도 웃으며 말했다.

"삼전하, 지셨어요!"

그리고 다시 군구신에게 말했다.

"제가 이겼어요."

그리고 또다시 백리명천에게 말했다.

"당신이 졌어요."

백리명천의 마음에 슬픔이 밀려왔다. 그 스스로도 이유를 알 수 없는 슬픔이었다. 물론 그는 곧 그 마음을 무시해 버렸다.

그는 비연이 아무것도 없는 공중에서 약을 어떻게 꺼낸 것인지 생각할 겨를도 없었다. 그가 현재 아는 것은, 자신이 고 의원을 청해 가지 못한다면 상당히 귀찮아질 거라는 사실이었다. 그는 만진국으로 돌아갈 수 없었다.

그가 비연을 바라보았다. 분명 원망해야 할 대상이건만 뜻밖에도 미운 마음은 들지 않았다. 그녀를 보고 또 바라보았다. 그리고 무슨 생각을 했는지 갑자기 큰 소리로 웃기 시작했다. 그의 웃음에는 자조가 섞여 있었지만, 그 자신도 무엇인지 모를 기분이 더 크게 담겨 있었다.

"연아, 우리 다시 만날 날이 있을 거다!"

말을 마친 그는 군구신이 주의하지 않는 틈을 타서 갑자기 대문으로 빠져나가 도망쳤다. 군구신은 비연 혼자 이곳에 남겨 둘 수 없어 잠시 망설이다가 결국 쫓아가지 않았다.

그가 진지하게 고운원을 보며 말했다.

"고 의원, 시간이 없습니다. 바로 출발해도 되겠습니까?"

고운원이 두려운 표정으로 군구신의 검을 바라보더니 다시 비연의 손을 바라보았다. 아주 무서운 모양이었다. 그가 감히 가까이 오지도 못하고 단지 이렇게 말했다.

"제가 짐을 좀 챙겨 오겠습니다. 두 분, 기다리시지요."

그가 총총히 사라졌다. 그 뒷모습만 보아도 겁에 질린 것이 분명해 보였다. 백의 사부는 저렇게 겁 많은 성격이 아니었다!

비연이 그 익숙하고도 낯선 뒷모습을 보다가 몰래 입 안에 감초 사탕 하나를 넣었다. 익숙한 맛이 입 안에 퍼지자 그녀의 마음에 마침내 참을 수 없는 괴로움이 넘쳐흐르기 시작했다.

진양성으로 돌아가는 동안에 어떻게든 기회를 보아, 정왕 전하 몰래 그에게 물어보아야겠다…….

비연은 그렇게 생각했다.

사부, 사부, 사부

응접실이 마침내 고요해졌다.

그곳에는 이제 비연과 군구신, 두 사람만 남아 있었다. 군구신이 그제야 입을 열었다.

"아무것도 없는 데서 약을 만들어 내다니, 대단한 능력이군."

비연은 부득이한 경우가 아니라면 그렇게 많은 것을 드러내지 않았을 것이다. 그녀는 약왕정의 존재를 알리지 않은 것만도 다행이라 생각하며 거짓말을 늘어놓기 시작했다.

"보잘것없는 재주인걸요. 일부러 현묘하게 보이게 해서, 백리명천을 좀 놀라게 해 준 것뿐이에요."

군구신이 다시 물었다.

"어떻게 현묘하게 보이게 한 거지?"

비연이 계속 허풍을 떨었다.

"사실……, 사실 마술이죠. 강호에서 흔히 보는 잡기와 별로 다를 바 없어요."

사실 군구신은 그저 한마디 언급하고 싶었을 뿐이지 그녀에게 억지로 물어보고 싶은 것은 아니었다. 그는 백리명천이 이 일을 어디 가서 떠들지 않기만을 바라고 있었다. 그렇지 않으면, 약왕정이 세상에 드러나지 않는다 해도 비연은 꽤 골치가 아파질 테니까.

비연의 미간에 피로한 기색이 어렸다. 군구신이 그녀에게 앉으라고 손짓한 뒤 더 이상 아무 말도 하지 않았다.

한참 후 고운원이 돌아왔다. 옷을 새로 갈아입고, 머리에는 유학자들이 쓰는 관을 쓰고 있었다. 옷도 여전히 눈보다 새하얀 빛깔이었지만 신선을 연상케 하는 편한 옷이 아니라 아주 단정한 유학자의 복장이었다. 그는 심지어 등에 꽤 커다란 대나무 상자를 지고 있었는데, 책 상자로 보였다.

검은 관에 흰옷, 그리고 대나무 상자.

엄연한 서생 모습이었다!

기껏해야 스물대여섯 살로 보였던 그가 이렇게 차려입으니 더 젊어 보였다. 그의 온화하고 우아한 기질도 지금 보니 선량하고 공손하며 안팎이 모두 조화를 이룬 듯이 보였다.

상황을 모르는 이가 본다면 그를 '은거 의원'이라고 생각하지 못하고 학문에 뜻을 둔 사람이라고만 여길 것이다.

이런 모습의 고운원이라니! 겉모습 외에 백의 사부와 비슷한 점이 하나라도 있을까?

비연은 아주 괴로워 보였다. 그녀는 눈앞의 사람이 백의 사부인지 아닌지 제대로 판단 내리지 못하는 상태에서, 마치 백의 사부가 변해 버린 것 같은 느낌을 받고 있었다.

군구신은 고운원이 일부러 연기를 하고 있는 것인지, 아니면 태생적으로 선량하고 온화한데 단지 가문의 규칙 때문에 은거하며 의술을 펴지 못하는 것인지 아직 확신하지 못하고 있었다.

그러나 그런 것들은 그가 신경 쓸 일이 아니었다. 그가 지금 관심을 두어야 하는 것은 고운원이 정역비의 다리를 치료할 수 있는가 없는가 하는 문제였다.

그가 말했다.

"고 의원, 가시지요!"

군구신의 장검은 이미 검집에 들어가 있었다. 고운원은 이제 그렇게 무섭지 않은 듯 재빨리 손짓했다.

"정왕 전하, 가십시다."

그러나 비연은 여전히 무서운 모양이었다. 그는 비연을 곁눈질하며 머뭇거리다가 그녀에게는 아무 말도 건네지 않았다.

떠나기 직전에 비연이 물었다.

"고 의원, 감초 사탕이 아주 맛있는데요, 제가 몇 개 가져가도 될까요?"

고 의원이 재빨리 고개를 끄덕였다.

"물론이죠, 물론입니다."

비연은 조금도 예의를 차리지 않고 상자째 집어 들었다.

세 사람이 작은 부두에 도착했을 때, 사장이 보이지 않았다. 아마 백리명천을 배웅하러 간 모양이었다. 대신 고운원의 뱃사공이 배를 준비해 그들을 태워 주었다.

비연이 군구신과 선미에 앉자 고운원은 뱃사공과 뱃머리에 앉았다.

군구신이 곁에 있으니 고운원과 둘이서만 이야기할 기회를 만들 수 없었다. 그러나 비연의 시선은 마치 그에게 구멍이라도 낼 것처럼 계속 고운원을 좇고 있었다.

고운원도 그 시선을 깨달았으나, 어색하고 부끄러운 것 외에도 무서운 감정이 들어 계속 고개를 숙인 채 그녀를 피했다. 그러더니 마지막에는 아예 등을 돌려 앉았다.

그들은 다시 객잔으로 가지 않고 직접 마을 출구까지 배를 타고 갔다.

백리명천은 사실 아직 객잔에 있었다. 창턱에 기댄 채 높은 곳에서 그들을 내려다보고 있었다. 곁에 있던 시녀가 그 모습을 보고 재빨리 화살을 장전하며 속삭였다.

"주인님, 기회입니다."

그러나 백리명천은 움직이지 않았다. 그는 비연 일행이 아니라 비연 한 사람만을 보고 있었다.

비연이 아무것도 없는 허공에서 약을 만든 것이 단지 마술이라고는 생각하지 않았다. 다음에는 반드시 그녀를 사로잡을 것이다. 그녀에게 음양독의 빚을 갚기도 해야 하거니와 허공에서 약을 만든 것이 대체 어찌 된 일인지 제대로 물어봐야 하니까!

그는 고운원과 같은 은거 의원이라면 비연의 능력을 세상에 알릴 리 없다고 생각했다. 군구신은 더더욱 그러할 것이다. 타인이 그런 능력을 본다면 비연에게 얼마나 많은 이들이 따라붙을지는 하늘만이 알 테니까!

백리명천은 지금 약간 후회하고 있었다. 애초에 비연을 이용해 기씨와 정씨 두 가문을 이간질하지 말았어야 했다. 대신 어떻게든 비연을 받아들여 자신을 위해 일하게 했어야 했다. 그러나 안타깝게도, 처음에는 그녀가 이렇게 흥미로운 인물인지 알지 못했다.

백리명천은 마치 정신이 나간 것 같았다. 시녀가 다급하게 재촉했다.

"주인님, 지금 손을 쓰시지 않으면 늦습니다."

백리명천은 대답하지 않고, 화살을 빼앗아 강물로 던져 버렸다. 시녀가 깜짝 놀랐다.

"주인님……, 주인님, 기회를 이렇게 날려 버리시다니요. 황상께서 분명 주인님을 내보내실 거예요!"

사실 백리명천이라고 그렇게 한가로운 심정으로, 공을 들여 기씨 가문과 정씨 가문을 제 계략에 빠트리려 한 것은 아니었다. 그 일은 부황의 명이었다.

백리 황족의 적장자가 요절하자 둘째 황자가 태자로 책봉되었다. 그는 셋째 황자였다. 비록 적자였지만 실제로는 서자만도, 아니 심지어 서녀만도 못한 신세였다.

모르는 이들은, 그가 황상의 총애를 받아 교만하고 사치스러우며 황금을 흙처럼 사방에 뿌린다고 생각할 것이다. 그러나 외부인들은 그가 원하는 것을 모르고 있었다. 금화 한 닢이라도 세상에 공짜는 없는 법이다. 모든 것은 상응하는 무엇인가로 바꿔야 하고, 대가를 치러야 하는 것이다.

그는 진양성에서 패주하고 도망쳤을 뿐 아니라 신농곡에도 죄를 지었다. 부황이 어찌 그를 지켜 줄 수 있겠는가?

다른 황족이라면 부황이 아마도 조금은 망설일 것이다. 그러나 그에게만은 분명 어떤 여지도 남겨 주지 않고, 그에게 모든 책임을 지울 것이다. 그를 군씨 황족에게 전쟁을 피하기 위한 인질로 보내든가, 아니면 신농곡으로 보내 처리하게 하든가……. 다른 선택이 없을 것이다.

어린 시절부터 알고 있었다. 부황은 그를 사랑하지 않는다. 부황은 그를 증오한다!

그가 의원을 청하려 한 것은 단지 부황이 가장 사랑하는 수양딸을 위한 것에 불과했다. 그녀에게 대신 부황께 은정을 베풀어 달라고 부탁하게 하기 위해서.

지금 이 길이 막혀 버렸다. 만진의 황도, 이제 그곳으로 돌아갈 수 없다.

강물 위로 점차 멀어져 가는 그들의 모습을 바라보던 백리명천이 갑자기 웃기 시작했다. 그의 웃음 속에 무엇이 배어 있는지는, 아마 그 자신만이 이해할 수 있을 것이다.

"주인님, 괜찮으세요?"

시녀가 더욱 당황했다. 그녀의 기억 속 주인은 쉽게 포기하는 사람이 아니었다. 아무리 큰 대가를 치르더라도, 또 어떤 수단을 사용하더라도 주인은 원하는 것이라면 어떻게든 끝까지 얻어 냈다. 그러나 지금 주인은 뜻밖에도 눈을 뜬 채 기회가 사라져 가는 것을 보고만 있었다. 대체 어찌 된 일일까?

백리명천은 시녀를 상대하지 않고, 비연 일행의 뒷모습이 강에 피어난 운무 사이로 사라지는 것을 확인한 다음에야 몸을 일으켰다. 그의 가늘고 긴 봉황을 닮은 눈에서는 이미 방금까지의 모든 감정이 사라져 버린 다음이었다. 그는 여전히 오만한 모습으로, 그 무엇도 상관없다는 표정을 짓고 있었다.

그는 나른하게 기지개를 켜고 한참 동안 생각한 후에 말했다.

"됐다, 됐어. 본 황자도 돌아가고 싶지 않다. 사부나 찾아가 봐야겠어. 하하! 그 노인네는 분명 본 황자를 보고 싶어 할 거야."

그렇다. 백리명천에게는 사부가 있었다. 고古씨 성을 가진, 괴팍한 늙은 사부가.

사부라는 단어를 입에 담는 순간, 백리명천의 입가에 순수하고 깨끗한 웃음이 퍼져 나갔다. 마치 행복한 아이처럼……

좋아할 가치가 있는 사내

백리명천이 연운간을 떠난 그날, 비연 일행도 멈추지 않고 말발굽을 달려 진양성으로 향했다.

비연이 계속 자신을 억제하지 못하고 고운원에게 원망스러운 눈빛을 던졌다. 그를 한번 보기 시작하면 마치 못이라고 박힌 것처럼 잠시도 시선을 떼지 않았다.

고운원은 매번 그녀의 시선을 피했다. 나중에는 비연이 자신을 보건 보지 않건, 말을 타고 달리는 시간 외에는 군구신에게 달라붙어 있었다. 그 옆에 있으면 비연의 시선이 감히 따라오지 못했던 것이다.

시선을 보내며, 비연은 고운원과 단둘이 이야기할 기회를 찾고 있었다. 그러나 안타깝게도 그가 그녀를 경계하고 있어 적당한 기회를 찾을 수 없었다.

비연이 쟁취하려 했다면 어찌어찌 가능했을 수도 있었겠지만, 그렇게까지는 하지 않았다. 고운원을 처음 만났을 때에 비해 그녀도 상당히 냉정해져 있었다. 정역비의 병세를 되새기며, 아무리 급하더라도 이런 중요한 때에 시간을 낭비하지 않기로 마음먹었다.

열흘 후, 하늘이 밝아 오기 전에 비연 일행이 마침내 진양성에 도착했다. 그들은 바로 정씨 저택으로 향했다.

문을 열어 준 정씨 가문의 집사는 비연과 정왕 전하가 돌아온 것을 보고는 기뻐서 죽을 지경이었다. 그러나 그가 왼쪽으로 오른쪽으로 눈알을 굴렸지만 비연과 정왕 전하 곁에는 젊은 서생만 하나 보일 뿐 어디를 봐도 늙은 의원이 보이지 않았다. 그는 불안해졌다. 설마 정왕 전하와 비연이 은거 의원을 찾지 못하고 그냥 돌아온 걸까?

늙은 집사는 조급했지만, 정왕 전하 앞에서 감히 묻지도 못하고 서둘러 그들을 후원으로 안내했다.

비연이 집사를 따라가며 물었다.

"정 대장군의 상태는 어떠세요? 요즘 무슨 큰일이라도 있었나요?"

늙은 집사는 안 그래도 말 붙일 기회를 보던 참이었다. 그가 서둘러 대답했다.

"고 약녀, 정 대장군은 편안하십니다. 요즘 큰일은 없고 그저……, 그저 밖에서 사람들이 어찌나 혀를 놀리는지……. 고 약녀에 대해서 말입니다. 정말이지 너무 억울한 일입니다."

비연이 고개를 갸웃했다. 군한인은 분명 갇혀 있을 텐데 또 누가 그런 일을 저지르고 있는 걸까? 설마 기씨 가문은 아니겠지?

늙은 집사는 이 기회에 물어보고 싶었다. 겁에 질린 눈으로 군구신을 슬쩍 바라보고는, 마음을 단단히 먹고 말했다.

"고 약녀, 바깥사람들의 이야기는 바로 고 약녀가 은거 의원을 찾지 못하고 정왕부 안에 숨어 감히 밖으로 나오지 못하고 있다는 이야기입니다. 그리고…… 며칠 더 지나면 석 달 기한이 끝나니, 고 악녀가 더 이상 숨어 있을 곳도 없을 거라고."

비연이 살짝 굳어 버렸다. 이 유언비어에 놀라서가 아니라 갑자기 석 달의 기한이 곧 끝난다는 것을 깨달았기 때문이었다. 몰래 군구신을 살펴보았지만 그는 무표정하게 앞만 보고 있었다. 그도 분명 들었을 것이다. 속으로…… 무슨 생각을 하고 있을까?

비연은 더 이상 생각하지 않기로 했다. 그 재미없는 유언비어를 생각할 여유가 없었다. 그녀는 빠른 발걸음으로 안으로 들어갔다.

원하는 답을 얻지 못한 집사가 계속 근심에 싸여 길을 안내했다. 고운원이 시선을 내리깐 채 단정한 자세로 뒤에서 따라왔다.

후원에 이르자, 누군가가 밀어 주는 바퀴 의자에 정역비가 앉아 방에서 나오는 모습이 보였다. 스무 날이나 보지 못하는 동안 무척 수척해져 있었다. 그러나 그는 바퀴 의자에 앉아서도 허리를 꼿꼿하게 펴고 기운찬 모습이었다.

그는 두 다리를 못 쓰게 되었을 뿐 아니라 매일 밤 격렬한 고통에 시달려야 했다. 그러나 그의 얼굴에는 몸에 장애를 얻게 된 이들의 암담함이나 열등감이 없었고 의기소침한 구석도 보이지 않았다. 심지어 병마에 시달린 흔적조차 보이지 않을 정도였다.

그는 여전히 두 눈을 빛내고 있었고 미간 사이에도 의기가 양양했다. 단정하게 1품 무관의 관복을 입고 있었는데, 전체적으로 그 누구도 감히 범할 수 없을 만큼 위엄 있고 강직한 느낌이 들었다.

이 시간이라면 분명 조회에 나가려는 참일 것이다!

정역비가 깨어난 후 그를 처음 본 비연은 정말 깜짝 놀랐다! 그 오만하던 정역비가 이 지경이 되어서도 스스로를 포기하지 않는 것만으로도 사람에게 위로가 되어 주었다. 그가 이렇게 강하고 담담할 수 있을 거라고는, 그리고 이런 자태로 조회에 나가 문무백관을 마주할 수 있을 거라고는 생각조차 한 적이 없었다.

군구신도 매우 놀란 것 같았다.

걸오불순桀驁不馴, 세상의 시선을 신경 쓰지 않는다는 것.

권세가 강하고 귀한 신분이라 다른 이들의 시선을 신경 쓰지 않는 것은 진정한 의미의 걸오불순이 아니었다. 자기 마음속 '자존'의 구덩이에 빠지지 않아야 진정으로 걸오불순 하다고, 진정 존엄을 지닌 사내라고 할 수 있었다!

모두의 마음속에는 구덩이가 몇 개씩 있는 법이다. 자신이 파 놓은 그 구덩이를 넘어갈 수 있어야 어떤 일이 발생하더라도 넘어지지 않을 수 있다!

기씨와 정씨 가문, 그리고 기욱과 정역비 중에서 군구신은 정역비를 좋게 보았다. 그런데 지금 정역비의 부러지지 않는 강한 모습을, 진정한 사내의 모습을 보니 더더욱 인정할 수밖에 없었고, 감탄의 눈빛마저 보냈다.

정역비가 그들을 보더니 깜짝 놀랐다. 그러나 그는 곧 찬란하게 웃었다. 계속 자신이 가장 숭배하는 남자가 돌아오기를, 그리고 가장 좋아하는 여자가 돌아오기를 기다리고 있었다. 그들을 기다리는 것보다 그를 흥분하게 하는 일은 없었다.

정역비가 먼저 군구신에게 포권하며 예를 행하고는 비연을 바라보았다. 기쁜 마음에 한마디도 하지 못하고 있었다.

비연이 서둘러 물었다.

"정역비, 다리의 통증이 심한가요?"

그러나 정역비는 진심으로 기쁜 나머지 바보처럼 웃기만 할 뿐 대답하지 않았다. 비연이 재촉했다.

"말을 해요!"

정역비는 계속 바보처럼 웃기만 했다.

그때, 소식을 듣고 임 노부인이 급하게 달려 나왔다. 그녀는 기뻐서 어쩔 줄 몰라 하며, 군구신에게 예를 행하는 것조차 잊고 들뜬 목소리로 물었다.

"정왕 전하, 그리고 연아! 이제 돌아왔군요! 마침내 돌아왔어! 은거 의원을 찾았나요?"

군구신이 한 걸음 비켜섰다. 그제야 정역비와 임 노부인이 그의 뒤에 서 있던 고운원을 발견했다.

군구신이 소개했다.

"은거 의원이신 고 의원입니다."

정역비와 임 노부인은 매우 놀랐고, 집사 역시 그러했다.

사람들의 시선 속에 비친 고운원은 우아하고 선량하며 겸손해 보였고, 동시에 조금 긴장한 것 같기도 했다. 그가 재빨리 임 노부인과 정역비에게 읍하며 말했다.

"저는 고운원입니다. 고 약녀의 초청을 받아 정 대장군을 치료하기 위해 왔습니다. 정 대장군께서는 어느 때가 편하실는지요?"

임 노부인은 멍한 표정이었지만 정역비가 곧 정신을 차렸다.

"지금 당장이라도 괜찮습니다!"

비록 눈앞에 있는 고운원은 일개 서생으로밖에 보이지 않았지만, 정왕과 비연이 일부러 초청해 온 사람이다. 정역비는 그를 믿고 싶었다.

고운원이 기뻐하며 말했다.

"지금 가능하다면야 제일 좋지요. 대장군, 방으로 돌아가시지요."

임 노부인과 비연이 거의 동시에 앞으로 나섰다. 정역비의 의자를 밀어 방으로 데려가려는 생각에서였다. 그러나 고운원이 한 발 빨리 정역비를 밀고 방으로 들어가더니 문을 닫으려 했다. 그 누구도 들어오지 말라는 의미였다.

임 노부인이 말했다.

"고 의원, 고 약녀가 거들지 않아도 되겠습니까?"

"괜찮습니다. 저는 누군가의 도움을 받는 습관이 들어 있지 않습니다."

임 노부인은 정말 어쩔 수 없다 싶었는지 대놓고 이야기했다.

"고 의원, 당신은 우리 역비의 마지막 희망입니다. 꼭 치료해 주셔야 합니다!"

고운원이 겸손하게 말했다.

"저는 최선을 다할 것입니다."

말을 마치자 문을 닫았다. 임 노부인이 비연과 군구신에게 묻는 듯한 시선을 던졌다.

비연과 군구신도 사실 고운원에 대해 아는 바가 없었다. 다만 신농곡 노집사의 추천을 믿고 고운원의 의술을 인정하고 있을 뿐이었다.

군구신이 물러나 자리에 앉자 비연이 속삭였다.

"노부인, 유일한 희망입니다. 기다리시지요."

그렇게 그들은 밖에서 기다리기 시작했다.

해가 높이 뜰 때까지도, 방 안에서는 여전히 아무 움직임이 없었다. 그리고 궁에서 매 공공이 소식을 듣고 달려왔다.

위험, 제때에 막아 내다

비연 일행이 돌아온 소식을 누구에게도 알리지 않았는데도 매 공공이 이리도 빨리 달려온 걸 보면, 성문을 지키던 병사들이 보고했든지 아니면 정씨 가문 저택 안에 천무제의 눈과 귀가 되어 주는 자가 있다는 이야기였다.

천무제가 조급해하고 있었다!

비연이 무의식적으로 군구신을 보았으나 그는 외면했다. 비연은 그제야 정왕 전하가 혐의를 피해야 한다는 사실을 의식했다. 정왕 전하에게 귀찮은 일을 만들 수는 없었다.

매 공공이 군구신에게 예를 행한 후, 무척 기쁜 듯한 표정을 꾸며 내며 말했다.

"정왕 전하, 제가 마침 궁을 나와 일을 처리하던 중 겸사겸사 정 대장군이 어떠하신지 들러 보았습니다. 대문에 들어서는 순간 이렇게 기쁜 소식을 듣게 될 줄은 몰랐습니다. 전하, 다녀오시느라 정말로 고생하셨습니다!"

군구신이 고개만 끄덕이고 대답하지 않았다. 매 공공이 재빨리 임 노부인에게로 시선을 옮겨 자못 엄숙하게 말했다.

"노부인, 황상께서는 궁에서 온종일 정 대장군을 걱정하고 계십니다. 어찌하여 좋은 소식이 있는데도 바로 보고드리지 않으신 것입니까! 황상께서 계속 걱정하시게 하고 싶은 건 아니겠지요?"

"내 정신 좀 보게, 너무 기쁜 나머지 잊고 있었습니다!"

임 노부인이 변명하고 재빨리 궁으로 사람을 보냈다.

비연은 매 공공이 이렇게 엉터리 연극을 하고 있는 것이 비연 자신에게 들려주기 위함이라는 사실을 알아차렸다. 매 공공은 그녀가 고 의원을 데리고 궁에 들어오기를 천무제가 기다린다는 사실을 말해 주기 위해 일부러 그녀의 뒤를 밟아 온 것이나 마찬가지였다.

비연이 안색 하나 바뀌지 않고 속으로 중얼거렸다.

'황상, 느긋하게 기다리시지요.'

매 공공이 그대로 남아 군구신 곁에서 기다리기 시작했다.

시간이 점차 흘러가고 정오가 되었다. 방 안에서는 여전히 아무런 기척이 없었다. 비연이 문을 두드리며 나지막하게 물었다.

"고 의원, 시장하지 않으세요? 식사를 들여갈까요?"

방 안에서 고운원의 예의 바른 목소리가 들려왔다.

"괜찮습니다. 고마워요."

비연이 기회를 놓치지 않고 물었다.

"고 의원, 치료는…… 괜찮은가요?"

"다급해하지 말고 기다려 보세요."

이 대답에 비연은 더 이상 물어볼 엄두를 내지 못했다.

임 노부인은 본래 고운원에게 의혹을 품고 있었는데, 이 상황을 보자 참지 못하고 속삭였다.

"연아, 혹시…… 소 태의를 청해 와서 좀 들여다봐 달라고 하면 어떻겠니?"

비연이 노부인을 위로했다.

"노부인, 조금만 더 기다려 보시지요. 고 의원이 도움을 받는 것에 익숙하지 않다고 하니, 소 태의가 오면 오히려 방해가 될지도 몰라요. 대장군의 상태가 복잡하니, 단숨에 치료되지는 않을 거예요."

임 노부인이 재빨리 비연을 끌고 한옆으로 물러나 고운원에 대해 이것저것 묻기 시작했다. 비연이야말로 임 노부인보다 고운원에 대해 알고 싶은 것이 많았지만, 안타깝게도 방법이 없었다.

사람들이 계속 기다렸다. 저녁 식사 시간이 되자 비연이 다시 물었고, 고운원도 같은 대답을 했다. 임 노부인은 물론이고 이제는 고운원을 본 적도 없는 매 공공마저 근심하기 시작했다.

비연과 군구신은 오히려 담담한 편이었다. 그러나 한밤중이 되도록 방 안에서 아무런 움직임이 없자 마침내 그들 두 사람마저 불안해지기 시작했다.

정역비의 다리는 침술로만 치료할 수 있다. 하루가 꼬박 지났다면 치료가 끝날 때도 되지 않았을까? 방 안에서 지금 대체 무슨 상황이 벌어지고 있는 걸까? 설마 고운원이 지금까지도 치료법을 찾지 못한 걸까?

지금, 모든 희망이 고운원에게 달려 있었다. 고운원이 치료할 수 없다면 정역비의 다리는 정말 끝장이었다!

비연은 점점 더 긴장하고 있었다. 그녀가 다시 문을 두드리려 했을 때 마침 고운원이 문을 열었다. 모두 긴장하며 바라보는 가운데 임 노부인이 조급하게 말했다.

"고 의원, 상황이 좀 어떤가요? 역비의 다리가 나을 수 있겠습니까?"

고운원은 대답하지 않고 다급하게 약방 하나를 내밀더니 진지하게 말했다.

"노부인, 이 약을 달여 와 주십시오. 빠르면 빠를수록 좋습니다."

이건…….

모두가 깜짝 놀랐다. 비연의 놀라움도 역시 가볍지 않았다. 그녀가 다급한 나머지 그에게 소리쳤다.

"그 다리 상처에는 약을 쓸 수 없어요! 제가 분명하게 이야기했잖아요. 대체 뭘 하시려는 거예요?"

정역비의 다리가 침술로만 치료될 수 있는 것이 아니라면 그렇게 힘들게 그를 초청해 올 이유가 없었다!

비연을 무서워하던 고운원은 그녀가 소리치자 깜짝 놀라 몇 걸음 뒤로 물러서더니 무고한 얼굴로 다급하게 설명했다.

"대장군의 다리는 이미 치료했습니다. 저는 그저 대장군의 위장을 치료하려고……."

이 말에 모두 다시 한번 놀랐다. 고 의원이 정역비의 위장병을 치료하기 시작했을 줄은 아무도 생각하지 못했던 것이다.

그러나 처음의 놀라움이 경악이었다면 이번의 놀라움은 기쁨이었다! 임 노부인은 기쁜 나머지 어쩔 줄 몰라 하며 몇 번이고 되뇌었다.

"다행이다, 다행이야! 역비가 일어설 수 있어. 역비에게 아무 문제가 없어⋯⋯."

비연이 안도의 한숨을 내쉬며 약방문을 받아 열심히 들여다보았다.

고운원이 조급해했다.

"곧 인시寅時² 입니다. 침을 놓기에 가장 좋은 시간이죠. 인시를 놓치면 내일 밤까지 기다려야 합니다. 우리 고씨 가문의 규칙에 의하면, 저는 산을 한 번 나오면 겨우⋯⋯."

그의 말이 끝나기도 전에 비연의 온몸에서 식은땀이 흘렀다. 그녀가 다급하게 그의 말을 잘랐다.

"어떤 약을 원하시건 제가 모두 준비하겠어요! 어서 들어가세요! 시간을 그르치지 않게! 제가 도와 드릴 테니!"

그가 대체 무슨 말을 하려고 한 걸까? 그들 고씨 가문의 규칙에 따르면, 그가 산을 한 번 나올 때마다 병 하나만을 치료할 수 있다고? 아니면 하루 동안만? 그도 아니면 한 사람만을?

그가 무슨 말을 하려 했건 뜻은 거의 차이가 없을 것이다. 매공공이 그의 말을 듣는다면 그녀는 끝장이었다!

고운원이 계속 말하려 했지만 비연이 재빨리 방으로 들어가 얼굴을 맞대다시피 하고는, 소리를 죽여 다급하게 말했다.

"한밤중에 어디 가서 그렇게 많은 약재를 구해요? 여기가 당

---

2 새벽 3시부터 5시.

신이 있던 곳인 줄 아는 건 아니겠죠! 어약방에 가서 약재를 가져온다 해도 그렇게 빠르게는 못 한다고요! 게다가 이 약들은 모두 달여야 하는 것이니……, 나를 제외하고 여기 있는 누구도 인시 전에 약을 달여 줄 수 없어요!"

고운원이 무의식적으로 뒷걸음질 쳤다. 비연이 일단 시작한 일은 철저하게 하겠다는 생각으로 소리쳤다.

"고 의원을 보조하게 되어 영광입니다!"

그녀는 말을 마치자마자 방문을 닫아 버렸다. 어찌나 빨리 닫았는지 고운원에게 거절한 틈조차 주지 않았다.

문밖에 있던 이들은 누구도 약방문을 보지 못했다. 때문에 거기에 얼마나 많은 약재가 적혀 있는지 알지 못했고, 그저 상황이 급하다고만 생각할 뿐이었다. 군구신만이 일이 어떻게 돌아가는지 감을 잡고 속으로 안도의 한숨을 내쉬었다.

매 공공이 임 노부인에게 축하의 말을 건네며, 다시 한번 궁으로 사람을 보내라고 권했다. 임 노부인이 망설였다.

"매 공공, 한밤중 아닙니까. 황상께서 주무시지 않을까요? 주무시는 데 방해하는 것은 해서는 안 될 일입니다."

매 공공은 스스로 보고하러 가고 싶어 죽을 지경이었다. 그러나 이 자리에서 몸을 뺄 수는 없어 이렇게 말했다.

"노부인, 정 대장군의 다리는 천염국 수만 대군과 관계있습니다. 오늘 밤 황상께서 어찌 편히 주무시고 계시겠습니까? 보십시오. 정왕 전하께서도 오늘 하루 종일 여기 계시지 않습니까. 어서 황상께 사람을 보내어 황상을 안심시켜 드리십시오."

임 노부인이 고개를 끄덕이고 바로 궁으로 사람을 보냈다.

매 공공의 말이 완전히 거짓인 것은 아니었다. 천무제는 확실히 잠을 자지 않거나 잠을 이루지 못하고 있을 테니까. 물론 그가 다급하게 기다리는 것은 비연이 고 의원을 데리고 궁으로 오는 그 순간이겠지만 말이다!

매 공공은 상황을 보면서, 날이 밝기 전에 고 의원을 궁으로 데려갈 수 있으리라 생각했다. 고 의원이 젊으니 아무래도 구슬리기 쉬울 것 같았다. 황상이 그를 본다면 분명 기뻐서 용안이 다 밝아지시리라!

방 안에는 정역비가 혼절한 상태로 침상에 누워 있었다. 그의 상반신이며 복부, 양 옆구리며 머리에는 수많은 금침이 꽂혀 있었다. 그러나 두 다리는 깨끗했다. 심지어 손을 댄 흔적조차 보이지 않았다.

고운원이 멀리 숨어서 비연을 경계하듯 바라보며 중얼거렸다.

"당신……, 당신……. 어찌 이리 억지를 쓰는 겁니까?"

기억, 급계及笄의 나이가 되었을 때

비연 스스로도 자신이 너무나 억지스럽다고 생각했다. 그러나 다른 방법이 없었다!

어차피 이렇게 예의 없게 굴기 시작한 이상, 철저하게 억지를 써 볼 작정이었다. 그리고 이 기회를 틈타 고운원과 이야기를 나누고 싶었다!

물론 정역비의 병이 가장 중요했다. 일단 그에게 정역비의 병을 치료하게 한 후 다시 천천히 이야기할 생각이었다.

비연이 고운원을 흘깃 보고는 대답 없이, 눈썹을 들어 올리며 시선을 약방문으로 떨어뜨렸다. 그리고 다탁 옆에 앉아 약방문을 보며 약왕정을 운용할 준비를 시작했다.

약방문에 적힌 약들이 비록 특별히 귀한 것들은 아니었지만 그 수량이 적지 않았다. 그리고 제법 공을 들여 달여야 하는 것들이었기에 노력과 시간을 꽤 써야 하는 것들이었다.

비연이 탁자 위 찻잔들을 정리하며 고운원에게 말했다.

"하셔야 할 일을 하세요. 이 약들은, 내가 인시 전까지 어떻게든 준비해 드릴 테니."

고운원은 계속 멀리 떨어진 채, 두려울 뿐 아니라 의심스럽다는 눈길을 보내며 물었다.

"당신, 설마 맨손으로 약을 달일 수 있는 건 아니겠지요?"

다른 사람이었다면 비연도 이렇게 쉽게 사실을 털어놓지 않았을 것이다. 그러나 고운원이라면 두렵지 않았다. 그가 백의 사부가 아니라 해도, 그와 같은 은거 의원은 아무 데서나 허튼 소리를 떠들며 그녀에게 귀찮은 일을 만들 리 없었다. 더군다나 그녀에게 해를 입히거나 할 리도 없었다.

비연이 약간은 씁쓸하게 웃으며 말했다.

"내 비밀을 하나 알려 줄까요?"

고운원은 궁금해하기는커녕 오히려 더 경계하며 뒤로 두어 걸음 물러섰다. 그리고 말없이 그녀를 바라보았다.

비연은 웃으며 농담하듯 말했다.

"나에게는 사부가 계세요. 믿을 수 있나요? 내가 가진 모든 능력은 전부 사부에게서 배운 거랍니다!"

고운원이 속으로 무슨 생각을 했는지는 알 수 없었지만, 이 순간 그의 눈빛은 그녀가 무슨 말을 하건 절대로 믿지 않겠다는 것 같았다.

비연도 시간을 낭비하지 않고, 바로 눈을 감고 정신을 집중했다. 약초밭으로 들어가 약재를 찾고 다시 눈을 녹인 물을 찾았다. 그리고 약왕정의 신화를 불러내 약을 달이기 시작했다.

그녀가 약을 달일 때 고운원은 무엇을 하고 있을까? 계속 그녀를 보고 있을까? 여전히 의심에 찬 표정일까, 아니면 진면목을 드러내고 있을까?

그러나 비연은 더 이상 생각할 여유가 없었다. 온 힘을 다해 이 약을 연마해 내야 했다.

차 한 잔 마실 시간이 흐른 후에 비연이 눈을 떴다. 눈앞의 찻잔에는 뜨거운 김이 올라오는 약이 가득 차 있었다.

고운원이 탁자 옆으로 다가와 찻잔 안의 약을 응시하고 있었다. 그의 얼굴은 놀라움으로 가득했다.

"당신, 당신……, 어떻게 한 겁니까?"

비연이 대답하려 하자 고운원이 덧붙였다.

"당신 사부가 어디 신선이신가요? 신농곡 곡주도…… 이런 능력은 없을 텐데?"

비연은 마음속에 차오르는 실망을 무시하고 그저 이렇게만 말했다.

"고 의원, 환자가 급해요! 우리, 천천히 이야기를 나눌 시간은 많아요! 내 사부를 알고 싶다면 아주 기쁜 마음으로 그분을…… 당신에게 소개하겠어요."

비연의 눈가가 젖어 들었지만 고운원은 눈치채지 못했다. 그가 마치 경악 속에서 정신을 차린 듯 연신 고개를 끄덕였다.

"그래요. 환자가 급하지요, 치료가 급해요!"

그가 대나무 상자에서 새로운 금침을 꺼내더니 약에 담갔다. 그다음 정역비 곁에 앉아 조심스럽게, 그의 몸에 꽂혀 있던 금침을 회수했다.

비연이 약을 그의 곁에 가져다 두었다. 그녀는 의학에는 정통하지 않았지만 고운원이 침을 약에 담근 다음 다시 침을 놓으려 한다는 것을 알아볼 수 있었다. 다만 그의 이런 상리에 어긋나는 방식을 이해할 수 없었다.

의학에는 '약과 혈은 근원이 같고, 약과 혈은 효과도 같다'는 말이 있다. 약재로 치료하는 것과 침술로 치료하는 것이 동일한 효과를 가진다는 뜻이었다.

약방문은 약의 성질을 근본으로 하고, 침술은 혈 자리를 근본으로 한다. 옛 의원들은 인체의 혈이 곧 약이라 생각했다. 인체에는 혈이 수백 개나 있으니 백 가지도 넘는 약을 숨기고 있는 것이나 마찬가지였다. 그러니 이 혈을 제대로 짚어 주기만 하면, 약을 복용하는 것과 같은 효과를 볼 수 있었다.

혈을 짚는 방법으로는 바로 침과 뜸이 있었다. 침술은 침으로 혈을 자극하고, 뜸은 불에 달군 쑥이나 생강 등의 약재를 사용해 열기로 혈을 자극했다. 이런 복잡한 약방으로 달인 약에 금침을 담그는 것을 비연으로서는 처음 봤다. 그녀는 이 방법이 대체 침술에 속하는지 아닌지도 알 수 없었다.

그러나 궁금한 것은 궁금한 것이고, 그에게 물어보지는 않았다. 의술을 행하고 약을 만드는 이라면 방해받는 것을 좋아하지 않는다. 그녀 역시 그러했다.

그녀는 조용히 한옆에 서서 고운원을 바라보았다. 그는 침을 뽑는 힘에도 상당히 신경을 썼고, 순서에 더더욱 신경을 썼다. 금침 하나마다 아주 약간의 실수도 용납하지 않았다.

그는 살짝 머리를 숙인 채 미간을 찌푸리고 있었는데, 잘생긴 얼굴이 진지함으로 가득했다. 어찌나 집중했는지 비연이 곁에 있다는 것조차 잊은 듯, 오로지 침에만 집중하고 있었다.

연운간에서 진양성으로 오는 내내 그를 주시했다. 그러나 지금이야말로 가장 오래, 가장 조용하게, 그리고 가장 세심하게 그를 바라보는 순간이었다. 빙해영경에서의 10년 동안에도, 그녀는 이렇게 열심히 백의 사부의 얼굴을 보았던 적이 없었다.

보면 볼수록 계속 이상한 생각이 들었다. 눈앞에 있는 이가 고운원이 아니라 백의 사부인 것만 같았다. 마치 그들이 지금 현공대륙의 정씨 가문이 아니라 빙해영경에 있는 것 같았다. 또 마치……, 마치 3년 전의 그때로 돌아간 것 같았다.

눈이 녹고, 초록빛이 자라나고, 제비가 돌아오던 춘사일. 그날은 바로 비연이 열다섯 살 되던 생일, 급계의 날이었다. 매년 생일마다 그러했듯이, 그녀는 다시 악몽을 꾸었다…….

'아, 싫어……. 고남신……, 어서 가! 어서! 악……!'

그녀가 비명을 지르며 악몽에서 깨어났다. 재빨리 몸을 일으키고 얼굴 가득한 눈물을 닦았다.

백의 사부가 침상 옆에 앉아 그녀를 바라보며 미소 지었다. 그녀는 아낌없이 사랑받고 있었다.

그는 비록 웃고 있었지만 보기에는 이 일을 대단하게 여기지 않는 것 같았다. 그러나 그의 웃음에는 사람을 위로하는 힘이 있었다. 그가 웃으며 물었다.

'왜, 또 악몽을 꾸었느냐?'

그녀가 잠시 멍한 표정을 지었다가 곧 와앙, 소리를 내며 그의 품으로 달려들어 그를 꼭 끌어안았다.

'사부, 흑흑……. 연아는 무서워요!'

백의 사부가 가볍게 그녀의 머리를 쓰다듬어 주며 물었다.

'무엇이 무서우냐?'

그녀는 대답할 말을 찾지 못했다. 꿈속의 소녀는 그녀가 아니었고, 꿈속의 사람들도 그녀가 아는 사람들이 아니었다. 그런데 무엇이 무서운 걸까? 그녀도 알 수 없었다.

비연은 백의 사부를 꽉 끌어안은 채 한참 동안 아무 말도 하지 않았다. 무서울 때, 불안할 때 그저 백의 사부를 안고 있으면…… 그의 따뜻한 품에 숨으면 그녀의 마음도 안정되었다.

그녀는 그를 끌어안을 뿐 아니라 작은 얼굴을 그의 가슴에 문질렀다. 그의 심장에 달라붙고 싶은 듯, 그의 강하고 힘찬 심장 박동을 듣고 싶어서.

악몽에서 울면서 깨어날 때면 백의 사부는 항상 이렇게 그녀에게 안긴 채 그녀가 제 가슴에 얼굴을 문지르도록 내버려 두었다. 그러나 그날, 백의 사부가 가볍게 그녀의 손을 잡아끌고 여전히 다정하게 웃으며 말했다.

'연아, 이만 됐다.'

비연이 사부를 놓지 않고 계속 끌어안았지만, 백의 사부가 다시 한번 그녀를 끌어냈다. 그녀가 코를 훌쩍이며, 아직 다 자라지 않은 어린아이처럼 자신의 우는 모습을 보여 주었다.

백의 사부가 갑자기 진지하게 그녀의 눈을 보며 미간을 찌푸리고, 웃음기 없는 얼굴로 말했다.

'연아, 너도 이제 급계의 때가 왔다. 다 큰 셈이고, 이제 시집도 갈 수 있지. 오늘부터는 사부를 끌어안으면 안 된다. 몰래 사부의 침상으로 들어와도 안 되고.'

그가 옥비녀를 하나 꺼내 그녀의 머리에 꽂아 준 후 몸을 일으켜 떠났다…….

비연은 그때 처음으로 백의 사부가 미간을 찌푸리는 것을 보았다. 처음으로 백의 사부가 그렇게 진지한 표정을 짓는 것을 보았다. 그리고 그 순간의 백의 사부는, 지금 이 순간의 고운원과 너무나 닮아 있었다.

비연이 기억 속에서 다시 현실로 돌아왔다. 그녀의 눈에서 맑은 눈물이 흐르기 시작했다.

그 순간, 고운원이 갑자기 고개를 돌렸다.

약왕정의 반응

비연이 눈물을 흘리는 것을 보고 고운원이 깜짝 놀랐다.

"왜……, 왜 울고 계십니까?"

비연은 그제야 자신이 제구실을 하지 못하고 있다는 것을 깨닫고 서둘러 눈물을 닦았다. 그러고는 그의 말에 대답하지 않고 오히려 물었다.

"침을 놓으실 건가요? 제가 도와 드릴까요?"

고운원의 겁먹은 눈에 얼마간 다정한 빛이 떠올랐다.

"괘, 괜찮습니까? 아무 일 없지요?"

백의 사부와 같은 얼굴로 이렇게 겁에 질린 듯한 모습이라니, 비연은 갑자기 화가 치밀어 올랐다. 그래서 몸을 굽히고 아주 흉악하게 말했다.

"아무 일이 있지요, 대단한 일이 있다고요. 어서 정역비를 치료해요. 그러고 나면 내가 그 대단한 일을 이야기해 줄 테니까!"

놀란 고운원의 몸이 반대편으로 기울어졌다. 경계하듯 그녀를 바라보았는데, 마치 그녀가 미치지나 않았는지 의심하는 듯했다.

"고 약녀, 우리가 처음 만난 것이 맞습니까? 우리가 무엇을……."

비연이 소리쳤다.

"치료부터!"

고운원이 억울한 얼굴로, 그러나 뭐라 하지는 못하고 중얼거렸다.

"다, 당신이 여기 있으면 내가 집중이 안 되는데……. 혹시……."

그의 말이 끝나기도 전에 비연이 성큼성큼 걸어 멀리 떨어졌다. 그리고 팔짱을 낀 뒤 벽에 기댄 채 기다렸다.

고운원이 그녀를 흘깃 보더니, 더 이상 자신을 방해하지 않을 거라는 사실을 확인하고 나서야 집중하기 시작했다.

그는 약에 담근 침을 쓰고 있었다. 매우 느리게 침을 놓았고, 침을 놓는 방식도 기이했다. 최소한 비연은 지금까지 그런 방식을 본 적이 없었다.

비연은 이제 그를 많이 쳐다볼 수도 없었다. 그의 진지한 얼굴을 보면 또다시 기분을 제어할 수 없을 것 같았기 때문이다.

고운원이 침을 다 놓은 다음에야 그녀는 겨우 그를 볼 수 있었다.

"약이 더 필요한가요?"

"필요 없습니다. 대장군은 이제 별문제 없을 겁니다."

고운원은 몸을 일으키더니 겁먹은 표정으로 문가를 가리켰다.

"하지만 제가 할 말이 좀 있는데……. 노부인께 말씀드려야 합니다."

그는 분명 이 기회를 틈타 방 밖으로 나가 그녀와 이야기하지 않으려는 생각인 것 같았다. 비연이 바로 문 앞을 막아서며 말했다.

"나에게 말해 주어도 똑같아요. 말하세요."

고운원이 난처한 표정으로 계속 아무 말도 하지 않았다.

그가 말을 하지 않으니 비연이 다시 물었다.

"약을 지으실 건가요?"

고운원이 고개를 젓자 비연이 상당히 놀라며 속으로 생각했다. 이자의 의술은 확실히 '은거 의원'이라는 이름에 부끄럽지 않았다. 정역비의 위장병은 고질병이었는데 그는 침 한번 놓는 것으로 치료한 것이다! 이것은 그야말로 신의 경지 아닌가?

약과 혈은 이치가 같다. 비연은 그의 이 침술의 원리를 정말 알고 싶었다. 다만 이 순간 그녀에게는 그렇게 많은 시간이 없고, 또 그럴 만한 심정도 아니었다.

그녀가 굳은 얼굴로 다시 물었다.

"그럼 음식을 먹을 때 주의할 것은요? 보통 이야기하는, 술을 피하고, 짜고 매운 걸 피하고, 너무 많이 먹거나 식사를 거르지 말라는 것 외에 또 피할 것이 있나요?"

고운원은 성실하게 고개를 저었다.

"없습니다."

비연이 다시 물었다.

"그럼 다리의 상처는요? 근육과 뼈를 모두 다쳤는데 얼마나 오래 쉬어야 하는지요?"

고운원이 다시 머리를 흔들더니, 한참을 망설이다가 조심스럽게 물었다.

"고 약녀, 혹시 우리 고씨 가문에…… 원한이라도 갖고 있는 겁니까?"

"없어요!"

비연은 침상에 누운 정역비가 여전히 정신을 차리지 못하고 있다는 사실을 확인한 후, 심호흡을 하고 다시 물었다.

"당신은 고顧운원인가요, 고孤운원인가요? 대체 누구죠?"

고운원은 이해할 수 없다는 표정이었다.

"고 약녀, 그건…… 대체 무슨 뜻입니까?"

비연이 그에게 한 걸음 한 걸음 다가가며 고운원의 눈을 뚫어져라 바라보았다.

"연극은 그만둬요. 나를 속일 수는 없다고요! 어째서 나를 현공대륙으로 보낸 거예요? 계속 나를 속이고 있었어, 맞지요?"

고운원은 비연의 시선을 피하지 않고 그저 멍한 표정으로 그녀를 바라보았다. 대체 뭐라 말해야 할지 모르겠다는 듯한 모습이었다.

비연이 그의 앞에서 발걸음을 멈추고 코를 훌쩍이며 물었다.

"사부, 나를 알아보지 못하는 건…… 정말 내가 필요 없어서예요?"

"사부?"

고운원이 멍한 표정을 지었다가 곧 몇 걸음 물러나더니 재빨리 말했다.

"고 약녀, 머리가 어떻게 된 거라 생각했는데 사람을 잘못 봤던 겁니까? 저는……, 저는 기껏해야 당신보다 너덧 살 많을 것 같은데, 어떻게 사부가 될 수 있겠습니까? 저는 당신을 처음 만났습니다!"

그가 잠시 생각하다가 다시 진지하게 한마디 덧붙였다.

"고 약녀, 우리 고씨 가문은 조상 대대로 지금까지 외부인을 제자로 받아들인 적이 없습니다."

비연도 완벽하게 확신하지 못하는 상태에서 그저 시험해 본 것에 불과했다.

그녀는 질문할 때 그의 시선을, 그의 표정을 유심히 살폈다. 그가 조금이라도 찔려 하는 모습을 보고 싶었다. 그러나 안타깝게도, 두려워하거나 초조해하는 모습 외에는 아무것도 발견하지 못했다.

이자는 정말 백의 사부가 아닌 걸까? 이 얼굴이, 그리고 그렇게나 익숙한 감초 사탕이 단지 우연의 일치일 뿐이라고?

비연이 침묵했다. 고운원이 다시 한 걸음 물러서더니 두 팔을 벌리고 진지하게 말했다.

"고 약녀, 오해가 있었던 것 같습니다. 저를 다시 보십시오. 제 어디가 사부 같습니까?"

"모든 곳이요. 완전히 똑같아요. 심지어 목소리마저 똑같은 걸요. 절대로 잘못 봤을 리 없어요."

비연은 여전히 고집을 부리며 갑자기 약왕정을 그의 앞으로 들이밀었다.

"나는 못 알아보더라도 이건 알아보겠지요!"

고운원이 약왕정을 보며 궁금하다는 표정을 지었다.

"이게……, 이게 뭡니까?"

비연의 눈이 깊어졌다. 마치 버림받은 아이가 갑자기 부모를 찾은 것처럼. 그 눈빛에 담긴 것은 원한이기도 하고 그리움이기도 했다. 그녀는 고집을 부리고 싶었고, 또 울고 싶었다.

고운원은 처음에는 그녀를 보고 있었으나 점차 연운간에 있을 때처럼 어색하고 두려운 듯 그녀의 시선을 피했다. 도망치고 싶은 모양이었다.

비연이 갑자기 그의 손가락을 잡아끌더니 사납게 물어뜯었다. 그리고 그곳에서 흘러나온 피를 약왕정에 묻혔다.

고운원이 온 힘을 내어 그녀를 뿌리치고 멀리까지 도망친 다음, 손가락을 눌러 지혈하며 욕설을 내뱉었다.

"대체, 대체 이 무슨……. 미친 겁니까? 개라도 된 거냐고요? 세상에 비슷하게 생긴 얼굴이 얼마나 많은데, 어째서 이리도 말이 안 통하는 거지?"

비연이 그런 그를 무시하고 멍하니 약왕정을 바라보았다.

지금 약왕정의 주인은 그녀였다. 그녀가 죽거나 혹은 그녀가 주동적으로 약왕정과의 계약을 끊고자 하는 것이 아니라면 약왕정은 더 이상 다른 이와 계약할 방법이 없었다. 그러나 약왕정이 만약 예전에 계약한 이의 피를 만나면, 여전히 그 피는 받아들였다.

진홍빛의 선혈이 약왕정의 뚜껑에 묻어 있었다. 비연은 눈 한번 깜빡이지 않고 지켜보았다. 그러나 그 선혈은 흡수되지 않고, 얼마 지나지 않아 바로 응고되어 핏자국이 되어 버렸다.

어떻게 이럴 수 있지?

비연은 이해할 수 없어 머리를 저었다. 믿고 싶지 않았다. 그러나 사실이 눈앞에 펼쳐져 있었다. 약왕정이 고운원의 피를 인정하지 않았다! 고운원은 백의 사부가 아니었다!

고운원이 화가 머리끝까지 나서 다시 말했다.

"계약한 물건인 모양이죠? 이제 믿겠습니까?"

비연이 고개를 숙였다. 사람 자체가 갑자기 고요해진 것처럼. 그녀는 손수건을 꺼내 힘주어 약왕정에 묻은 핏자국을 닦아 냈다. 입술을 깨문 채 어떻게든 눈물을 흘리지 않으려고 노력했다. 그리고 자신을 위로하기 위해 노력했다.

저자는 백의 사부가 아니다. 그녀는 기뻐해야 하는 거지, 울어서는 안 될 말이었다. 최소한, 백의 사부가 그녀를 부정한 것이 아니니까!

그러나 곧 그녀가 깨문 입술에서 피가 맺히더니, 눈에서는 눈물이 걷잡을 수 없이 흘러내려 약왕정을 적시기 시작했다!

내 기어코, 어떻게든

점차 젖어 가는 약왕정을 바라보던 고운원이 한참 후 시선을 위로 올렸다. 눈물 가득한 비연의 얼굴을 본 그의 눈에 저도 모르게 연민의 빛이 떠올랐다. 그는 잠시 머뭇거리다가 결국은 가까이 다가와 손수건을 건넸다.

"사부를 찾지 못한 모양이지요? 이렇게 다 커서는 코나 훌쩍거리고……. 자, 닦아요. 울지 말고……."

안 그래도 괴롭던 차였다. 익숙한 목소리로 익숙한 방식의 위로를 받으니, 둑이 터진 강물처럼 눈물이 걷잡을 수 없이 흘러내렸다. 분명 백의 사부가 아닌데, 어째서 사람을 위로하는 말투조차 이리 닮은 걸까? 이렇게나!

비연이 갑자기 손을 내밀어 고운원의 입을 막고 소리쳤다.

"조용히 해요! 아무 말도 하지 마!"

고운원은 입을 틀어막혔을 뿐 아니라 감히 움직일 수도 없었다.

비연은 눈물로 얼룩진 눈으로 그를 바라보았다. 그녀는 원래 손을 놓으려 했지만 결국은 참을 수도, 견딜 수도 없었다!

그녀는 갑자기 그의 품으로 뛰어들어 그를 단단히 끌어안은 채 어린 시절처럼 그의 가슴에 얼굴을 묻고 엉엉 울기 시작했다.

"어째서 내 사부가 아닌 거예요! 왜! 사부는 나를 10년 동안 키워 줬어요. 10년 동안이나! 그런데 어떻게 내가 필요 없다고 할 수 있어? 어떻게 나를 버릴 수 있는 거지! 내가 필요 없으면 어째서 집으로 보내 주지 않았을까요? 나는 아빠가 누군지도 몰라, 엄마도 몰라……. 나는 집이 없는데, 나에겐 사부뿐인데! 나는 여기가 싫어요, 나는 자라고 싶지 않아! 나는 사부조차 없는데, 내가 무엇 때문에 어른이 되어야 하지?"

고운원이 그녀를 밀어내려고 손을 들었지만 그녀의 마지막 말을 들은 순간 갑자기 멈췄다.

한참 망설이다가 결국은 손을 쓰지 않았다. 그는 꼼짝도 하지 않고 서서 잠시 고개 숙여 그녀를 바라보았다. 그리고 곧 다시 고개를 돌려 버렸다.

이 순간, 그의 잘생긴 미간이 살짝 일그러져 있었다. 눈에 가득하던 우아함이며 겸손하고 겁 많은 모습은 거의 사라진 것처럼 보이지 않았다. 대신 그의 눈을 채우고 있는 것은 그 나이대 청년에게서는 보기 힘든 깊고 무거운 빛깔이었다. 그가 가볍게 탄식했다.

이렇게 고운원은 비연에게 끌어안긴 채 비연이 울도록 내버려 두었다. 그는 움직이지도 말을 하지도 않았다. 다행히도 정역비의 침실은 아주 깊은 곳에 있어 밖에서는 방 안의 소리를 들을 수 없었다.

한참 후, 비연이 마침내 울음을 멈췄다.

그녀는 이 익숙한 포옹에 연연하고 있었다. 그러나 울음을 멈춘 순간 바로 그를 놓아주었다.

그녀가 믿고 싶지 않다 해도 약왕정이 그를 인정하지 않았다. 그는 백의 사부가 아니었다. 그녀는 고개를 숙인 채 눈물을 닦고 사과했다.

"고 의원, 실례했습니다. 제가 사람을 잘못 보았어요……."

고운원의 눈에 있던 깊고 어두운 빛깔은 사라진 다음이었다. 그가 손수건을 내밀며 가볍게 탄식하듯 달래기 시작했다.

"사람과 사람 사이에는 인연이라는 것이 있고, 인연이 없으면 아무리 얻으려 해도 소용없는 겁니다. 사부가 당신을 원하지 않았다면 무엇 때문에 계속 그를 그리워하고 있는 겁니까?"

비연이 사납게 고개를 들어 다시 한번 그의 눈을 노려보았다. 고운원이 놀란 듯 뒷걸음질 쳤다. 비연은 눈물이 마르기도 전에 고집 센 얼굴로 돌아와 말했다.

"사부도 그런 식으로 말하곤 했죠. 하지만 사부에 대해서만은…… 기어코, 어떻게든! 나는 반드시 찾아내고야 말 거예요!"

고운원이 그녀의 시선을 피하며 여전히 가볍게 탄식하듯 중얼거리기 시작했다.

"집착 역시 병입니다. 마음의 병이지요. 마음의 병은 마음의 약으로 치료하기 마련인데, 권해도 듣지 않겠다면 제가 이야기한들 아무 소용이 없겠지요! 아……, 보세요, 지금 내 옷을 이 꼴로 만들어 놓고. 이대로 나가면 사람들이 어찌 보겠습니까?"

그는 등잔을 들어 자신의 옷을 말리기 시작했다. 그의 가슴 부분이 비연의 눈물로 흠뻑 젖어 있었다.

비연은 그제야 그들을 기다리는 사람들이 있다는 것을 생각해 냈다. 심지어 정왕 전하도 있다는 것을!

냉정을 되찾았다. 사부를 찾기 전, 빙해의 비밀과 자신의 상황을 찾기 전에는 여전히 좋은 악녀가 되기 위해 노력할 작정이었다. 이 속임수가 난무하고 권력을 다투는 대륙에서 살아남기 위해 어떻게든 입지를 굳힐 것이다. 그러니 그녀의 모든 비밀을, 그리고 모든 감정을 잘 숨겨 두어야 했다.

이곳이 싫다 해도 다른 곳으로 갈 방법이 없었다. 다행히도 그녀가 만난 사람들은 전부 그렇게 싫은 이들만은 아니었다. 정왕 전하는 그녀를 많이 도와주었고, 정역비도 오래 사귈 만한 친우였으며, 하소만도 사실 겉으로만 냉정할 뿐 마음을 써 주었다. 또 공정하고 언제나 노력하는 당정 언니나 인재를 아끼는 노집사도 있었다. 그리고……, 그리고 망할 얼음, 사실 그도 그렇게 싫은 것만은 아니었다.

이 인물들을 떠올리자 모든 것이 그렇게 괴롭지만은 않다는 생각이 들었다. 비연이 마침내 웃으며 고운원에게 물었다.

"고 의원, 우리 사부에 대한 이야기를 다른 데서 하시지는 않겠죠?"

고운원이 그녀를 흘깃 보고는 아무 말도 하지 않았다.

비연이 천천히 눈을 감자 고운원이 즉시 자리를 바꿨다. 그리고 그녀에게서 멀리 떨어져 귀찮다는 듯 말했다.

"저는 말이 많은 사람이 아닙니다. 다만 다시 귀찮게 한다면, 제가 예의 없는 행동을 한다고 탓하실 수 없을 겁니다!"

비연은 그를 믿었다.

"고마워요!"

그녀는 재빨리 약왕정에서 약초를 꺼내 부어오른 눈에 가져다 댔다. 새빨갛게 부은 눈으로 밖에 나간다면, 다른 사람들은 속일 수 있을지 몰라도 정왕 전하는 속일 수 없을 테니까!

두 사람은 말없이 각자의 일을 했다. 정역비는 여전히 정신을 차리지 못하고 있었다.

날이 밝아 올 무렵에 두 사람은 마침내 일을 끝냈다. 고운원이 문을 열려고 하자 비연이 다시 한번 막아섰다.

"잠시만요!"

고운원이 화를 내며 물었다.

"아직도 남았습니까?"

비연이 겸연쩍은 듯 그에게 웃어 보였다. 아이처럼 고집을 부리던 그녀가 그렇게 웃기 시작하니 더욱 아이 같았다.

고운원이 그 모습을 보며 잠시 멍한 표정이 되었지만, 비연은 마음에 두지 않고 갑자기 그를 지나 제 몸으로 문을 막아섰다. 마치 방금의 모든 일이 발생한 적도 없다는 태도였다.

비연의 목소리가 은근하게 변했다. 그녀가 헤헤 웃으며 말했다.

"고 의원, 도와주셨으면 하는 일이 있어요."

고운원이 잠시 생각에 빠졌다가, 엄숙한 표정으로 진지하게 말했다.

"다른 사람을 치료하라는 말이라면 대화할 필요가 없습니다. 고씨 가문의 규칙은 엄격하며, 추천장 하나에 진료는 단 한 번만 보고 한 사람만을 구합니다. 저는 정 대장군의 다리를 치료했을 뿐 아니라 대장군의 위장, 그리고 다른 자잘한 문제들까지 모두 치료했습니다. 저는 최선을 다했고, 가문의 규칙은 어길 수 없습니다. 다른 이를 구하고 싶다면 다시 추천장을 가지고 찾아오십시오."

비연도 고씨 가문의 규칙을 이해할 수 있었다. 이 규칙은 사실 스스로를 보호하기 위해 만든 것이었다.

추천장 하나가 바로 한 사람분의 인정을 빚지는 것이며, 또한 한 사람분의 인맥을 의미한다. 이번 경우를 보면, 노집사가 추천장을 썼으니 그 인정은 바로 노집사가 빚진 것이다. 고운원이 무엇인가를 원한다면 노집사가 좌시만 할 수 없는 상황이 된 것이다.

이 인정으로 인한 빚과 인맥을 손에 넣어야 은거 의원도 은거하며 홀로 독야청청할 수 있는 법이다. 외부의 방해를 받지 않고…… 아니, 그보다는 외부의 위협을 받지 않고.

고운원 자신이 이 규칙을 어긴다면 그것은 스스로의 가치를 떨어뜨리는 것이나 마찬가지였고, 동시에 추천장의 가치를 떨어뜨리는 것이었다. 인정으로 인한 빚과 인맥을 잃는다면 세상 사람들이 그와 같은 일개 연약한 의원을 노리지 않을 리 없다. 그렇게 되면 그가 어찌 평온하게 살아갈 수 있겠는가?

그가 백의 사부가 아니라는 것을 확인한 후부터 비연의 머리가 제대로 돌아가고 있었다. 그녀는 심지어 연운간의 그 시위들 모두 고씨 가문이 원래 키우던 이들이 아니라 누군가가 인정에 대한 빚으로 보내 준 것이 아닐지 의심하고 있었다.

아무튼 지금 추천장 하나가 더 있다 해도, 그녀는 그것을 천무제를 위해 쓸 마음은 없었다.

그녀가 재빨리 설명했다.

"고 의원, 다른 이의 병을 봐 달라는 게 아니고, 그저 작은일 하나만 도와 달라는 거예요. 잠시 후 방을 나가면 늙은 태감이 한 명 기다리고 있을 거예요. 그가 무어라 말하건 모두 무시해 주세요!"

세 번, 과분한 총애에 몸 둘 바 몰라

비연은 진료에 대한 일이 아닌 다른 일에 대해서는 고운원과 대화가 통할 거라고 생각했다. 그러나 고운원은 꼬치꼬치 연유를 캐물으며, 이유를 모르면 그녀 말에 따르지 않겠다고 버텼다.

비연은 어쩔 수 없이 천무제를 속인 일을 이야기했다. 그러자 고운원이 화를 냈다.

"젠장, 책임을 나에게 뒤집어씌우려는 거 아닙니까! 흥, 제가 도울 거라 생각지 마십시오!"

그러면서 바로 문을 열려고 했다. 비연이 문을 막으며 불쾌한 듯 물었다.

"그럼 물어볼게요. 천무제와 정 대장군 중 하나를 선택해야한다면 누구를 치료하고 싶어요?"

고운원이 깊이 생각하지도 않고 답했다.

"당연히 정 대장군이죠. 천무제는 약으로 명을 늘렸으니, 신선이 온다 해도 만회할 방법이 없을 테니까."

비연은 바로 이 대답을 기다리고 있었다.

"그럼 제가 한 일이 어디가 잘못된 거죠?"

고운원이 무어라 대답해야 할지 모르겠다는 듯 잠시 멍한 표정을 지었다. 비연이 그를 노려보며 투덜거렸다.

"당신은 은거 의원이니 천무제도 당신에게는 어떻게 할 수 없어요. 하지만 나는 목숨이 날아가는 문제라고요! 고씨 가문 규칙은 당신이 함부로 사람을 치료하지 못하게 할 뿐, 나 같은 사람의 목숨을 구하는 것까지 막는 것은 아니잖아요. 의원인 당신에게 어째서 동정심이라곤 없는 건가요?"

비연은 그가 백의 사부가 아니라는 것을 확신한 후로 점점 더 예의를 지키지 않았다. 그녀는 그의 융통성 없고 신중한 성격을 전혀 좋아하지 않았다.

고운원이 고개를 돌렸다. 어딘가 부끄럽기도 하고 화가 난 것 같기도 했다. 미간을 한참 찌푸리던 그가 마침내 탄식하듯 내뱉었다.

"됐어요, 됐어! 당신 말을 들으면 되잖아요!"

비연의 커다란 두 눈이 금세 반짝이기 시작했다. 그녀가 기뻐하며 몸을 굽혔다.

"고마워요!"

그녀의 찬란한 웃음을 바라보던 고운원의 입가가 살며시 위로 올라갔다. 그러나 안타깝게도 비연은 그 모습을 보지 못했다.

비연이 문을 열려고 하다가 잠시 머뭇거리더니 다시 몸을 돌려 고운원을 진지하게 바라보았다. 그녀의 시선이 두려운지 고운원이 고개를 돌렸다.

비연은 울먹거리고 싶었지만 억지로 웃는 얼굴을 짜내며 일부러 놀리듯 말했다.

"고 의원, 아마 다시는 당신을 보지 못하겠죠. 그리고 아주 나중에나……, 나중에나 사부를 만날 수 있겠지요. 그렇게 쩨

쩨하게 굴지 말고 다시 좀 보게 해 줘요. 부끄러우면 눈을 감아도 좋으니까!"

고운원이 그녀를 향해 고개를 돌렸다. 그러고 싶지 않은 모양이었지만. 그래도 눈은 감았다.

비연은 그가 이렇게 쉽게 승낙할 줄 몰랐다. 갑자기 웃음도 나오지 않았다. 분명 마음을 가라앉힌 상태였지만 눈을 감은 고운원을 보자 다시 그녀의 눈가가 젖어 들었다.

너무 닮았잖아!

눈을 감은 백의 사부의 모습도 이렇게 고요했었지. 고요하고 온유하고, 저절로 풍겨 나오는 매력이 있었어…… 온 세상이 그와 함께 고요해지는 느낌, 그리고 세상 그 무엇도 그를 침범하지 못할 것 같은 느낌.

어린 시절 한밤중에 꿈을 꾸다 울면서 깨면, 그녀는 몰래 사부의 방으로 들어가 그의 이불 속을 파고들었다. 사부에게 달라붙어 잠들고, 아침에 눈을 뜨면 사부의 고요한 얼굴을 볼 수 있었다. 사부가 따로 위로해 주지 않아도 그녀는 그 고요함으로도 모든 두려움을 잊을 수 있었다.

넋이 나간 듯 바라보던 비연은 고운원이 눈을 떴을 때에야 겨우 정신을 차렸다. 그가 자신의 연약한 부분을 보는 것이 두려운 듯 그녀가 재빨리 시선을 피했다. 그러나 고운원은 사실 이미 몰래 눈을 뜨고 그녀를 지켜보고 있었다.

그녀가 담담하게 말했다.

"이만 가지요."

이번에는 고운원이 문을 열지 못하게 했다. 그가 잠시 망설이더니 금침 세 개를 꺼내 비연에게 건넸다.

"음……. 우리에게 인연이 있는 셈이니까, 오늘 제가 상례를 깨기로 하지요. 이 금침 세 개를 받아 두었다가 나중에 무슨 일이 있으면 이것을 가지고 나를 찾아오십시오. 기억해요. 기회는 세 번뿐이라는 걸. 함부로 써서는 안 됩니다!"

비연은 무척 놀랐다. 동시에 마음속 암울한 기분이 순간적으로 사라지는 것 같았다.

노집사에게서 추천장을 하나 더 얻는 것은 불가능할 것이다. 아마 그에 상응하는 조건을 내걸어야 할 터였다! 그런데 지금 고운원이 뜻밖에도……, 뜻밖에도 아무 대가 없이 그녀에게 기회를 준 것이다. 그것도 세 번이나! 설마 환각을 보고 있는 건 아니겠지?

비연이 멍한 표정으로 어쩔 줄 몰라 하고 있었다. 고운원이 잠시 기다리다가, 그녀가 움직이지 않는 것을 보고 바로 금침을 거둬들였다.

"흠흠, 필요 없다면……."

그의 말이 끝나기도 전에 비연이 재빨리 금침을 낚아챘다.

"한번 줬다가 다시 빼앗는 게 어디 있어요! 번복은 안 된다고요!"

고운원은 번복할 마음이 없었다. 오히려 더 진지한 표정으로 엄숙하게 말했다.

"기억해요. 함부로 써서는 안 됩니다!"

비연이 조심스럽게 금침을 갈무리하며 생긋 웃었다.

"어떤 일을 부탁해도 상관없는 건가요?"

고운원은 이제 엄숙할 뿐 아니라 긴장한 표정으로 말했다.

"의술과 관련된 일이 아니라면 다른 것은 꿈도 꾸지 말고요!"

비연의 말은 당연히 농담이었다. 그녀가 참지 못하고 피식 웃었다.

"내가 뭘 할 수 있다고 그렇게 무서워하고 그래요?"

그러면서 기분이 꽤 좋아져서 즐겁게 문을 열었다.

밖에서는 모두가 여전히 기다리고 있었다. 정역비의 두 다리에 문제가 없다는 것을 모두 알고 있었지만 여전히 마음을 놓지 못한 듯했다.

임 노부인이 달려오더니 긴장한 목소리로 물었다.

"고 의원, 역비의 위장병도 근본적으로 치료가 된 건가요?"

고운원이 상황을 설명하자 임 노부인은 기뻐서 말도 제대로 못 이을 지경이었다. 노부인이 한 걸음 뒤로 물러서더니 갑자기 고운원에게 절을 했다. 고운원은 당황스러운 표정으로 재빨리 그녀를 부축했다.

"노부인, 이러시면 안 됩니다. 저로서는 감당할 수 없습니다. 어서 일어나세요!"

임 노부인은 눈물이 그렁그렁한 눈으로, 다른 말은 생각나지 않는 듯 연신 고맙다는 말만 했다. 고운원이 아주 겸손하고 예의 바르게 주의 사항을 설명한 후, 다시 한마디 덧붙였다.

"장군이 비록 완쾌되신 상태지만 침상에서 사흘 정도 더 휴양하셔야 합니다. 절대로 서둘러 침상에서 내려오지 마시고, 보양이 될 음식을 차례대로 드셔야 합니다."

임 노부인은 계속 고개만 끄덕였다.

매 공공이 기회가 왔다 싶었는지 재빨리 앞으로 나서서 자신을 소개하고, 천무제를 대신해 감사의 뜻을 표했다. 하지만 고운원은 그가 공기라도 된 것처럼 대답하지 않았다.

매 공공은 분명히 비연이 먼저 고운원과 이야기했을 거라 생각하고 다시 한번 그에게 눈치를 주었다. 그러나 고운원은 여전히 침묵했다.

난처해진 매 공공이 비연에게 묻는 듯한 시선을 던졌지만 그녀 역시 난처한 표정일 뿐이었다. 매 공공은 바로 일이 이상하게 돌아간다는 것을 눈치챘다. 그가 뭔가 더 말하려 했을 때 군구신이 말했다.

"고 의원, 고생하셨습니다. 본 왕이 연회를 준비했으니 함께 정왕부로 가시지요."

비연이 속으로 기뻐했다. 정왕 전하가 일이 원만하게 수습되도록 그녀를 도와주고 있지 않은가.

과연, 군구신의 말에 매 공공은 더 이상 길게 이야기하지 못했다. 의심이라도 살까 두려운 모양이었다.

고운원이 망설임 없이 거절했다.

"저는 산속에 산 지 오래되어 조용히 지내는 것에 익숙합니다. 하루에 천 리를 갈 수 있다면 바로 돌아갈 수 있을 텐데, 그럴 수 없어 아쉬울 뿐입니다. 정왕 전하의 마음을 마음으로 받아 두겠습니다. 오래 머물기는 어려울 듯합니다."

군구신이 고개를 끄덕이며 다시 권유하지 않고 대신 이렇게 말했다.

"그러시다면 고 의원께서 시간을 지체하실 필요가 없습니다. 본 왕이 빠른 말과 마른 식량을 준비하겠습니다."

고운원이 무척 기뻐하며 예의 바르게 읍했다.

"감사합니다!"

임 노부인은 원래 고운원을 머물게 하고 후하게 사례할 생각이었지만, 이 이야기를 들으니 더 이상 잡을 수가 없었다. 그녀는 계속 방 안의 아들을 걱정하면서도 고운원 곁에 있었다.

이렇게 군구신이 고운원과 앉아서 차를 마시고 다른 이들은 모두 서서 기다리고 있었다. 비연도 군구신 곁에 서 있었다. 매 공공이 그녀를 끌고 나가 제대로 묻고 싶었지만 그럴 만한 담력이 없었다.

말과 마른 식량이 준비되자 군구신이 직접 고운원을 배웅했다. 비연도 그의 곁에 선 채 매 공공을 상대하지 않았다.

매 공공은 상황이 이상한 것을 깨닫고, 시간을 지체할 수 없다는 생각에 재빨리 황궁으로 돌아갔다.

끝까지 도와주겠다

매 공공이 떠난 후에도 군구신 이 '나쁜 사람'은 끝까지 비연을 돕기로 마음먹었다. 그렇지 않으면 비연이 궁에 들어갔을 때 설명할 방법이 없을 테니까.

군구신은 고운원을 정씨 가문 대문까지만 배웅한 것이 아니라 직접 진양성 밖까지 바래다주었다.

비연도 그를 따르며 한마디도 하지 않았다. 그러나 정말로 고운원과 작별할 때가 되자 몹시 안타까운 표정을 지었다.

고운원이 공손하게 읍했다.

"정왕 전하, 이만 가 보겠습니다."

군구신이 바로 예를 되돌렸다.

"바라건대, 후에 다시 만날 기회가 있기를 바랍니다."

고운원이 서둘러 답했다.

"정왕 전하, 저는 의원입니다. 저를 다시 만난다는 것은 결코 좋은 일이 아닐 겁니다. 다시 만날 기회가 없기를 바라는 것이 낫습니다."

군구신이 매우 담담하게 말했다.

"사람의 생로병사는 예삿일이니, 본 왕은 결코 피한 적이 없습니다."

고운원이 자못 인정한다는 듯 웃더니 비연에게로 시선을 돌렸다.

비연은 그가 백의 사부가 아니라는 걸 알면서도 그의 얼굴을 보자 슬픈 마음이 들었다. 마치 다시 한번 백의 사부와 헤어지는 기분이었다.

아쉬워하면서도, 그런 감정을 너무 많이 내보일 수는 없었다. 비연이 엄숙하게 몸을 굽혀 절한 다음 말했다.

"저도 전하와 같습니다. 고 의원, 언젠가 다시 뵐 수 있기를 바라요!"

고운원이 그녀를 보고 다시 군구신을 보았다. 그리고 어쩔 수 없다는 듯 웃으며 말했다.

"그럼…… 나중에 다시 만날 수 있기를 바랍니다. 그럴 기회가 오기를요!"

그렇게 작별한 후 고운원은 말에 올라타 움직이기 시작했다.

비연이 그의 뒷모습을 보며 한없이 아쉬운 표정을 지었다. 군구신도 그를 바라보며 생각에 잠겨 있느라 비연이 평소와 다르다는 것을 눈치채지 못했다.

고운원이 멀리 사라지자 군구신이 말했다.

"고 약녀, 먼저 돌아가도록. 이번 행차는 본 왕이 명을 받들어 너를 호위한 것이니, 궁에 들어가 보고를 드려야겠다."

비연이 잠시 멍해졌다가 곧 그의 뜻을 알아차렸다! 정왕 전하가 고 의원을 배웅하고 다시 궁에 들어간다는 것은, 분명 그녀의 연극에 동참해 주고 그녀 앞에 서 주겠다는 의미였다.

그녀가 재빨리 몸을 굽혔다.

"감사합니다, 전하! 저는 이해하였습니다, 저는⋯⋯."

그녀의 말이 끝나기도 전에 군구신이 한마디 말도 없이 몸을 돌렸다.

비연은 자신이 말이 너무 많았다는 생각에 자책했다. 그러나 속으로는 기쁜 마음을 억제할 수 없었다. 군구신의 뒷모습을 바라볼수록, 흠을 찾으려야 찾을 수 없을 정도로 너무 멋있었다. 보면 볼수록 존경스럽고⋯⋯ 좋았다.

물론 그녀는 알고 있었다. 정왕 전하가 앞에 나서 준다 해도 그녀가 가만히 있어서는 안 된다는 것을.

군구신이 먼저 궁에 들어갔고, 비연도 뒤따라 들어갔다. 군구신이 어서방에서 천무제를 만나는 동안 비연은 매 공공을 찾아갔다.

매 공공이 비연을 보자마자 노하여 소리쳤다.

"이게 대체 어찌 된 일이냐? 황상께서 죄를 물으실 테니 기다리도록 해라!"

비연이 아주 억울하다는 듯 말했다.

"매 공공, 이미 고 의원과 약속했었습니다. 그런데 갑자기 마음이 바뀌었다고 하니 저도 방법이 없었어요. 대장군의 방 안에서 고 의원에게 무릎 꿇고 사정까지 했는데도 소용이 없었어요! 문 앞에서 들으셨겠지만, 정왕 전하께서 초청하셨는데도, 전하의 호의조차 무시하고 식사 한 끼 하지 않고 떠났잖아요. 정말 어쩔 도리가 없었어요."

매 공공이 의심스럽다는 듯 그녀를 훑어보았다. 믿을 수 없다는 표정이었다. 비연이 다시 말했다.

"매 공공, 정왕 전하께서 고 의원을 성문까지 바래다주시겠다고 고집을 부리셨어요. 저는 그분의 시중을 드는 신분이니 막을 수가 없었습니다. 그리고 제가 그러지 마시라 했다면 전하의 의심을 받지 않을 도리가 없었을 거예요! 지금 고 의원은 멀리 가지 못했을 거예요. 직접 한번 다녀오시는 것은 어떨까요?"

매 공공이 매우 불만스러운 듯 그녀를 노려보았지만 시간이 갈세라 재빨리 달려나갔다. 매 공공은 물론, 정왕 전하도 잡을 수 없었던 고 의원을 자신이 잡을 수 있을 거라 생각하지 않았다. 그러나 비연이 이렇게 말했는데 그가 쫓아가지 않는다면 황상이 그에게 죄를 물을 수도 있었고, 비연과 함께 벌을 받을 수도 있었다.

비연은 그를 따라가지 않고 궁 안에서 저녁 무렵까지 기다렸다. 그리고 매 공공이 머리를 숙인 채 의기소침해 돌아오자 재빨리 물었다.

"어땠어요? 따라잡으셨어요?"

매 공공은 이전처럼 그녀를 의심하지는 않는 듯했다. 그도 어쩔 수 없다는 듯 말했다.

"이 고 의원은 보기에는 온화하고 우아한 것 같더니만, 어찌 그리 다루기 어려운지. 내가 계속 따라가면서 입이 바짝 마를 때까지 이야기하고 무릎까지 꿇을 뻔했건만……, 한마디도 상대해 주지 않더군. 나도 방법이 없었어!"

비연은 깜짝 놀랐다. 고운원이 그렇게 느리게 가고 있을 거라고는 생각 못 했던 것이다. 매 공공에게 따라잡히다니! 그리고 더욱 그녀의 생각을 비껴간 것은 고운원이 그녀의 연극에 동참해 매 공공과 말을 섞지 않았다는 사실이었다.

과연! 그래서 매 공공이 더 이상 그녀를 의심하지 않았던 것이다.

매 공공이 천무제 앞에서 직접 그 이야기를 해 준다면 그 누구보다도 신뢰가 갈 터였다. 매 공공이 의심하지 않는 이상, 그녀가 천무제에게 이야기할 때도 상당히 편해질 듯했다.

고운원은 아무래도 일단 도왔다 하면 끝까지 도우려는 것 같았다! 비연은 놀랍고도 기쁜 와중에 고마운 마음이 들었다. 백의 사부로 인한 인연 때문이라고 생각해도 되는 걸까?

매 공공이 앞에 있으니 비연도 그렇게 오래 생각할 여유는 없었다. 그녀가 탄식하며 말했다.

"아, 황상께는 대체 어떻게 말씀드려야 할까요? 매 공공, 저와 함께 황상께 가 주시겠어요?"

"황상께서 아직 정왕 전하와 바둑을 두고 계시니, 내가 먼저 가서 좀 보고 오겠다. 흠, 이 일은 비록 네 잘못은 아니지만 실수는 한 셈이니, 기다리도록!"

그 말에 비연이 또 깜짝 놀랐다. 정왕 전하가 천무제와 바둑을 두고 있다고?

그녀는 그가 보고를 한 후 돌아갔을 거라 생각하고 있었다.

오늘 천무제는 마음이 급할 테고, 바둑처럼 인내심이 필요한 일은 그저 귀찮고 짜증 나기만 할 텐데!

정왕 전하의 그 잘 웃지 않는 냉정하고 오만한 얼굴을 떠올리고, 다시 천무제가 꾹 눌러 참는 모습을 상상하던 비연은 저도 모르게 피식 웃고 말았다.

이렇게 고운원이 책임을 떠맡고, 군구신이 앞으로 나서 주면서 비연의 위기도 무척 가벼운 것이 되었다.

본래 긴장하며 기다렸어야 할 비연이 뜻밖에도 행복한 마음이 되어 있었다. 그녀는 이 대륙에서 귀인이라고 할 만한, 또 친구라고 할 만한 이들을 찾은 셈이다. 사실 그렇게 외롭지는 않은 신세인 것이다.

밤이 되어서야 매 공공이 비연을 데리고 천무제에게로 갔다.

정왕이 보고하면서 자신이 직접 고 의원을 성 밖까지 배웅했다고 말했고, 매 공공도 사정을 자세하게 설명한 후였기 때문에 천무제는 비연에게 더 이상 뭔가를 질문하지 않았다. 얼핏 보기에는 별다른 의심도 하지 않는 것 같았다.

비연이 방에 들어가자 천무제는 크게 노한 빛 없이, 그저 그 엄숙한 얼굴로 음침하게 그녀를 노려보았다. 매우 불만스러운 듯했다.

비연은 어떤 변명도 하지 않고 바로 무릎을 꿇었다.

"황상, 죄를 물어 주십시오!"

천무제가 주먹을 쥐더니 물었다.

"고 의원을 다시 초청해 올 방법이 있느냐?"

비연이 어쩔 수 없다는 듯 탄식했다.

"황상, 제가 무슨 덕이 있어 그럴 수 있겠습니까? 이번에는 그저 신농곡 노집사의 덕으로 초청한 것에 불과합니다. 다시 초청하려는 것에 노집사가 반드시 응한다는 보장도 없고, 필경…… 이 일은 작은 일이 아닙니다. 게다가 노집사가 연유를 묻기 시작하면 제가 황상의 병세에 대해 자세히 이야기하기는 곤란합니다."

천무제는 아쉬운 마음에 계속 주먹으로 탁자를 내리쳤다. 매공공은 곁에서 고개를 숙인 채 한마디도 하지 못하고 있었다.

천무제는 화가 나지 않은 것이 아니었다. 그는 이미 화를 냈고, 그 분노가 그의 머리끝까지 쌓여 있었다.

천무제가 말이 없는 것을 보고 비연은 계속 무릎을 꿇은 채 아무 말도 하지 않았다. 사실 천무제가 그녀에게 벌을 주는 것은 무섭지 않았다. 그녀가 무서운 것은 천무제의 의심을 받는 일이었다. 천무제가 그녀를 의심하지만 않는다면 그녀는 기본적으로 안전했다.

그녀는 현재 정왕부에서 일하고 있지 궁에서 일하고 있지 않았다! 이런 비밀스러운 일로 인해 천무제가 그녀에게 어떤 벌을 줄 수 있을까? 게다가 천무제는 그녀에게서 단약을 얻어 목숨을 부지해야 했다!

천무제는 확실히 분노를 참고 있었다. 한 번, 또 한 번 탁자를 내리치는 힘이 점점 더 강해지고 있었다…….

깜짝 놀라서 모골이 송연

그 순간, 천무제는 분노뿐 아니라 후회하는 마음이 더 컸다!

자신의 병세를 정왕에게 숨기지 말았어야 했다. 정왕의 능력을 생각하면⋯⋯. 만약 정왕이 상황을 알았다면 결코 쉽게 고의원을 보내지 않았을 것이다.

그러나 후회는 후회일 뿐, 여전히 군구신을 경계하기로 마음먹었다.

분명 군구신은 그의 친아들이었다. 그러나 자신이 직접 키운 아들이 아니었다. 군구신이 어린 시절의 기억을 강제로 잃은 일은 그와 황형에게 있어 영원히 꺼림칙했다.

그는 아주 잘 알고 있었다. 군구신에게는 충분한 능력이 있었다. 그러니 그에게 군씨 황족을 맡긴다면 아마 저 높은 곳까지 끌고 가리라. 그는 군씨 황족이 현공대륙을 통일하고, 가장 영예로운 위치에 올라가도록 만들어 줄 수도 있을 것이다.

그러나 군씨 황족을 절대로 군구신에게 맡길 수는 없었다! 군구신의 그 기억이 평생 돌아오지 않을 거라고는 누구도 확신할 수 없으니까!

그는 황형처럼 영생을 갈망하지는 않았지만 죽고 싶지도 않았다. 아니, 죽을 수 없었다. 태자가 성장할 때까지 버티지 못한다 해도, 황형이 진양성으로 돌아올 때까지는 버텨야 했다.

쿵! 쿵! 쿵!

한 번, 또 한 번 탁자를 내리치는 소리가 고요한 어서방에 울려 퍼졌다. 비연은 천무제가 분노를 참고 있다고 여겼을 뿐, 그가 여러 가지를 고려하고 있다는 사실은 알지 못했다.

그녀는 정왕과 천무제의 관계를 답답해하고 있었다. 이들 부자지간에 그렇게 큰 간극과 비밀이 있다는 사실을 결코 알지 못했다.

마침내 천무제가 손을 멈췄다. 그는 더 이상 고운원에 대해 언급하지 않고 노한 목소리로 물었다.

"단약은 어떻게 되어 가고 있느냐?"

의원을 불러올 수 없다면 약에 희망을 걸 수밖에 없었다.

그가 지닌 익신단으로는 기껏해야 반년 정도밖에 버틸 수 없었다. 이번에 약을 찾으러 보낸 이들은 한 명도 돌아오지 않았다. 게다가 다른 이가 약을 연마하면 몇 년이 걸리는데 비연은 몇 달이면 된다고 하니, 그에게는 그녀가 첫 번째 선택일 수밖에 없었다.

사실 비연이 단약을 연마하는 데는 몇 달도 필요 없었다. 많은 양을 한꺼번에 연마하는 것이 아니라면, 집중하면 하루에 단약 한 알을 연마해 낼 수 있었다. 그러나 그녀는 천무제가 그녀를 단약을 만들어 내는 약풍로로 여기게 할 생각이 없어 기간을 늘려 잡고 있었다.

비연이 진지하게 대답했다.

"황상께 말씀드립니다. 이미 약재를 찾았고, 연마하기 시작하였습니다. 안심하셔도 좋습니다. 반년 내로 제가 분명히 단약을 바칠 수 있습니다."

반년. 천무제가 다른 단약을 찾아내지 못한다면 더욱 그녀에게 제약을 받는 신세가 될 것이다. 그리고 다시 반년이 지나면, 약이 손에 있다 해도 그의 생명을 구할 수 없을 것이다!

비연은 아주 명확하게 알고 있었다. 자신이 이렇게 천무제를 위협한다면 천무제는 죽기 전에 분명 그녀에게 손을 쓸 것이다. 그나마 다행인 것은, 그녀에게 아직 반년의 시간이, 어떻게 몸을 뺄지 제대로 계획을 세울 수 있는 시간이 남아 있다는 것이었다.

천무제는 그녀의 대답에 그래도 꽤 만족한 듯 궁금한 목소리로 물었다.

"어디서 약을 연마하고 있느냐? 그리고 어떻게 연마하지?"

비연이 살짝 놀라 바로 강경한 자세로 말했다.

"황상, 제 목숨이 바로 황상께 속해 있습니다. 당연히 최선을 다할 것이니, 다른 일은 근심하실 필요 없사옵니다!"

천무제가 마침내 화를 냈다.

"그게 무슨 말이냐?"

천무제가 이렇게 예를 잃는 것을 비연이 처음 보는 것도 아니었다. 꿇어앉은 다리가 저려 와, 차라리 일어나 천무제의 시선을 받기로 했다.

"사실을 말씀드렸을 뿐입니다!"

천무제는 자신이 급한 상황이니 참지 않을 수 없었다. 그러나 분함을 참는 것 외에도 속으로 비연에게 감탄했다. 그가 가장 총애하는 정왕과 태자도 그에게 이런 식으로는 말하지 못할 테니까.

천무제가 차를 한 모금 마셔 마음을 가라앉힌 후 물었다.

"비연, 이제 사흘 남았다. 석 달의 기간까지 말이다. 어디로 갈 생각이냐?"

비연이 바로 천무제의 뜻을 이해했다. 원래 꽤 괜찮던 마음이 순식간에 저 아래로 내동댕이쳐지는 기분이 들었다.

그동안 너무 바빠 이 일을 잊고 있었다. 마침내 그때가 온 것이다!

정왕 전하는 지금까지 아무 말씀도 하지 않으셨다. 그는 대체 어떤 생각을 하고 있을까?

비연은 계속 이 문제를 피하고 싶었다. 그러나 일이 코앞에 닥쳤으니 부득불 신중하게 생각하지 않을 수 없었다.

정왕 전하는 본래도 그녀를 남겨 둘 생각이 없었던 것 같았다. 이제는 그녀가 황상의 비밀까지 알고 있으니 그녀를 더욱 피하지 않을까? 팔전하 군한인의 상황을 생각하면 정왕 전하께서 그렇게 생각하실 가능성이 높았다.

정왕 전하께서 그녀를 피하려 한다면 그녀 역시 정왕 전하를 피해야 옳았다. 그녀가 어떻게든 정왕부에 남으려 하면 정왕 전하께 귀찮은 일을 불러일으킬 뿐 아니라 그녀 자신도 혐의를 받게 될 수 있었다.

그녀는 천무제를 위협할 수는 있으나 완벽하게 견제할 수는 없었다. 이런 중차대한 시기에는 반드시 한 걸음 내디딜 때마다 신중하게 주위를 살피고 분수를 지켜야 했다. 그렇지 않으면 위협이 성공하지 못할 뿐 아니라, 그 반대로 돌아올 수도 있었다!

아쉬웠다. 그러고 싶지 않았다. 그러나 비연은 한참 망설인 끝에 결국 이렇게 말했다.

"제가 어디에 머물지 황상께서 정해 주시기를 청합니다."

천무제는 이 대답이 상당히 만족스러웠다. 비연이 정왕부에 있겠다고 대답했다면, 아니면 어약방으로 가겠다고 대답해도 천무제는 그녀에게 다른 마음이 있다고 의심했을 것이다! 비연을 곁에 두고, 그를 위해 계속 약을 만드는 데 골몰하게 해야 안심할 수 있었다.

천무제가 만족스러운 기분을 드러내지는 않고, 하하 소리 내어 웃으며 말했다.

"아직 사흘이 남았다. 정왕의 뜻을 보아야겠지? 짐이 정왕에게서 사람을 빼앗아 올 수는 없지 않느냐?"

사람을 빼앗는다고?

이 말에 비연은 천무제가, 그녀가 정왕부에 남아 있기를 바라지 않을 뿐 아니라 제 곁에 두고 싶어 한다는 사실을 깨달았다. 그녀를 어약방으로도 돌려보낼 생각이 없는 것이다!

그녀는 그만 굳어 버리고 말았다. 천무제 곁에서 시중을 든다면 약을 만드는 도구와 무슨 차이가 있을까? 앞으로는 어떤 나날을 보내게 될까?

게다가 천무제는 호색하기로 유명했다. 곁에 있던 시녀는 그저 시중만 드는 것이 아니라 침상에서도 시중을 든다고들 하지 않는가?

비연은 등골이 오싹했다. 온몸의 모골이 송연해 왔다.

천무제가 웃으며 아주 명백하게 의사를 표시했다.

"하하! 사흘 후 정왕이 너를 남겨 두려 하지 않는다면, 너는 이 어서방에 와서 시중을 들게 될 것이다."

어떻게든 버티려 했지만, 비연은 자신이 어떻게 어서방을 떠났는지 모를 정도였다. 그야말로 혼이 나가 버린 것 같았다.

그녀는 정왕부로 돌아오자마자 바로 군구신의 침궁으로 달려가 문을 두드렸다. 그러나 나온 사람은 군구신이 아니라 하소만이었다. 그가 불쾌한 듯 말했다.

"한밤중에 왜 문을 두드리는 거야! 전하께서 이번에 너와 바쁘게 다녀오시느라 피곤하셔서 쉬고 계시단 말이다!"

비연이 다급하게 말했다.

"급한 일이야, 아주 급한 일이란 말이야. 전하를 뵙게 해 줘!"

지금 상황을 보건대, 정왕 전하를 제외하면 그녀를 도울 수 있는 사람은 아무도 없었다.

그녀는 계속 문을 두드렸지만 하소만이 저지했다.

"아무리 큰일이라도 내일 다시 이야기해. 문을 두드려도 소용없어. 전하께서는 듣지 못하실 테니까."

비연은 다급해서 발을 동동 구르면서도 결국 문에서 손을 내릴 수밖에 없었다. 그녀는 엄숙한 눈으로 하소만을 응시하며 진지하게 물었다.

"그럼 전하께서는 언제 일어나시지? 내일 언제 나가시는데?"

하소만이 그런 그녀를 아랑곳하지 않고 대답했다.

"그야 나는 모르지."

비연이 화가 나서 그를 걷어찼다. 하소만이 아파서 비명을 지르더니 소리쳤다.

"망할 계집, 미치기라도 한 건가?"

비연은 그를 상대하지 않고 그 옆에 자리를 잡았다. 이곳에서 기다릴 작정이었다!

발끈한 하소만이 뭐라 하려는 듯 잠시 망설이다가 결국은 그만두고 재빨리 후원으로 향했다.

사실 정왕 전하는 주무시지 않았다. 지금 약욕을 하고 계셨다. 또다시 병이 발작한 것이다!

가장 현명한 선택

한밤중, 정왕부 후원 청류전에는 수증기가 자욱했다. 탕에서는 뜨거운 김이 모락모락 올라오고 있었다. 자연적으로 따뜻한 물에 약광석이며 펄펄 끓는 약탕까지 부으니 보통 온천보다 훨씬 뜨거웠다.

군구신은 목만 밖으로 나오도록 온몸을 약탕에 담그고 있었다. 그러나 그 상황에서도 그의 안색은 여전히 창백했고, 입술도 파랗게 질려 있었다. 이 순간 그가 얼마나 추워하고 있는지는 하늘만이 알 것이다.

그는 비할 데 없이 잘생긴 미간을 찌푸린 외에는 고통을 드러내지 않고 있었다. 심지어 허리를 꼿꼿하게 펴고 앉아 있는 모습에서는 추호도 낭패한 기운이 느껴지지 않았다.

그가 미간을 찌푸린 것은 뼈에 스며 들어오는 한기를 견딜 수 없어서가 아니었다. 매번 발병할 때마다 그의 머릿속을 빠르게 스쳐 가는 장면들 때문이었다.

그는 그것들을 똑똑히 '보기' 위해 갖은 노력을 기울였지만 지금까지도 제대로 본 적이 한 번도 없었다. 그는 이 스쳐 가는 장면들이 잃어버린 그의 기억이라고 확신하고 있었다.

방 안이 적막에 잠겨 있었다. 군구신은 약탕에 잠긴 채……, 고통에 잠긴 채, 거대한 탕 안에서 한없이 고요하고 한없이 외로워 보였다.

족히 한 시진이 넘게 흘렀다. 한기가 슬슬 물러가고 있었다. 군구신의 몸도 겨우 따뜻함을 회복하는 중이었다. 그는 몸을 뒤로 눕혀 탕의 벽에 기댄 채 고개를 젖혔다. 피곤하여 온몸에서 힘이 빠진 것 같았다.

하소만이 그릇을 하나 들고 다가왔다.

"전하, 인삼탕입니다. 뜨거우니 제가 먹여 드리겠습니다."

군구신은 움직이지 않고 잠시 기대어 있다가 눈을 뜨고, 스스로 인삼탕을 받아 마셨다. 이때에야 두근거리던 하소만의 심장이 겨우 가라앉았다.

군구신이 약욕을 끝내고 막 옷을 입었을 때였다. 망중이 총총히 달려 들어와 서신을 하나 건넸다.

"전하, 신농곡 노집사의 서신입니다."

군구신이 재빨리 서신의 내용을 살폈다. 그의 입가에 보기 좋은 미소가 떠올랐다.

하소만은 말할 것 없고 망중까지도 몹시 궁금해하고 있었다. 신농곡 노집사가 무엇 때문에 정왕 전하께 서신을 보낸 걸까? 그리고 대체 저 서신에는 무슨 내용이 적혀 있기에 정왕 전하를 웃게 한 것일까?

군구신은 서신을 챙긴 후 하소만에게 말했다.

"비연은 돌아왔나?"

하소만이 재빨리 대답했다.

"고 약녀는 무슨 급한 일이 있는 것처럼, 돌아오자마자 전하를 찾았습니다. 지금 침전 문밖에서 기다리고 있습니다."

군구신이 바로 바깥을 향해 성큼성큼 걷기 시작했다. 그 뒤를 하소만이 재빨리 쫓았다.

"전하, 고 약녀는 아마 석 달의 기한이 다 되어 가는 일로 온 것 같습니다. 황상께서 계속 그 문제를 주시하고 계십니다. 전하, 절대로 충동적으로 행동하시면 안 됩니다!"

군구신이 말없이 계속 앞으로 걸어갔다. 하소만이 계속 쫓아가려 하자 망중이 가로막았다.

"소만, 네가 신경 쓸 일이 아니다."

화가 난 하소만이 그의 손을 뿌리치고 의연하게 쫓아가, 군구신의 앞으로 가로막고 열심히 말했다.

"전하, 고 약녀는 황상의 비밀을 알고 있습니다. 계속 저택에 남겨 두신다면 전하께도, 고 약녀에게도 백해무익입니다. 그리고 황상께서는 이미 측비를 뽑아 두셨는데, 전하께서 고 약녀에게 계속 이렇게 상례를 깨신다면…… 측비 일도 불가피해질 것입니다."

군구신이 미간을 찌푸리며 그를 노려보았다. 그리고 아무 말 없이, 물러가라고 손을 내저었다.

"전하, 저는……."

하소만이 다시 말하려 하자 군구신이 마침내 차가운 목소리로 말했다.

"물러가라!"

하소만은 더 이상 말을 잇지 못했으나, 자리를 떠나지는 않고 바로 무릎을 꿇었다. 군구신이 가라앉은 눈빛으로 그를 걷어차더니 성큼성큼 걸어갔다.

군구신의 발길질은 몹시 매서웠다. 하소만이 바닥에 쓰러진 채 일어나지 못했다. 망중이 다급하게 부축해 일으켜 주며 말했다.

"다 좋은 뜻으로 그런 거야!"

하소만이 한참 생각하더니 울적하게 말했다.

"전하께서 황위를 얻으실 생각이라면 이렇게 귀찮은 일을 할 필요가 없지! 내가 이해할 수 없는 것은, 전하께서는 황위를 원하지도 않으시면서 무슨 빙해의 비밀을 찾고 계신가 하는 거야. 결국은 모두 태자 전하께만 좋은 일이잖아! 원래 태자의 지위는 우리 전하의 것이었어야 하는데!"

망중이 깜짝 놀라 그의 입을 막았다.

"목소리를 낮춰! 그런 말을 함부로 하다니!"

하소만이 그의 손을 뿌리치고 속삭였다.

"전하께서 대황숙께 약속하셨던 것은 아니겠지? 전하께서 대황숙에게 속박되어 계신 것은 아니겠지……?"

망중이 더욱 공포에 질려 다시 한번 그의 입을 막았다.

"허튼소리를 하지 말라고 했지. 계속 말하다니!"

하소만은 어떻게든 계속 이야기하려 했다.

두 사람이 이렇게 서로 다투고 있을 때, 군구신은 이미 후원을 빠져나온 다음이었다. 그는 분명 매우 급하게 걸었지만 멀리 비연이 침전 문 앞에 앉아 있는 것을 발견하자 갑자기 발걸음을 멈췄다. 그는 한참 동안 머뭇거리다가 결국은 다가가지 않고, 다른 방향으로 돌아 저택을 나갔다.

비연은 하룻밤 내내 기다렸다. 그러나 다음 날 해가 중천에 뜨도록 군구신은 나오지 않았다. 그녀는 마침내 정왕 전하가 침궁 안에 없음을 깨달았다. 그녀는 화가 나서 하소만의 방으로 달려 들어가, 그의 옷깃을 잡고 외쳤다.

"거짓말쟁이! 정왕 전하께서 어디 계신지 어서 말해!"

하소만은 제 예상과는 다른 반응에 조금 멍한 표정이었다. 비연은 초조하기도 하고 화도 나서, 다른 손으로 그의 목을 잡고 경고하듯 말했다.

"말할 거야, 말 거야!"

하소만은 여전히 말하지 않았다. 비연이 사납게 그를 밀쳐 버린 후 눈을 가늘게 뜨고 노한 목소리로 말했다.

"하소만, 기다려. 본 소저가 어서방에서 총애를 받게 되면 너를 용서하지 않을 테니까!"

이 말을 들은 하소만이 경악했다.

"뭐라고?"

어서방에서 총애를 받는 자라면 매 공공이 아닌가? 설마 황상이 비연을 어약방이 아니라 자신 곁에 두고 시중을 들게 할 생각이란 말인가?

하소만은 천무제의 품행이 어떤지 너무나 잘 알고 있었다. 그가 놀란 나머지 식은땀을 흘리며 다급하게 외쳤다.

"너, 어째서 미리 이야기하지 않은 거야! 기다려, 내가 가서 전하를 찾아올 테니까!"

그러나 하소만이 하루 종일 찾아다녀도 주인을 찾을 수 없었다. 망중 역시 군구신의 행방을 알지 못했다!

하소만은 괴로움이 극에 달해 제 뺨을 두 번 때리고 다시 비연을 만나러 갔다.

그는 원래 밤낮으로 전하가 그의 말을 듣기를 바라고 있었다. 그러나 지금은 비할 데 없이 후회하고 있었다. 전하가 정말로 그의 말을 듣고 숨어서 비연을 보지 않으려 할까 봐. 전하는 분명 황상이 비연을 곁에 두려 하리라고는 생각지 않았을 것이다!

이 일은 전하가 아니라면 그 누구도 비연을 도울 수 없었다. 사흘은 너무 짧다. 금방 지나가 버리고 말 것이다! 전하가 정말 숨어 버린다면 비연에게는 비참한 미래만이 남아 있었다!

비연은 하루 내내 불안해하며 아무 일도 하지 못했다. 하소만을 본 그녀가 재빨리 물었다.

"어땠어? 전하를 찾았어?"

하소만이 가책을 느끼는 얼굴로 고개를 저었다. 비연은 화가 나서 팔을 휘두르려다가 결국은 그만두었다. 그녀는 화단 옆에 앉아 한숨을 토해 냈다.

하소만은 다시 몇 곳이 떠올라 두말없이 계속 찾으러 나갔다. 비연은 계속 기다리는 수밖에 없었다.

안타깝게도 하소만은 별 소득 없이 돌아왔다. 그렇게 사흘째 밤이 될 때까지 비연은 군구신을 만나지 못했다. 오늘 밤이 최후의 날이었다. 규칙에 따르면, 정왕 전하가 비연에게 남으라고 말하지 않는 한 내일 아침에 그녀는 자동적으로 떠나야 했다. 그녀가 어약방에 가서 보고를 하면 내일부터는 누구라도 마음대로 그녀를 징발해 갈 수 있었다.

사실 비연은 아주 잘 알고 있었다. 이렇게 중요한 시기에 정왕 전하에게 있어 가장 현명한 선택은 바로 얼굴을 드러내지 않는 것이다. 나타나지 않는 것은 의사를 표현하지 않는 것이고, 천무제는 그의 마음을 전혀 꿰뚫어 볼 수 없을 테니까.

하지만 최소한…… 이 일에 대해서는 관심을 보여 주어야 하는 것 아닐까? 최소한 그녀가 두 번 간청했을 때 그녀에게 분명한 답을 주었어야 하는 것 아니었을까?

그녀는 계속 자신이 제 남신의 마음속에서 조금은 자리를 차지하고 있을 거라고 생각해 왔다. 그러나 이 순간, 그녀는 그에게 아무것도 아니었다는 것을 알게 되었다.

비연이 고개를 숙였다. 마음속에서 깊은 실망감과 좌절감이 떠오르고 있었다.

그러나 그녀는 여전히 타협할 생각이 없었다. 자기 자신만의 힘으로 헤쳐 나갈 것이다. 내일 어떤 대가를 치르는 한이 있더라도, 천무제의 곁에 머물지는 않을 것이다!

어약방으로 돌아오다

비연은 밤새도록 잠을 자지 않고, 장약각에 있는 약재를 전부 검사하고 정리한 후 목록을 만들었다. 정왕 전하의 약욕에 필요한 약재도 보충하고, 평소에 급하게 쓸 약재도 보충했다. 그다음에는 후원으로 가서 청류전 안 온천의 약성을 검사하고, 앞으로 약성이 어떻게 변화할지 예측한 다음 자세하게 적어 두었다.

그런 후에야 그녀는 짐을 챙기고 명월거도 깨끗하게 정리했다. 이제 명월거는 아무도 살지 않았던 것처럼 보였다.

다음 날 아침 일찍, 그녀는 약재 목록을 하소만에게 건넸다.

"이 목록대로, 보충해야 할 약재는 모두 보충해 두었어. 필요할 때 못 찾는 일은 없을 거야. 기억해 둬. 외부 약재의 품질은 들쑥날쑥하기 마련이야. 잘 모르는 약재는 함부로 사지 말고, 무엇이건 필요하면 어약방에 가서 얻어 와. 그리고 온천의 약성은 최소한 반년은 그대로 유지될 거야. 정왕 전하께 약광석을 계속 준비하시라고 일깨워 드려 줘."

하소만은 목록을 받았지만 부끄러운 얼굴로 그녀를 제대로 쳐다보지도 못했다. 비연이 그에게 열쇠를 하나 내밀었다.

"명월거 열쇠야. 방은 내가 다 정리해 두었고, 물건들도 그대로니까 따로 보충할 필요는 없어."

하소만이 여전히 고개를 숙인 채 말없이 열쇠를 받았다. 비연이 다시 꾸러미 하나를 건네며 미소 지었다.

"받아, 이건 네 거니까. 아주 좋은 거니까, 흐음, 내가 간 다음에 열어 봐. 분명 마음에 들 거야! 이 후원엔 하인이 몇 없지. 내가 석 달 동안 먹은 밥도 모두 네가 한 거라는 거 알아. 이곳 구석구석을 청소한 것도 너고……. 고마워!"

하소만이 그제야 겨우 고개를 들어 그녀를 마주 보았지만 꾸러미를 받지는 않았다. 비연이 꾸러미를 그의 손에 억지로 쥐여 주며 여전히 웃는 얼굴로 말했다.

"정왕 전하께서는 아마 아주 바쁘신가 봐. 보아하니 내가 작별을 고할 수도 없을 것 같아. 대신 감사하다고 전해 줘."

말을 마친 비연이 몸을 돌렸다. 하소만은 무슨 말이라도 하고 싶었지만 대체 무슨 말을 해야 할지 알 수 없었다. 사흘 동안 그는 매일 온 힘을 다해 정왕 전하를 찾아다녔지만 안타깝게도 찾지 못했다.

그가 입술을 깨문 채 빠르게 앞으로 걸어갔다. 대문 가에 도착하자 하소만이 마침내 참지 못하고 입을 열었다.

"망할 계집, 나도 같이 궁으로 갈 거다! 내가……, 내가, 뭐든 황상께 말씀드려 볼 테니까!"

그의 말투를 들으면 누구라도, 그가 자신도 없으면서 억지로 용기를 쥐어짜 내고 있다는 사실을 알 수 있었다.

비연은 마음이 따뜻해졌다. 그러나 일부러 진지한 얼굴로 경고했다.

"하소만, 본 약녀가 마지막으로 경고하겠는데, 앞으로 나를 계집이라 부르지 말도록 해. 내가 너보다 나이가 많고, 네 누나가 되기에도 아주 충분하니까! 본 약녀가 어약방에서 자리를 잡고 나면, 하하, 돌아와서 너를 손봐 주기에도 충분하고!"

하소만이 마침내 고개를 들어 그녀를 노려보았다.

지난 석 달 동안 비연은 몇 번이나 그와 눈싸움을 하곤 했다. 그러나 이번에는 그러지 않았다. 그녀는 웃으며 보폭을 크게 해 정왕부를 나왔다. 그리고 몸을 돌려 편액 위에 적힌 '정왕'이라는 두 글자를 바라보며 공손하게 몸을 굽혀 절했다.

아무리 아쉽다 해도 이제 그녀는 여기에 머물 수 없었다. 가마를 타고 떠나야 했다.

하소만이 몇 걸음 쫓아가다가 멈춰 손에 든 꾸러미를 열어 보았다. 그 안은 전부 금표였다. 세어 보니 뜻밖에도 정왕 전하께 벌로 삭감당한 반년 치 봉급과 같은 액수였다!

멀어져 가는 가마를 바라보며 하소만이 입술을 꽉 깨물었다. 어떻게든 참으려 했지만 그의 눈가가 결국은 붉어지고 말았다. 평소 일부러 짓는 어른스러운 표정이 그의 어린 얼굴에서 사라지고, 그저 울고 싶지만 울 수도 없는 아이 얼굴로 변했다.

그가 코를 훌쩍거리며 중얼거렸다.

"누나……, 미안해! 미안!"

비연은 사실 하소만을 전혀 탓하고 있지 않았다. 그녀는 이 일에 얽힌 이해관계를 그 누구보다 잘 알고 있었다. 그녀는 가마에 앉은 채 계속 돌아보았다.

점차 멀어져 가니 곧 궁이었다. 비연은 바로 어약방으로 갔다. 천무제가 언제 명을 내릴지 알지 못해 일단 규칙을 따를 생각이었다. 그녀처럼 다른 곳에 징발되어 다녀온 사람은 어약방 관사에 보고를 해야 했다.

어약방에 올 때마다 좋은 일이 있었던 적이 없었다. 이번에도 그녀가 대문에 도착하자 여자들 한 무리가 정원에 서 있는 것이 보였다. 제일 앞에 서 있는 사람은 바로 정역비를 사모하는 온우유였다.

그녀들의 자세를 보니, 분명 그녀를 기다리고 있는 듯했다. 대체 뭘 하려는 걸까? 몇 번이나 그녀를 둘러싸고 시끌벅적하게 굴고도 아직도 부족한 걸까?

비연이 그녀들을 공기처럼 취급하며 고개를 숙인 채 다른 방향으로 향했다. 그때 온우유가 노한 소리로 외쳤다.

"고 약녀, 정왕부에서 석 달 있었다고 아주 기가 살았구나! 일개 약녀 주제에 본 약관을 보고도 예를 행하지 않다니! 설마 너무 오래 떠나 있어서 그새 규율을 다 잊어버린 건 아니겠지? 본 약관이 다시 한번 가르쳐 주어야 할까?"

비연이 미간을 찌푸렸다. 그녀가 떠나 있던 석 달 사이에 온우유가 약녀에서 약관으로 진급한 모양이었다.

약녀는 일단 약사藥士로 진급한 후에 다시 약관으로 진급하게 되어 있었다. 진급할 때마다 엄격한 심사를 거쳐야 했고, 차라리 자리를 비워 둘지언정 아무나 뽑지 않았다. 5년, 10년, 기간을 채웠다 해서 누구나 진급할 수 있는 것도 아니었다.

온우유의 약술은 평범한데 그렇게 단숨에 높은 지위에 오르다니, 뒷배가 대단하긴 한 모양이었다!

그러나 약관이 뭐라고? 뒷배가 센들 또 무어라고?

그녀는 오늘 입궁했고, 만반의 준비가 끝난 상태였다. 언제라도 천무제와 싸울 각오가 되어 있는데 일개 약관 따위를 두려워할 리가 있겠는가.

비연이 아래에서 위로 온우유를 한번 훑어본 다음 가볍게 코웃음 치고 몸을 돌렸다. 온우유가 화가 나서 빠른 걸음으로 쫓아왔다.

"천한 계집, 정 대장군을 그 모양으로 만들고 무슨 낯짝으로 나타난 거지? 네 약술이 그렇게 대단하다며? 끝까지 책임지겠다고도 했다며? 너는 나쁜 일을 몰고 오는 불길한 존재야! 오늘 본 약관이 너에게 제대로 가르쳐 주마! 규칙이라는 게 뭔지, 그리고 염치라는 것이 뭔지 말이다!"

온우유가 손을 휘두르자 비연이 바로 막으며 사납게 뿌리쳤다.

비연은 그제야 정역비가 회복했다는 소문이 아직 퍼지지 않았다는 사실을 알게 되었다. 그녀는 정씨 가문의 집사가 했던 말을 마음에 담아 두지 않았다. 그러나 지금 보니 밖에서 소문이 계속 떠돌고 있는 모양이었다!

비연은 갑자기 정역비가 석 달의 기한이 되면 고씨 집안에 가서 청혼하겠다고 했던 일을 떠올렸다. 그녀는 참지 못하고 웃기 시작했다.

정역비는 이 사흘 동안 아마 침상에 누워 쉬고 있을 것이다. 아니, 임 노부인의 신중한 성격을 생각하면 그에게 사나흘 누워 있게 하는 것으로는 끝나지 않을 것 같았다.

그의 두 다리가 하마터면 못 쓰게 될 뻔했었으니, 분명 이 일은 예전에 잊었겠지? 좋은 일이다. 앞으로는 그를 놀릴 필요 없이, 대신 그에게 말만 앞세우고 지키지 않으니 그녀로서는 감히 그와 혼인할 수 없다고 말하면 된다!

사실 비연은 자신이 천무제와 다투면 다시 정역비를 만날 수 있을지도 확신할 수 없었다. 그녀는 그나마 다행이라고 생각하기로 했다.

온우유는 비연이 웃는 것을 보고 더 화가 난 모양이었다.

"뭘 웃는 거야? 부끄럽거나 미안한 마음이라고는 없는 모양이지? 염치라는 것을 알기는 하나?"

비연은 설명하기 귀찮기도 했거니와 설명할 필요성도 느끼지 않았다. 그녀는 경멸을 담은 눈을 차갑게 빛내며 경고하듯 외쳤다.

"꺼져, 귀찮게 하지 말고!"

온우유가 깜짝 놀라 헉, 숨을 들이마셨다.

"고비연, 제대로 들어. 나는 지금 약관이라고! 너보다 두 등급이나 높단 말이야. 그런데 감히 나에게 그렇게 말한다고? 지금도 네가 정왕부 소속인 줄 아는 거야?"

온우유가 뒤로 물러나더니 차갑게 외쳤다.

"여봐라, 어서 저 규율을 모르는 약녀에게 가르침을 내려 주도록!"

주변에 있던 약녀들과 여자 약사들이 비연을 둘러쌌다. 그리고 소식을 듣고 온 상관영홍이며 여자 약관 몇 명까지 곁에서 이 시끌벅적한 모습을 지켜보기 시작했다. 그러나 그들은 끼어들 생각이 전혀 없어 보였다.

평생 너 하나만을

　며칠 전부터 어약방 사람들은 비연의 거취를 주시하기 시작했다.

　그들은 석 달의 기한이 되었으니 비연이 정식으로 정왕부 소속으로 계속 남지 않을까, 아니면 어약방으로 돌아와 대약사의 조수라도 되지 않을까 궁금했다. 약선 사건에서 비연이 보인 능력이 아주 출중했던 것이다!

　그러나 어제 하루 종일 아무 움직임이 없다가 오늘 비연이 홀로 돌아왔다. 그들 모두 비연이 정 대장군의 두 다리를 치료하지 못해 앞길을 망쳤다고 확신하게 되었다.

　같은 길을 걷는 이들끼리는 서로 다투고, 무리 중에서 아름다운 이가 있으면 질투하기 마련이다. 비연은 이들 중에서도 나이가 가장 어렸다. 그녀의 직급이 낮다 해도 약사들은 여전히 그녀의 약술과 잠재력을 꺼리고 있었다. 비연을 위해 굳이 온우유의 눈 밖에 날 이유도 없었다.

　도움을 주는 이는 없고, 엎친 데 덮친 격으로 부채질하는 이들만 많았다.

　"하하, 규율을 모른다면 아주 잘 가르쳐 줘야지."

　"세상이 변했어. 일개 약녀가 감히 약관님께 싸움을 걸다니. 제대로 교훈을 남겨 주지 않으면 우리 약사들의 체면이 어떻게 되겠어?"

"하하, 며칠 전에도 대약사께서 저 애를 칭찬하시던데. 내가 보기엔 대약사께서도 이번에는 판단을 잘못하신 거야! 패를 잘못 보신 거지!"

차가운 말들이 잇달아 쏟아졌다. 약녀들이 한 걸음 한 걸음 다가왔다. 금방이라도 비연을 찢어 버릴 듯한 기세였다.

비연이 주먹을 꽉 쥐고 있다가 약녀 하나가 갑자기 그녀의 따귀를 내려치려 하자 망설임 없이 발길질을 했다. 한번 해 보자는 거지? 안 그래도 속에서 열불이 끓고 있던 참이었다! 상대가 먼저 시작한 셈이니, 예의를 갖추지 않는다 해도 탓할 사람은 없을 것이다.

아무도 비연이 손을 쓸 거라고는 생각하지 못했던 모양이었다. 약녀 서너 명이 함께 덮쳐 오더니 비연의 머리카락을 잡으려 했다. 비연은 재빨리 그녀들 등 뒤로 피하고는 하나하나 걷어찼다.

약녀 하나가 그녀의 손과 발을 잡아끌려 하자 비연이 다시 사납게 떨쳐 내고, 밀고, 걷어차고, 할퀴었다. 이렇게 비연 혼자서 여럿을 상대했다. 약녀들이 서로 뒤엉키기 시작했다.

비연에게는 독도 있고 비수도 있었다. 그러나 그녀는 계속 맨손으로 상대하며, 제 안의 화를 풀려는 듯 사납게 두들겨 팼다. 결국 약녀 십여 명이 모두 그녀에게 얻어맞고 땅에 엎드린 채 울게 되었다. 비연도 부상을 입어 아프긴 했지만 기분은 매우 통쾌했다!

그녀가 한 걸음 한 걸음 다가가자 온우유가 안색이 창백해져 뒤로 물러났다. 비연이 손을 쓸까 무서운 모양이었다. 비연이 그런 온우유를 쫓아가지 않고 곁에 있던 상관영홍과 여자 약사들을 보며 미소 지었다.

"또 누구 저 때문에 기분 나쁘신 분 계신가요? 오늘 전부 다 나와 보시죠! 약술을 겨뤄도 좋고 힘을 겨뤄도 좋아요. 뭘로 할지는 직접 정하게 해 드리죠! 미리 말씀드리자면, 저는 오늘 궁에 싸우러 왔답니다!"

상관영홍과 여자 약사들 모두 눈을 휘둥그렇게 떴다. 비연처럼 연약하고 세상 물정 모를 것 같은 젊은 여자가 이렇게 싸움을 잘할 거라고는 생각지 못했던 것이다. 지금 이 순간의 비연은 마치 사자처럼, 도저히 범접할 수 없는 위엄이 있었다.

그녀들은 하나같이 겁을 먹었다. 비연이 자신에게 손을 쓸까 두려웠던 것이다. 상관영홍이 다급한 마음에 소리쳤다.

"시위들은 어디 있지? 여봐라, 어서 시위들을 불러라! 고비연이 반역을 일으키려 한다!"

비연은 여전히 웃고 있었다. 몸 안의 나쁜 기운을 모두 빼낸 듯 만족스러웠다! 그녀는 이제 천무제에게 가야 했다. 진정으로 반란을 일으킬 때였다!

곧 시위 여럿이 달려와 비연을 둘러쌌다. 비연이 담담한 표정으로 한마디 하려 했을 때, 갑자기 문밖에서 아주 익숙한 목소리가 들려왔다.

"반란이라고? 그 약녀는 바로 본 장군이 반한 사람인데 누가 감히 모욕하고 있는 건가? 본 장군과 한번 해 보자는 건가?"

이 말을 들은 비연이 멈칫했다. 정역비의 목소리 아닌가? 그가 왔다고?

은빛 전포를 입은 정역비가 성큼성큼 걸어 들어왔다. 크고 훤칠한 몸에 영민하면서도 고집스러운 얼굴. 결코 큰 병을 앓고 일어난 사람 같지 않았다. 아니, 오히려 예전보다 더욱 기세가 높아 보였다. 그가 웃기 시작하자 검은 눈이 별처럼 빛났다.

그 순간 모두가 그의 긴 다리를 바라보며 하나하나 눈을 휘둥그렇게 떴다. 가장 놀란 사람은 바로 온우유였다.

정역비는 비연의 얼굴에 상처가 난 것을 보고 화가 나서, 차가운 눈으로 주변을 둘러보았다.

"누구 짓이지?"

비연에게 얻어맞은 약녀들은 모두 아무 말도 하지 못했고, 온우유는 깜짝 놀랐다. 그녀는 제 마음에 둔 사람을 앞에 두고도 감히 무어라 말하지 못하고, 심지어 제대로 쳐다보지도 못했다.

비연이 상황을 파악했다. 이 중요한 시점에 정역비를 끌어들일 생각은 없었다. 그녀가 앞으로 나가 속삭였다.

"여기는 궁이니, 소란스럽게 굴지 말아요. 나 혼자 처리할 수 있으니 어서 가요!"

정역비가 그녀를 향해 부드럽게 미소 짓더니 갑자기 그녀 앞에 한쪽 무릎을 꿇었다! 비연은 깜짝 놀랐다. 그녀가 한마디 하기도 전에 정역비가 그녀에게 팔찌를 내밀었다. 그리고 주변에 사람들이 많은 것도 신경 쓰지 않고 큰 소리로 외쳤다.

"비연, 너를 원한다! 나에게 시집와 줘! 평생 너만을 바라볼 테니!"

정역비는 사흘 동안 쉬면서도 계속 날짜를 세고 있었다. 모친과는 이미 의논을 끝낸 후였다. 그의 다리가 회복되지 않는다면 그는 비연을 아내로 맞이하지 않을 생각이었고, 회복된다면 반드시 청혼할 작정이었다!

그는 오늘 아침 일찍 모친과 함께 예물을 들고 고씨 저택을 방문했다. 비연이 고씨 저택에 돌아가지 않고 바로 궁으로 갔다는 사실을 알게 되자 그는 쉬지 않고 말을 달려 궁으로 왔다. 자신이 도착하기 전에 비연이 다른 사람에게 징발당할까 봐 두려웠던 것이다.

그녀는 그의 목숨을 두 번 구해 주었다. 그는 자신의 삶을 그녀에게 줄 생각이었다! 모든 힘을 다해 그녀를 평생 지켜 주고 싶었다!

모두 쥐 죽은 듯 고요해졌다. 정역비의 두 다리가 원래대로 회복된 것만으로도 놀랄 노 자였다. 그런데 이렇게 패기만만하고 노골적으로 구혼을 하니, 그야말로 경악하지 않을 수가 없었다!

그 자리에 있던 여자들은 젊건 나이가 들었건, 이 장면을 보고 심장이 두근거렸다. 모두 소녀가 된 기분을 느끼고 있었다!

비연도 당황하고 있었다. 그녀는 스스로에게 묻지 않을 수 없었다. 천무제가 아직 명령을 내리지 않았는데, 정역비의 구혼을 승낙한다면……, 정역비와 혼사를 치른다면, 이 재난을 피할 수 있지 않을까?

답은 '피할 수 있다'였다. 그러나 정역비를 위험한 상황에 빠 트릴 수도 있었다. 천무제가 지금 당장은 그를 죽이지 못한다 해도 살심이 일어 천천히 일을 도모할 수도 있었다. 그러니 결 코 정역비와 혼례를 치를 수 없었다!

하물며, 그와 혼인하고 싶지도 않았다. 그를 좋아하지 않으 니까!

비연이 일부러 싫은 표정을 지으며 말했다.

"정역비, 지금이 어느 때인데 이제야 구혼하러 온 거죠? 늦 었어요. 난 당신과 혼인할 생각이 없어요. 그러니 어서 이 자리 에서 사라져요!"

방금까지 그가 오지 않으면 그를 놀릴 수 있겠다 생각하고 있었다. 그런데 그 기회가 이렇게 빨리 올 줄이야.

사람들은 비연의 말에 경악하며 아무 말도 하지 못했다. 특 히 온우유의 눈에 담긴 질투심은 그야말로 살인이라도 할 기세 였다. 이 여자가 대체 왜 이리 오만하게 날뛰는 걸까? 저렇게나 오만한 남자가, 저렇게나 강직한 정역비가, 수십만 대군을 다 스리는 장군이 무릎을 꿇고 구혼하는데 어떻게 저런 태도를 보 일 수 있단 말인가?

그러나 정역비는 전혀 화가 나지 않은 듯했다. 오히려 매우 즐거운 표정으로 대답했다.

"그렇다면, 원래는 나에게 시집오려 했단 말이지? 하하, 모 친께서 고씨 저택에 계시다. 오늘 아침 일찍 예물을 들고 가셨지. 늦지 않았다고!"

그가 몸을 일으키더니 비연의 팔을 잡아끌었다.

"가자, 같이 고씨 저택으로 가자!"

비연이 대답하려 했을 때 밖에서 갑자기 통보하는 소리가 들려왔다.

"황상께서 행차하신다!"

황상이 오고 있다고? 모두 궁금한 표정으로 서로의 얼굴을 바라보았다. 그러자 정역비가 신이 난 듯 말했다.

"딱 좋네. 황상께 증인이 되어 주시라 청하면 되겠어!"

비연의 심장이 쿵, 바닥까지 떨어지는 것 같았다. 그녀는 서슴없이 정역비의 손을 밀어냈다.

곧 궁녀며 태감 여럿이 줄줄이 들어와 양옆으로 늘어섰다. 천천히 들어오는 천무제 옆에 한 여자가 있었다. 맑은 얼굴의 대단한 미인이었다. 다만, 검은 머리를 높이 틀어 올리고 남장을 하고 있었다.

바로 신농곡의 가장 유명한 경매사 당정이었다!

때가 되어 좋은 운이 들어오다

그 자리에 있던 이들은 당정을 몰랐다.

하지만 비연은 깜짝 놀랐다. 당정이 어떻게 이곳에 온 걸까? 그것도 천무제가 직접 데려오다니! 경매사에 불과한 당정이 천무제의 초대를 받았을 리는 없지 않은가?

모두 무릎을 꿇고 예를 행했다. 비연과 정역비도 재빨리 절을 했다.

비연이 당정에게 묻는 듯한 시선을 던졌다. 당정은 비연이 온몸에 상처를 입은 것을 보고 조금 당황하는 듯했지만 곧 그녀를 못 본 척했다. 비연과 알지 못하는 사이인 척하려는 모양이었다.

비연을 바라보는 천무제의 시선이 복잡해 보였다. 그는 본래 매 공공에게 비연을 어서방으로 데려오라고 할 참이었다. 그러나 당정이 갑자기 배알을 청했다. 그녀는 신농곡 곡주의 명의를 대표하여 매우 중요한 이야기가 있으니, 비연을 보고 싶다고 요청했다.

당정이 노집사를 대표했다면 그가 직접 안내하지 않았을 것이다. 그러나 곡주를 대표한다면 상황이 다를 수밖에 없었다. 어약방으로 오는 동안 계속 이것저것 물어보았으나 아무것도 알아낼 수 없었다.

노집사가 비연을 원했을 때 그는 완곡하게 거절한 바 있었다. 그러나 곡주의 말이라면 신중하게 한 번 더 고려해 보아야 했다. 그러나 그가 지금 이해할 수 없는 것은, 곡주가 비연을 원한다면 그에게 이야기해야지 비연에게 직접 사자를 보낼 이유가 없었다! 이 사자는 대체 무슨 일로 온 걸까?

천무제가 모두에게 일어나라고 명하고 당정과 비연을 소개했다.

"당 소저, 어약방 약녀 고비연이다. 그리고 고 약녀, 이쪽은 신농곡에서 사자로 오신 당정 소저다. 오늘 신농곡주를 대표하여 너를 보러 오셨다. 어서 인사를 올리지 않고 무엇 하느냐!"

신농곡주라고?

그 순간 모두 깜짝 놀라 서로 얼굴만 바라보았다. 신농곡이라는 단어는 약학을 하는 이들에게 있어 너무나 신성한 그 무엇이었다! 게다가 신농곡주는 신과도 같은 존재였다!

곡주는 신농곡과 관련한 모든 것을 장악하고 있었다. 심지어 현공대륙 약학계 전체를 장악했다고도 말할 수 있었다. 그러나 신농곡 북산에 은거한 채 사람들 앞에는 거의 나타나지 않았다. 외부인은 말할 것도 없고, 신농곡의 고위층 집사들도 그의 진짜 얼굴을 본 적 없다고 할 정도였다. 그런 신농곡주가 갑자기 비연과 같은 일개 약녀에게 사자를 파견하다니? 대체 무엇 때문일까?

비연도 깜짝 놀랐다. 노집사와 교류가 좀 있기는 했으나 그 신비로운 곡주와는 아무 교집합이 없었다! 대체 어찌 된 일일까?

그녀는 의혹을 품은 채 당정에게 몸을 굽혀 인사했다. 그러나 당정이 갑자기 긴장한 표정으로 재빨리 그녀를 일으켰다.

"아니, 이러면 아니되지요, 고 약녀. 약녀는 우리 곡주 어르신께서 가장 신임하시는 분인데, 제가 어찌 이런 인사를 받을 수 있겠어요. 제가 인사를 올려야 옳지요!"

신임한다고?

이 말에 모두가 경악했고, 천무제도 놀란 표정을 지었다. 그는 속으로 설마 신농곡주조차 비연을 마음에 들어 하는 것은 아닐까 놀라고 있었다. 그리하여 이렇게 공공연하게 비연을 데려가기 위해 온 것은 아닐까?

비연도 도저히 참을 수가 없어 다시 한번 당정에게 질문의 눈빛을 던졌다.

당정이 뒤로 한 걸음 물러서서 공손하게 몸을 굽혔다.

"신농곡의 당정이 고 약녀를 뵈옵습니다! 곡주 어르신의 명을 받아 특별히 약녀께 신농곡의 영예 이사의 직함을 수여하고, 약녀께 신농곡의 약왕령을 드리러 왔습니다!"

당정은 청동으로 만든 영패를 하나 꺼내더니 두 손으로 공손하게 바쳤다. 손바닥 크기의 타원형 영패 정면에는 약 솥 도안이 그려져 있고, 뒤에는 '신농곡'이라는 세 글자가 적혀 있었다.

천무제를 포함해 모두가 눈을 휘둥그렇게 떴다. 그들은 비연이 노집사와 교류가 있다는 사실을 알지 못했다. 그들이 아는 것은 그저 신농곡 '영예 이사'라는 이름이 그 무엇보다도 영예로운 것이며, 신농곡이 신농곡 밖에 있는 약학자를 인정하고 신뢰한다는 의미라는 것이었다!

신농곡은 지금까지 단 세 사람에게 이 '영예 이사'의 직함을 수여했다. 수여받은 이들은 모두 덕망이 높고 약술이 절정에 이른 이들이나, 신농곡의 일에 관여하고 싶어 하지 않는 약학계의 거두들이었다. 그리고 그들 세 사람은 이미 작고했다.

비연처럼 세상 물정 모르는 듯한 젊은 여자가, 어약방의 일개 약녀가 대체 어떻게 그런 칭호를 받을 수 있다는 말인가?

비연도 경악하고 있었다. 노집사가 서신에서 그녀에게 이사 후보라는 신분을 주겠다고 언급한 적 있으나, 영예 이사는 아니었다!

'이사 후보'와 '영예 이사' 둘 다 이름에 불과하긴 하지만, '이사 후보'는 노집사가 서면으로도 임명할 수 있는 직함인 반면에 '영예 이사'는 신농곡 사람이 직접 와서 직함과 영패를 수여해야 했다! 그러니 그 차이를 알 만했다!

비연은 노집사가 자신의 재주를 아낀다는 사실만 알 뿐이었다. 지금까지도 지난번 신농곡에 갔을 때 노집사가 그녀를 데려가고 싶어 정왕 전하와 얼마나 많은 이야기를 나눴는지 알지 못하고 있었다. 그리고 노집사가 이미 천무제에게 비연을 달라고 말한 적이 있다는 사실은 더더욱 알지 못했다. 그러니 이런 대우에 놀랄 수밖에!

그녀가 가장 이해할 수 없는 것은, 어떻게 당정이 신농곡주의 명의를 내걸고 왔느냐 하는 것이었다. 설마 노집사가 신농곡주에게 비연에 대해 이야기한 것일까?

비연은 잠시 그렇게 많은 일을 생각할 수 없었다!

그녀가 갑자기 웃기 시작했다. 사실 영예 이사는 말할 것도 없고, 그녀의 약학 능력이라면 그녀를 진짜 이사에 임명하더라도 해낼 자신이 있었다!

그녀는 오늘 고운원의 금침을 가지고 입궁했다. 고운원의 의술을 청해 올 수 있는 기회를 가지고 천무제와 도박을 해 볼 생각이었다. 금침 하나로 자유의 몸이 되어 신농곡으로 도망친다면……. 그리고 이사 후보의 신분으로 이사의 지위를 두고 경쟁한다면…….

그런데 생각지도 못하게 당정이 한 걸음 먼저 그녀를 찾아온 것이다. 비연으로서는 지금 사양할 때가 아니었다. 오히려 그녀가 바라는 바였다!

비연은 놀라되 기뻐하고 있었을 뿐 당황하지는 않았다. 그녀는 호쾌하게 약왕령을 받고 엄숙한 얼굴로 말했다.

"당 소저, 나를 대신해 곡주 어르신께 감사의 인사를 전해 주세요! 겨우 천염국 어약방 약녀에 불과한 내가 신농곡으로부터 이렇게 신뢰받으니, 삼생의 영광이라고!"

당정이 웃으며 일부러 풍자의 뜻을 섞어 말했다.

"하하! 고 약녀, 보아하니 천염국 어약방에는 그야말로 숨은 인재가 많은 모양입니다!"

이 말에 모두 난처한 표정을 지었다. 가장 곤란해하는 이가 바로 천무제였다!

신농곡에서 비연을 이렇게 중요하게 여기는데 그는 아직도 비연을 일개 약녀로만 지내게 하고 있었다. 그것은 곧 신농곡 주가 비연에게 높은 평가를 내린 것을 부정하는 것 아닌가?

게다가 신농곡이 비연에게 영예 이사 직함을 수여했다는 소식이 곧 밖으로 퍼져 나갈 것이다! 그때가 되면 천하의 모든 사람들이 비연이 여전히 일개 약녀임을 알게 될 테고, 군씨 황족이 눈이 멀어 인재를 알아보지 못한다고 비웃지 않을까?

사실 천무제는 비연을 영원히 약녀의 위치에 두고 싶었다. 어약방에 숨겨 두고 세상 그 누구도 그녀의 존재를 모르게 하고 싶었다. 그러나 지금 그는 아무리 원하지 않더라도 비연을 힘써 키워 주지 않을 수 없는 상황이 되어 버렸다!

그가 비연을 응시하다가 냉랭하게 말했다.

"매 공공, 성지를 받아 적으라. 고비연을 어약방 대약사에 임명하고, 어약방의 모든 일을 관장하게 한다. 그와 동시에 감관태의원, 종1품에 명한다! 상으로 금폐 3만과 비단 30필, 진주 30상자를 내린다!"

종1품?

남궁 대약사나 소 태의보다도 높은 품계였다. 비연이 어약방과 태의원에서 가장 높은 지위에 오르게 된 것이다!

모두 쥐 죽은 듯 고요해졌다. 온우유와 상관영홍 등은 모두 넋이 나간 표정이었다.

비연은 마음속으로 기뻐했다. 자신이 재난을 피하게 되었다는 것을 알고 있었기 때문이다!

그러나 기쁜 와중에도 그녀는 신중하게 속으로, 자신이 얻게 된 이익이며 문제점을 저울질하고 있었다. 신농곡 영예 이사라는 이름이 있는 이상, 그녀가 천무제와 이야기할 때 내걸 수 있는 조건이 더욱 세진 셈이었다!

계획대로 천무제에게 패를 내보여야 할까? 아니면 남겨 두어야 할까?

신임 관리는 화공을 세 번 펼치고

정왕부를 떠난 이상 비연은 계속 진양성에 머물 마음이 없었다.

무척 떠나고 싶었다. 그러나 반드시 신중하게 행동해야만 했다. 한 걸음만 잘못 내디뎌도 모든 것이 원점으로 돌아올 테니까.

고운원의 금침을 조건으로 천무제와 이야기해 볼 수 있으리라 생각했지만, 꽤 큰 위험을 감수해야 했다. 고운원이 말했듯이, 천무제의 병은 치료 불가능하기 때문이었다. 천무제가 집착적으로 자신의 병이 다 나은 다음에야 그녀를 놓아주겠다고 하면, 그녀가 철저하게 질 수밖에 없는 판이었다.

군씨 황족은 신농곡을 꺼리면서 교류하고 있었지만 그렇다고 두려워하지는 않았다. 큰일이라면 결코 쉽게 양보하지 않을 것이다.

신농곡도 현공대륙의 각 세력과 적이 되려 하지 않았다. 그러니 그녀 하나만을 위해 군씨 황족과 맞서려 하지는 않을 것이다.

그녀로서는 모험을 하느니 차라리 이곳에 남아, 실권을 쥔 대약사가 되어 풍요로운 나날을 누리며 재물이나 모으는 편이 나았다.

마음속으로 결정을 내리자 심정이 더욱 좋아졌다. 비연의 눈가에 교활한 미소가 스쳐 갔다.

그녀는 일부러 천무제 앞까지 걸어가 몸을 굽혀 절하며 즐겁게 외쳤다.

"황상의 은혜에 감사드립니다!"

천무제가 지금 얼마나 달갑지 않은지는 하늘만이 알리라.

그는 그저 고개만 끄덕였을 뿐 한마디 말도 건네지 않았다. 심지어 한순간이라도 이 자리에 머물고 싶지 않은 모양이었다. 그가 몸을 돌려 당정에게 말했다.

"당 소저, 짐이 연회를 준비했으니 가도록 하지!"

당정이 비연에게 눈짓한 후 그 자리를 떠났다.

천무제 일행이 떠나자 비연의 입매가 보기 좋은 곡선을 그렸다. 드디어 고생 끝에 낙이 온 것 아닌가!

지금 이 순간, 이 거대한 정원이 그야말로 바람 소리 하나 들리지 않게 고요했다.

정역비가 제일 먼저 정신을 차렸다. 그는 무척 기뻐하며 엄지손가락을 치켜세우더니, 흥분한 목소리로 외쳤다.

"약녀, 정말 대단하다니까! 대체 얼마나 많은 것을 숨기고 있는 거지? 하하, 본 장군의 관품이 충분히 높아 정말 다행이야. 아니었으면 너에게 어울리지 않았을 테니까! 어때, 나에게 시집올 거야?"

"안 가!"

기분이 좋아진 비연이 웃으며 그를 밀어냈다.

정역비가 다시 그녀 앞으로 달려오더니 생떼를 쓰는 것처럼 물었다.

"그럼 대체 어떻게 해야 본 장군에게 올 거야? 어서 말해 줘!"

비연은 다시 한번 그를 옆으로 밀어내며 외쳤다.

"귀찮게 굴지 마요, 바쁘니까!"

"대체 뭐가 바쁜데, 대체⋯⋯."

정역비의 말이 끝나기도 전에 비연이 말을 잘랐다.

"신임 관리는 화공을 세 번 펼치는 법인데, 어떻게 바쁘지 않을 수 있죠?"

정역비가 잠시 멈칫하더니 곧 큰 소리로 웃기 시작했다. 그리고 스스로 한옆으로 물러나 기다리기 시작했다.

이 순간, 안 그래도 고요하던 정원이 그야말로 바늘이 땅에 떨어지는 소리까지 들릴 정도로 조용해졌다. 그 자리에 있는 모두가 창백한 얼굴로 비연을 바라보았다. 모두 몸이 굳은 채 심장이 빠르게 뛰고 있었고, 심지어 다리에서 힘이 풀리는 사람도 있었다.

신농곡의 영예 이사? 어약방 대약사, 감관태의원, 종1품?

비연과 같은 젊은 여자에게는 너무 거대하게만 보이는 행운이라 모두 경악할 뿐이었다.

이 자리에 있는 사람들의 뒷배가 아무리 세다 한들 비연보다 센 사람은 없었다. 그리고 그들 중 상당수가 비연을 괴롭히고 모욕한 적 있었다. 그러니 어찌 경악하지 않을 수 있겠는가.

그들이 공포에 질려 쳐다보는 가운데 비연이 침착하게 흐트

러진 머리카락을 정리하고 옷도 단정하게 정돈했다. 그리고 제 얼굴에 난 상처를 가볍게 쓰다듬으며 주위에 있는 이들을 훑어보았다.

몸의 원주인의 오랜 원한에 자신의 새로운 원한을 아로새겼다. 그 모든 것을 제대로 갚아 주어야 했다!

그들이 거의 동시에 고개를 숙였다. 자신이 응시당할까 두려운 모양이었다.

그러나 비연은 여전히 모두를 훑어보았다. 방금 비연에게 손을 올렸던 약녀들이 잇달아 무릎을 꿇고 울면서 용서를 빌기 시작했다.

"대약사 어르신, 용서해 주세요!"

"고 대약사님, 온우유가 시킨 일입니다! 우리는…… 억지로 그런 거예요!"

"고 대약사님, 대인의 도량으로 우리를 한 번만 용서해 주세요!"

고 대약사?

정말이지 칭호가 이렇게 빨리 바뀔 줄이야.

비연이 경멸감에, 차가운 목소리로 물었다.

"왜 우는 거지? 졌으면 졌지 울 면목이 남아 있나? 너희들 힘이 아주 세지 않던가? 그 힘을 쓸 데가 없어 문제인 것 같은데? 모두 약노로 강등하고, 석 달 동안 심사할 것이다. 통과하지 못하면 어약원에서 꺼져야 할 거야!"

비연의 말이 떨어지자 울음소리가 바로 멈췄다. 그녀들 모두 더 이상 아무 소리도 내지 못하고 재빨리 그 자리에서 꺼졌다.

비연이 침착하게, 곁에 있던 상관영홍과 약사들을 보며 물었다.

"약녀들이 싸우는 것을 구경하면서, 아주 재미있었지?"

상관영홍이 흠칫 몸을 떨더니 바로 몸을 굽혔다.

"임무에 소홀하였습니다. 제가 잘못했습니다!"

비연이 예의를 차리지 않고 물었다.

"본인 스스로 일을 제대로 하지 못한 것을 안다니, 그럼 본약사가 너를 어약방에서 쫓아낸다 해도 이의가 없겠지?"

이 말에 상관영홍이 바로 차가운 숨을 들이마셨다.

"고비연, 너……."

상관영홍이 마음속으로는 불복한다는 것을 알고 비연이 되물었다.

"내가 어떻다고? 최근 수년 동안, 너는 쓸모없는 이들을 파격적으로 발탁하곤 했지! 그리고 무고한 이들을 얼마나 많이 쫓아냈지? 스스로 잘 알고 있을 텐데! 지금 당장 이 자리에서 꺼지는 게 나을까, 아니면 내가 증거를 찾아오기를 기다려 네 패거리 전부와 함께 쫓겨나는 것이 나을까?"

상관영홍은 한참 동안 아무 말도 못 하다가 결국은 고개를 푹숙이고 그 자리를 떠났다. 그녀는 비연의 현재 신분과 권세라면 자신에 대해 조사하는 것은 손바닥 뒤집는 것만큼이나 쉽다는 사실을 잘 알고 있었던 것이다.

상관영홍이 자리를 떴다. 그녀 곁에 있던 이들 대부분은 뇌

물을 주고 그녀에게 발탁되었기에 겁에 질려 전전긍긍하기 시작했다.

비연이 다시 사납게 외쳤다.

"감히 남겠다면, 본 약사도 절대적으로 환영하겠다! 떠나고 싶다면 지금 당장 꺼지도록 하고!"

감히 남아 있을 수 있는 사람이 있을까?

여자 약사 여러 명이 거의 달리다시피 자리를 떠났다. 그들이 이런 방식으로 어약방을 떠나게 된 것은 그녀들이 스스로 일으킨 문제 때문이었다.

비연은 남아 있는 이들을 더 이상 괴롭히지 않았다. 어약방 내부의 인사는 매우 복잡했다. 차마 눈 뜨고 볼 수 없는 수작들도 많았다.

그녀는 아주 명백하게 알고 있었다. 자신이 어약방을 관리하기 시작한 이상 반드시 제대로 정돈해야 했다. 그렇지 않으면 이 일이 후에 그녀의 약점이 되어 버릴 것이다. 그리고 이제부터는 길게 보고 행동해야 했다.

십여 명의 약녀를 강등시키고, 약감과 약사 몇 명을 몰아낸 것으로 그녀도 속 시원하게 화를 풀었다. 충분히 호된 맛을 보여 주며 기선도 제압한 셈이었다.

그녀가 차갑게 외쳤다.

"모두 자리로 돌아가거라! 온우유는 남고!"

남아 있던 이들은 거의 도망치듯 사라졌다. 멀리 있던 남궁대약사도 잠시 망설이는가 싶더니 곧 자리를 피했다.

온우유의 손은 이미 땀으로 흥건했다. 등 뒤에서는 식은땀이 줄줄 흐르고 있었다. 그녀는 지난 3년간 자신이 비연을 어떻게 학대했는지 떠올리고 있었다. 두렵고, 당황스럽고, 후회스러웠다.

"온우유, 온 약관?"

비연이 그녀를 노려보며 중얼거렸다. 사실 비연은 온우유보다 그 뒷배에 좀 더 흥미를 느끼고 있었다. 온우유를 남긴 것도 그 문제를 제대로 알아보기 위해서였다.

비연이 딱히 괴롭히려는 마음 없이 웃으며 말했다.

"정역비, 온 약관이 몇 년 동안이나 당신을 좋아해 왔답니다. 함께 이야기를 나눠 보도록 해요! 나는 먼저 갈 테니!"

말을 마친 비연이 빠른 걸음으로 그 자리를 떠났다.

정역비는 아예 온우유 존재 자체도 몰랐다. 그는 의심 서린 눈초리로 그녀를 바라보았다.

온우유 역시 고개를 들었으나 수치스러움과 억울함, 그리고 긴장으로 인해 눈물을 흘리고 있었다.

온우유가 무슨 말인가 하려 했지만, 정말로 그녀를 몰랐던 정역비는 성큼성큼 비연을 쫓아갔다.

"비연, 기다려! 모친께서 너희 집에서 기다리신다니까! 나랑 같이 가자고!"

정역비가 멀리까지 달려가는 동안 비연은 문밖 화단에 숨어 있었다. 궁을 나가지 않고 당정을 기다릴 생각이었다.

그녀는 이 '영예 이사'가 대체 어찌 된 일인지 제대로 물어봐야만 했다!

　물론 하소만에게 사람을 보내 기쁜 소식을 알리는 것도 잊지 않았다. 정왕 전하가 이 소식을 알게 되면 분명 그녀를 위해 기뻐해 줄 거라고 그녀는 생각했다.

　그러나 이 순간, 군구신은 멀리 대자사에 있었다.

둘이 서로 견제하다

유월 초. 대자사의 오래 묵은 용수나무 잎이 무성했다. 크고 작은 불전들이 산에 기대어 지어져 있었는데, 녹음 속에 들쑥날쑥 불전이 늘어선 모습이 그윽하고 신비로워 보였다.

정오 무렵, 바람이 초목을 스쳐 가는 소리 외에는 대자사 전체가 잠자듯 고요했다. 대웅전 밖 정원에 하늘을 찌를 듯 높이 솟은 용수나무가 한 그루 있었다. 뿌리가 마치 똬리를 튼 용과 같고 무성한 가지와 잎은 거대한 우산처럼 보였다.

그 나무 가장 높은 가지 위에 군구신이 앉아 있었다. 눈을 감고 나무줄기에 기댄 채 가볍게 기남침향 염주를 굴리고 있는 그 모습이 잠든 것 같기도 하고, 깊은 생각에 빠져 있는 것 같기도 했다.

그가 조용히 있으니, 그 잘생긴 얼굴이 더욱 영민하고 출중해 보였다. 마치 하늘이 조각해 놓은 것처럼 완벽하여 흠잡을 데라고는 없어 보였다. 그러나 조용히 있으니 더욱 외롭고 고고해 보이기도 했다. 그를 보는 이라면 누구라도 감히 가까이 갈 수 없는 감정을 느낄 것이다. 세상을 잃고 홀로 있는 듯 차가워 보였다.

고요한 가운데, 그가 갑자기 염주를 꽉 쥐고 동작을 멈췄다. 곧 망중이 옆에 있던 나무에서 그가 있는 나무로 날아와 나지

막한 목소리로 보고했다.

"전하, 다 되었습니다! 당정이 신농곡주 명의로 영패를 전달했습니다. 비연이 대약사, 종1품, 감관태의원으로 진급했습니다. 비연은 그 자리에서 상관영홍을 몰아냈고, 약녀를 열 명 넘게 강등시켰습니다. 듣기로는, 비연이 진급하기 전에 혼자서 열이 넘는 약녀와 대적해 한바탕 싸웠다는군요."

여기까지 듣자, 계속 눈을 감고 있던 군구신이 갑자기 눈을 뜨더니 돌아보았다. 망중이 서둘러 보충했다.

"고 약녀가, 아, 아니지, 고 약사가 이겼습니다. 상처를 조금 입긴 했지만 큰일은 아니고요. 고 약사가…… 싸움에 아주 능하다고 합니다."

망중은 어제 아침까지도 비연 때문에 가슴을 졸이고 있었다. 그러나 당정이 대자사에 들러 정왕 전하를 만나자, 그제야 겨우 진상을 알게 되었다.

비연이 황상의 병세를 간파했을 때 정왕 전하는, 황상이 비연을 곁에 남겨 시중을 들게 할 마음이 있다고 추측했다. 전하는 비연이 노집사와 너무 가까이 지내는 것을 바라지 않았지만, 황상 곁에서 시중을 드는 것은 더욱 바라지 않는 바였다.

둘 중 하나만을 선택해야 하는 상황에서 전하는 누구도 선택하지 않고, 둘이 서로 견제하도록 하는 방법을 택해 비연이 여전히 진양성에 머물도록 했다. 전하께서는 연운간을 출발할 때 노집사에게 서신을 한 통 보내 황상의 병세를 암시했던 것이다.

노집사도 인물이니, 황상이 절대로 비연을 놓아주지 않을 거라는 사실을 곧바로 알아차렸다. 그리고 황상이 약으로 목숨을 부지할 수 없는 상황이 오면, 비연은 분명 생명의 위협을 받게 될 거라는 사실 역시 추측했다!

노집사는 인재를 아끼는 마음이 강한 사람이었다. 그렇다고 천무제와 직접적으로 충돌하고 싶지는 않았다. 그래서 그는 비연에게 '영예 이사'라는 직함을 수여하기로 한 것이다.

그러나 전하께서는 그것만으로는 부족하다는 생각에 노집사에게 신농곡주의 명의를 요구했다. 노집사도 지난번 천무제에게 거부당하면서, 안 그래도 마음에 맺힌 것이 있어 호쾌하게 승낙했다.

노집사가 비록 신농곡주의 전권을 대리하여 신농곡의 모든 일을 처리하고 있었지만, 대외적으로 신농곡주의 명의를 함부로 쓸 수는 없었다. 그는 당정을 진양성으로 보내는 한편 신농곡주에게 가서 간청했다.

사흘 전, 노집사가 좋은 소식을 보내왔다. 그리고 당정이 어젯밤 대자사에 들러 노집사의 친필 서신을 보고는, 밤을 달려 성으로 들어가 대담하게 신농곡주의 명을 받은 사자라고 자칭했던 것이다.

망중이 보기에 전하는 비연이 싸웠다는 말을 듣고 기분이 별로 좋지 않으신 것 같았다. 그래서 재빨리 화제를 바꿨다.

"전하, 그 외에도 다른 일이 있습니다. 임 노부인이 새벽부터 매파를 데리고 고씨 저택에 예물을 들고 갔다고 합니다. 정 대장군은 어약방에 가서 구혼했고요."

이 말을 들은 군구신은 더 기분이 좋지 않아 보였다. 망중이 재빨리 보충했다.

"고 약사가 승낙하지 않았습니다."

군구신은 여전히 기분이 나쁜 듯 물었다.

"어떻게 구혼했지?"

망중이 잠시 고민하다가, 간단하게 요점만 이야기하는 것이 타당하겠다는 결론을 내리고 이렇게 대답했다.

"사람들 앞에서 구혼했습니다."

그러나 군구신이 다시 물었다.

"사람들 앞에서 어떤 식으로?"

망중은 사실대로 대답할 수밖에 없었다.

"한쪽 무릎을 꿇고, 대대로 내려오는 옥팔찌를 주면서 사람들 앞에서 구혼했다고 합니다!"

군구신이 대답하지 않고 다시 망중을 돌아보았다. 좀 더 자세한 상황을 알고 싶은 듯했다.

망중이 쭈뼛하며 계속 말했다.

"정 대장군은…… 또, 또……, 고 약사를 원한다고, 평생 고 약사만을 바라본다고……."

망중은 군구신이 화가 났다고 생각했으나, 군구신은 화가 난 것이 아니었다. 그는 살짝 당황하고 있었다. 그의 눈가에 쓸쓸한 빛이 스쳐 갔다.

잠시 후, 그가 가볍게 웃으며 말했다.

"정역비, 확실히 제멋대로에 시원시원한 사람이지."

망중은 답답해서 참을 수가 없었다.

"전하, 전하께서 원하신다면 전하께서는 대장군보다 더 제멋대로 행동하셔도 됩니다! 여자 하나는 말할 것도 없고, 이 천하도 모두 전하의 주머니 속에 든 물건에 지나지 않습니다! 황상께서는 병이 중하시고, 태자께서도 또한…… 하신데, 전하께서는 어찌……."

군구신이 미간을 찌푸리자 망중은 자신이 도를 넘었다는 것을 알았다. 그는 바로 입을 다물었지만 마음속 가득한 억울함은 풀리지 않았다.

망중은 천무제 뒤에 대황숙이 있다는 사실을 알지 못했다. 대황숙은 군씨 가문의 예전 가주였으며, 군씨 가문을 진정으로 통솔하는 사람이었다.

또한 망중은 자신의 주인인 군구신이 현재 황상과 대황숙을 상대로 연극을 하고 있다는 사실도 알지 못했다. 군구신이 연극을 하는 이유는 바로 자신의 잃어버린 기억을 되찾기 위해서였다.

군구신이 긴 염주를 팔에 감은 다음, 옷소매를 내려 가리며 화제를 돌렸다.

"봉황허영에 대해서는 소식이 있는가?"

빙해에서 이변이 일어난 후, 빙해 상공에서는 용오름 현상이 있었을 뿐 아니라 봉황의 그림자도 나타났다. 그것은 유일한 실마리라 할 수 있어, 군구신은 거액을 써서 전형, 전매에게 반년 내로 봉황허영에 대해 알아 오도록 했다. 지금은 그로부터

한 달이 지난 상황이었다.

망중이 사실대로 보고했다.

"아직 그들의 소식을 받지 못했습니다. 다른 쪽도 진전이 없습니다. 다만 제가 듣기로는, 만진국의 소씨 가문 역시 빙해에 대한 정보를 캐고 있다고 합니다."

군구신이 경계하듯 물었다.

"백리 황족의 뜻인가?"

망중 역시 엄숙하게 대답했다.

"저도 의심 중입니다. 조사하기 위해 사람을 파견하였습니다."

군구신이 고개를 끄덕이며 다시 물었다.

"공기봉리에 대한 것은?"

"사람을 보내 서남쪽 산림을 두루 살피게 하였지만 아무도 찾지 못했습니다. 한 삼소저가 사실을 말하지 않았던 것이 아닌지 의심스럽습니다. 일단 계속 남부 쪽을 찾게 하였습니다."

군구신은 만족스러운 표정을 지었다. 한우아가 그에게 준 공기봉리는 그가 지니는 대신 망중에게 주었다. 예전에는 실물이 없으니 그가 입으로 설명하는 것에 의지할 수밖에 없었고, 꽃을 재배하는 이들도 대부분 잘 이해하지 못했다. 하지만 지금은 실물이 있으니 찾기가 훨씬 수월해졌다.

망중이 계속 여러 가지 일을 보고한 다음 떠났다. 군구신은 계속 그 자리에 앉아 있었다. 그가 성으로 돌아가야겠다고 생각할 무렵, 어린 사미승이 국수 한 그릇을 들고 즐겁게 뛰어오는 것이 보였다. 군구신은 그대로 앉은 채 기다렸다.

어린 사미승, 염진이 나무 아래까지 달려온 다음 고개를 들어 그를 향해 미소 지었다. 두 눈이 가늘게 초승달처럼 변하고, 여릿하니 순수해 보이는 미소가 마치 불법의 힘을 넘어 순식간에 사람의 마음속 모든 잡념을 씻어 내 주는 것 같았다. 그 미소를 보고 있노라면 마치 사월의 봄바람을 맞은 듯 따뜻하고 평온한 기분이 들었다.

염진이 말했다.

"전하, 배고프지 않으세요?"

군구신이 갑자기 멈칫했다. 바로 그 순간, 그의 마음속에 익숙한 느낌이 바람처럼 스쳐 갔던 것이다.

언제였던가. 누군가가 나무 아래에서 바로 이런 식으로 국수 그릇을 들고, 그에게 미소 지으며…….

평생 혼인하지 않을 테야

군구신은 자신이 느끼는 이 기시감이 나무 아래 국수 그릇 때문인지, 아니면 염진의 저 천진난만한 얼굴 때문인지 구분할 수 없었다.

그가 천천히 아래로 뛰어내려 염진을 보며 한참 동안 아무 말도 하지 않았다. 염진이 재빨리 국수를 그에게 내밀었다.

"전하, 국수를 드세요."

군구신이 그제야 정신을 차리고 국수를 받아 들었다. 그리고 나무줄기에 기댄 채 조용히 먹기 시작했다.

그 익숙한 느낌은 일순간에 스쳐 지나가, 그로서는 다시 잡을 수 없었다. 아무리 세심하게 그 느낌을 살피려 해도 결국은 헛수고에 지나지 않았다.

염진이 그의 앞에 가부좌를 틀고 앉아 고개를 갸우뚱한 채 그가 국수를 먹는 것을 보고 있었다. 눈을 가늘게 뜨고 웃는 모습이 무척이나 순수하게 기뻐 보였다.

군구신이 국수를 다 먹자 염진이 그릇과 젓가락을 받아 자리를 떠나려 했다. 염진은 잘 웃는 편이었지만 말이 많지는 않았다. 그 고요한 성격이 군구신과 아주 많이 닮아 있었다.

군구신이 그를 잡고 물었다.

"너는 고아인가?"

대자사는 국사國寺였지만 승려들은 모두 군구신의 사람들이었다. 이 어린 사미승은 늙은 주지가 3년 전부터 키우기 시작하였고, 군구신은 사실 예전부터 아이의 사정을 잘 알고 있었다.

염진이 고개를 끄덕였다.

"네!"

군구신이 다시 물었다.

"몇 살이지? 아홉 살?"

염진이 손가락을 꼽으며 한참 생각하더니 고개를 저었다.

"여덟 살?"

그는 한참 망설이더니, 결국은 깎은 머리를 흔들며 미안한 듯 웃었다.

"여덟 아니면 아홉 살이요."

군구신이 다시 물었다.

"아버지와 어머니가 보고 싶으냐?"

염진은 두 눈이 반짝이도록 웃기 시작했다.

"보고 싶지요."

군구신은 궁금한 마음이 들었다. 그는 지금까지 고아가 부모를 이야기하며 이렇게 즐거운 표정을 짓는 것을 본 적 없었다. 지금 이 순간의 염진은 고아가 아니라 부모로부터 아낌없는 애정을 받는 아이 같았다. 이상한 마음에 다시 물었다.

"부모가 너를 버렸는데도 원망스럽지 않으냐?"

염진은 여전히 웃고 있었다. 어린 나이였지만 그 온화한 미소 속에는 어른들에게서도 찾아보기 힘든 연민이 배어 있었다.

마치 이 절에서 모시는 불상처럼, 마음으로 인간 세상의 모든 죄악을 받아들이고 모든 고난을 슬퍼하는 듯한 모습이었다. 천진무구한 아이가 깨달음을 얻은 부처처럼 대자대비한 표정을 짓고 있었다.

염진이 말했다.

"부모님이잖아요. 용서했어요!"

부모님인데, 용서 못 할 것이 무엇이란 말인가?

군구신이 잠시 멈칫했다. 무엇인가를 떠올린 듯 한참 동안 침묵하던 그는 더 이상 묻지 않고 염진의 머리를 쓰다듬은 후 그 자리를 떠났다.

군구신은 대자사를 떠나 진양성 방향으로 향했다. 그리고 그 순간, 비연은 남궁 대인에게서 어약방의 사무를 인계받고 있었다.

남궁 대인은 비연을 아주 높이 평가하고 있어 이번에 그녀가 발탁된 것에 놀라워하지 않았다. 그가 놀란 것은 바로 비연이 취임과 동시에 불을 지른 것이었다.

인장 몇 개와 사무와 관련한 일을 설명한 후였다. 남궁 대인이 일부러 비연 가까이로 다가와 목소리를 낮추고 일깨워 주었다.

"고 약사, 이 어약방은 자네가 상상하는 것처럼 그렇게 간단하지 않네. 일을 한 가지 더 하는 것보다는 덜 하는 것이 낫지. 우리는 약사니, 약방문만 제대로 파악하면 되는 거야."

비연은 남궁 대인이 바로 이렇게 다른 일에 신경 쓰지 않았기 때문에 어약방에 상관영홍이나 온우유 같은 무리가 생겨난 거라고 생각했다. 그녀는 대답 없이 일단 고개를 끄덕였다.

당정 쪽에 무슨 동정이라도 있는지 확인할 겸, 그녀는 다시 태의원으로 가서 소 태의를 만났다. 소 태의는 정왕 전하의 사람이니, 남궁 대인보다 훨씬 믿을 수 있는 존재였다.

비연은 그와 한참 이야기하고는, 태의원의 일보다는 어약방에 대한 것들을 좀 더 많이 이해하게 되었다.

태의원에서 나오는 약방은 모두 어약방에서 검사한 후 약재를 선별하여 약을 만들게 되어 있었다. 이 두 기구는 사실 서로 협조하는 동시에 견제하게 되어 있었고, 꽤 많은 비밀이 드러날 수밖에 없는 구조였다.

비연은 상황을 이해했다. 이제 어떤 이들이 쓸 만한지, 어떤 이들을 경계해야 할지 마음을 굳혔다.

얼마 지나지 않아 소 태의가 보낸 태감이 소식을 가져왔다. 천무제는 오늘 하루 종일 당정을 직접 대접할 생각이라는 내용으로, 당정이 잠시 동안은 궁에서 나가지 못할 거라는 이야기였다. 명백했다. 천무제는 신농곡의 사자인 당정의 비위를 맞춰 매수할 생각이었다.

비연은 당정이 그렇게 쉽게 넘어갈 사람이라고는 생각지 않았다. 그녀는 태감에게 부탁해 당정에게 몇 마디 전하라고 한 다음, 궁을 나와 고씨 저택으로 향했다.

가는 길 내내 그녀는 골머리를 앓았다. 가능한 빨리 궁 안팎으로 쓸 만한 사람을 찾아내, 자신의 귀와 눈이 되어 줄 이들을 매수해야 했다.

비연이 고씨 저택에 도착했을 때 날은 이미 어두워져 있었다. 그러나 대문 앞은 사람들로 가득해 매우 떠들썩했고, 등불은 대낮처럼 밝았다.

고씨 저택의 열린 대문 앞으로 수많은 보물 상자들이 가지런히 놓여 있었다. 어찌나 많은지 셀 수도 없을 정도였는데, 문 앞에서 계단을 지나 방 안까지 쭉 늘어져 있었다.

보물 상자는 모두 열려 있었다. 안에 든 것은 보석이나 머리 장식 같은 것이 아니라 능라와 주단이었다.

이게 대체 무슨 상황이지? 천무제가 그녀에게 하사한 상이 이렇게 많단 말인가?

비연이 사람들을 밀치고 보석 상자 옆을 지나 저택 안쪽으로 들어갔다. 풍화당 안도 보물 상자로 가득 차 있었는데, 그 안에 쌓여 있는 휘황찬란한 보물들 때문에 눈이 멀 지경이었다.

고 이야와 왕 부인이 만면에 웃음을 띤 채 상석에 앉아 있었다. 특히 왕 부인은 웃느라 눈이 없어질 지경이었다. 그리고 정 역비와 임 노부인이 한옆에 앉아 미소 짓고 있었다. 얼마나 유쾌하게 대화에 몰입하고 있었는지 그들 중 누구도 비연이 돌아왔다는 사실을 눈치채지 못했다.

비연이 귀 기울여 들어 보니 그들은 뜻밖에도 아이 낳는 이야기를 하고 있었다. 조급한 나머지 비연은 곁에 있던 보물 상자의 뚜껑을 사납게 닫았다.

쿵!

정 역비 등이 순간적으로 말을 멈추고 멍한 표정으로 고개를 돌려 비연을 바라보았다. 왕 부인이 가장 먼저 정신을 차렸다. 그녀가 빠른 걸음으로 다가오더니 웃으며 말했다.

"우리 가문 대약사님께서 마침내 돌아오셨구나! 어서 와라, 어서. 노부인과 대장군께서 하루 종일 너를 기다리셨단다."

왕 부인이 다정하게 비연의 팔을 잡아끌었다. 그러나 비연은 전혀 예를 갖추지 않고 그녀를 밀어 버렸다. 왕 부인이 다시 무슨 말인가 하려 하자 비연이 경고하는 시선을 보내 결국은 입을 다물게 만들었다.

이렇게 되니 고 이야와 왕 부인은 말할 것도 없고 임 노부인마저 난처한 표정이 되었다. 그러나 이 일을 시작한 정역비는 아무렇지 않은 듯 다리를 꼬고 앉은 채 그녀를 보며 웃고 있었다.

비연이 방 안을 한 바퀴 돌며 열려 있는 보물 상자를 하나하나 닫고, 마지막으로 정역비에게 엄숙한 표정으로 말했다.

"저를 좀 보실까요!"

정역비가 게으르게 기지개를 켠 후 바로 그녀를 따라 나왔다. 비연이 화가 나서 목소리를 높였다.

"굳이 이렇게 온 성안 사람들이 다 알게 해야 했어요?"

정역비가 불쌍한 척 애걸했다.

"약녀, 그러지 말고 나에게 시집와. 들었잖아. 우리 어머니께서 벌써 손주를 기대하시기 시작한 것을."

그녀가 대약사로 진급했음에도 불구하고 그는 여전히 그녀를 약녀라 부르는 것이 좋았다. 그는 그녀가 평생 그만의 약녀가 되지 못하는 것이 한스러울 지경이었다.

비연이 진지하게 말했다.

"혼인하지 않을 거예요!"

정역비가 애원하듯 물었다.

"대체 언제쯤에나 시집올 생각이 들 것 같아?"

비연이 전혀 망설이지 않고 대답했다.

"평생 시집가지 않을 거예요!"

그러자 정역비가 바로 큰 소리로 웃으며 말했다.

"자, 스스로 평생 시집갈 생각이 없다고 했지? 본 장군이 기억해 두겠어! 언제라도 누군가에게 시집갈 생각이 든다면 본 장군이 가장 먼저 불허하겠다! 굳이 시집을 가려 한다면, 본 장군이 반드시 너를 빼앗아 오겠어!"

뭐라고?

만약, 내가 결정하겠다면

정역비의 말에 비연은 홀연히 깨달았다. 자신이 그의 올가미에 걸린 것이다.

그녀는 방금 평생 시집갈 생각이 없다 했다. 그것은 평생 누군가와 혼인하지 않겠다는 말이 아니라 평생 그에게 시집갈 일은 없을 거라는 이야기였다! 그가 일부러 오해하고 있는 것이다.

비연은 화가 나서 하나하나 설명하고 싶지도 않았다. 그래서 그를 노려보며 외쳤다.

"무뢰한!"

정역비가 입가를 올리며 웃었다. 대체 그녀를 놀리고 있는 것인지, 아니면 진지한 것인지도 알 수 없을 지경이었다.

비연이 갑자기 발끝을 세워 그의 턱을 잡고 그가 웃지 못하게 했다.

"정역비, 정 대장군, 제발 좀 진지해질 수 없어요?"

정역비가 마침내 진지한 표정이 되었다.

"약녀, 나는 처음부터 진심이었어. 지금 혼인하고 싶지 않다면 기다릴 수 있어. 아무리 긴 시간이라도 기다릴 거야."

비연은 화가 나는 것 외에도 어쩔 수 없다는 느낌이 들었다. 그러나 여전히 그의 사정을 봐줄 생각은 없었다. 원래 감정과 관련된 일은 결코 사정을 봐줄 수 없는 것이다.

그녀가 말했다.

"정역비, 당신과 혼인하고 싶지 않아요. 평생 동안 그럴 거예요!"

정역비처럼 항상 제멋대로인 사람이 이 말에 전혀 화를 내지 않았다. 심지어 부끄러워하는 모습조차 보이지 않고 말했다.

"너는 이제 겨우 열여덟 살이야. 평생은 아주 길지. 어째서 그렇게 극단적으로 이야기하는 거지? 나중에 생각이 바뀔지도 모르잖아?"

비연이 그의 턱을 놓아주고 말했다.

"그래요. 평생은 아주 길죠. 그리고 나중에 당신도 나를 기다리겠다는 생각이 바뀔지도 모르잖아요? 어째서 그런 약속을 하는 거죠?"

정역비가 멈칫하더니 곧 큰 소리로 웃기 시작했다.

"약녀, 넌 왜 이렇게 영리하지? 자, 그럼 우리 도박이라도 해볼까? 누가 먼저 생각을 바꾸는지 말이야."

비연은 전혀 흥미가 없었기에 얼굴을 굳히고 그를 몰아내려 했다. 그러나 정역비가 말했다.

"네가 먼저 생각을 바꾸면 나에게 시집오면 되고. 내가 먼저 생각을 바꾸면 나는 평생 아내를 맞이하지 않기로 하지."

비연같이 영리한 사람도 그의 말에 정신이 어지러울 지경이었다. 그녀는 정역비를 신경 쓰지 않고 방 안으로 들어갔다. 그리고 고 이야와 왕 부인을 바라보며, 전혀 예의를 차리지 않고 말했다.

"내 혼사를 당신들이 결정할 수는 없어요! 예물도 전부 돌려 보내도록 해요!"

말을 마친 비연이 일부러 싫은 표정으로 임 부인을 힐끗 보고 말했다.

"임 노부인, 정 대장군의 다리가 회복되었으니 우리 계산도 끝난 셈입니다. 그리고 이제 상황이 많이 다르답니다. 저는 지금 대약사의 신분이고, 신농곡의 영예 이사기도 하지요. 정씨 가문이 제 눈에 들어오지 않는군요!"

말을 마친 그녀는 일부러 가볍게 코웃음을 치고 몸을 돌려 나왔다.

임 노부인이 눈을 휘둥그렇게 떴다.

아무리 그녀가 비연을 좋아하고 또 감사하고 있다 해도, 이런 방식의 거절은 받아들일 수 없었다! 이것은 거절이 아니라 모욕이었다!

임 노부인이 고 이야와 왕 부인을 바라보다가 다시 문가의 정역비를 바라보았다. 그리고 화가 나서 제대로 말도 한마디 하지 못하고 그 자리를 떨치고 나왔다.

정역비는 웃을 수도 울 수도 없어 일단은 서둘러 모친을 따라갔다. 그러면서 비연이 정말 영리하다고 생각했다. 그를 상대하기 어려우니 어머니에게 손을 쓴 것이었다.

정역비와 임 노부인이 떠난 후, 고 이야와 왕 부인은 방 안 가득한 보물 상자를 보며 마음 아파하고 있었다. 어찌나 마음이 아팠던지 그들은 검은 그림자 하나가 풍화당에서 대문가로 움직이는 것도 눈치채지 못했다.

비연은 피곤한 몸을 끌고 요화각으로 돌아왔다. 피곤해서 더 이상 움직이고 싶지도 않은 상태였다. 그녀는 문을 닫자마자 그곳에 몸을 기댄 채 탁한 기운을 내뱉었다.

얼마 지나지 않아 그녀는 겨우 기운을 차리고 웃기 시작했다. 오늘 너무 많은 일이 있었다. 피로가 극에 달해 있긴 했지만 전체적으로 보면 그래도 기쁜 날이었다. 최소한 이 '신분'에 집착하는 세계에서, 그녀는 수많은 이들을 두렵게 만들 신분을 둘이나 손에 넣었다!

비연은 약왕정을 들고 가볍게 문지르며 속으로 중얼거렸다.

'약왕정, 기다려. 내가 모든 것을 안배할 때까지. 난 반드시 빙해와 사부의 비밀을 알아내고 말 거야.'

비연이 속으로 주판을 튕기고 있을 때 등 뒤에서 문 두드리는 소리가 들려왔다. 비연은 고 이야가 왔다고 생각하고 불쾌한 목소리로 외쳤다.

"마지막으로 말해 두겠는데, 내 혼사는 당신이 결정할 수 없어요! 귀찮게 하지 말아요!"

그러나 문밖에 있는 사람이 대답했다.

"만약, 내가 반드시 결정해야겠다고 한다면?"

분명히 일부러 바꾼 것이었지만 낮게 가라앉은 그 목소리는 여전히 듣기 좋았다.

비연은 깜짝 놀라 하마터면 약왕정을 놓칠 뻔했다. 다행히도 약왕정은 그녀의 허리에 매달려 있었다.

비연이 재빨리 문을 열었다. 문밖에 있는 사람은 키가 크고 온통 검은 옷을 입었으며 얼굴에는 은색 가면을 쓰고 있었다. 어두운 밤이 배경이라서일까, 더욱 차갑고 신비스러워 보였다.

비연이 소리쳤다.

"망할 얼음!"

그렇다. 그는 바로 변장한 군구신이었다. 그는 성에 돌아온 후 정왕부로 가지 않고 바로 고씨 저택으로 왔던 것이다.

군구신이 성큼성큼 방 안으로 들어와 문을 닫았다. 그리고 비연이 머무는 곳을 둘러보며, 공간은 좁지만 있을 것은 다 있다고 생각했다. 아래층이 다실과 서재로 나뉘어 있으니 침실은 위층에 있는 게 분명했다.

처음 방문하는 것이었지만 예의는 전혀 신경 쓰지 않았다. 심지어 주객이 전도된 느낌마저 들었다. 그는 다탁 앞에 서서 비연에게 물을 한 잔 따라 준 다음, 그녀에게 가까이 오라고 손짓했다.

비연이 눈썹을 치켜세우고 그를 노려보았다. 그러나 속으로는 다행이라는 생각도 들었다. 그녀는 목욕이 절실한 상태였는데도, 돌아오자마자 목욕하지는 않았기 때문이다.

그녀가 목욕을 하고 있었다면, 그야말로 저 녀석만 좋은 일 아닌가!

그녀가 경계하며 일정 거리를 유지한 채 통명스럽게 물었다.

"꼭 이렇게 한밤중에 찾아와야 하는 건가?"

군구신이 일깨워 주었다.

"문은 두드렸다."

지난번 정왕부의 명월거에서 만났을 때 그녀는 그에게 문을 두드리라고 요구했었다.

비연은 어떻게 대답해야 할지 알 수 없어 재빨리 화제를 돌렸다.

"무엇 때문에 찾아온 거야? 빙해에 대한 소식이라도 들었어?"

군구신이 반문했다.

"한 달이 지났다. 그 약방문의 비밀을 풀었나?"

이 한 달 동안 비연은 계속 바빴고, 조금 전에야 겨우 한숨 돌리던 참이었다. 약방문은 여전히 그녀의 소매 속에 들어 있었다. 그러나 비연은 양심의 가책을 조금도 느끼지 않고 흥정하기 시작했다.

"당신이 나에게 먼저 빙해와 관련한 정보를 준다면 아마 지금 바로 비밀을 풀 수 있겠지. 그렇지 않으면…… 보름은 더 있어야 할 것 같은데."

군구신이 말없이 그녀에게 가까이 오라고 손짓했다. 비연은 그가 정말 빙해에 대한 정보를 가져왔다는 생각에 무척 기뻤다.

그러나 그녀가 재빨리 다가가자 군구신이 진지한 표정으로 그녀의 얼굴을 살펴보고는 물었다.

"싸웠다며?"

비연은 이렇게 빨리 그가 그 일을 알게 될 거라고는 생각지 못하던 차였다.

그녀가 피하려 했지만 군구신이 갑자기 그녀의 턱을 잡아 얼굴을 들게 했다. 그리고 그녀가 그의 손에서 벗어나려 하자 차가운 목소리로 말했다.

"움직이지 마."

비연은 남의 말을 잘 듣는 사람이 아니었기에 계속 발버둥치려 했다. 그러나 군구신은 그녀의 턱을 잡은 채 다른 손으로 갑자기 그녀의 옷깃을 풀기 시작했다.

"움직이지 마. 상처만 보려는 거니까."

비연은 옷깃이 풀리니 온몸이 굳어 버려 감히 발버둥 칠 수도 없었다. 몇 번의 경험으로 그녀는 눈앞의 이 녀석을 이길 수 없다는 사실을 알고 있었다. 그녀가 움직이면 어떤 결과가 돌아올지는 예상할 수 없었다.

군구신은 단추 하나만 푼 후 그녀 목에 남은 찰과상을 세심하게 살펴보았다. 목 아래로는 시선을 떨어뜨리지 않고. 그런 뒤 재빨리 비연의 손을 잡아 소매를 걷어 보았다. 생각했던 대로 그녀의 두 팔에도 상처가 남아 있었다. 상처가 많지는 않았지만 그의 눈에는 매우 거슬렸다.

그가 불쾌한 듯 물었다.

"하루가 다 지났는데, 아직 약도 바르지 않은 건가?"

얼굴의 상처는 비연이 궁에서 이미 처리한 상태라 지금은 흔적도 남아 있지 않았다. 그러나 목과 팔의 상처는 사실 아주 가벼운 편이라 그녀 자신도 제대로 알아채지 못했던 것이다.

망할 얼음이 조용히 분노하는 모습을 보자 상당히 긴장하고 있던 비연의 마음이 저도 모르게 안정되었다.

그녀의 마음속에 낯선, 그러나 동시에 익숙한 감정이 떠오르기 시작했다. 그 감정이 무엇인지는, 그녀 스스로도 제대로 말할 수 없었다…….

설마 그게 정말이라고

비연이 멍한 표정을 짓고 있을 때 군구신이 고개를 들고 물었다.

"약은 있나?"

비연은 분명 아무 잘못도 하지 않았건만 어쩐지 켕기는 듯한 기분이 들었다. 그녀는 마치 현장에서 붙잡힌 도둑처럼 다급하게 시선을 피하고는 몇 걸음 뒤로 물러나 겨우 퉁명스럽게 말했다.

"다른 건 다 없다 쳐도, 설마 약이 없을까?"

등을 돌린 비연이 호주머니에서 아직 다 쓰지 않은 연고를 꺼내 대충 한번 바르고는 옷차림을 정리한 후 다시 돌아섰다. 그리고 군구신이 입을 열기도 전에 다시 퉁명스럽게 말했다.

"사람 좋은 척은 그만둬! 아직 빙해에 대한 정보를 얻지 못했으면 지금 당장 가 보라고. 약방문은 보름 후에 다시 와서 보고!"

군구신은 그녀가 켕겨 하고 있다는 사실을 깨닫지 못했다. 어쨌든 처음 만났을 때부터 비연은 늘 이런 식이었다. 그리고 그는 그녀가 말 잘 듣는 토끼처럼 공손하게 구는 것보다는 이렇게 솔직하게 구는 게 조금 더 좋았다.

그녀가 약 바르는 것을 확인했지만 군구신은 여전히 떠날 생각이 없었다. 그는 자리에 앉아 침착하게 물을 마셨다.

비연은 마음속 이상한 감정은 무시하기로 하고 더욱 사납게 외쳤다.

"계속 무뢰하게 굴고 있네! 당신이 안 간다면 내가 가지!"

이 녀석은 방비가 삼엄한 정왕부도 쉽게 드나드는 녀석이니, 고씨 저택 정도야 말해 무엇하겠는가? 그런 그를 상대할 수는 없지만 숨을 수는 있었다.

그러나 비연이 문을 열기도 전에 군구신이 상당히 엄숙한 목소리로 말했다.

"실마리를 하나 얻었다."

이번에는 비연도 쉽게 그를 믿지 않았다. 그녀가 의심스럽다는 듯 그를 바라보며 기다렸다.

군구신은 매우 명쾌하고 진지하게 이야기했다.

"빙해에 이변이 있던 날, 기상 이변이 있었다. 용오름 현상이 나타났지."

비연도 바로 진지한 표정이 되었다.

"용오름? 그게 어떻게 된 일이지?"

군구신이 탁자를 두드리며 다가오라고 손짓했다.

비연은 이번에는 생각도 해 보지 않고 군구신에게 바싹 다가앉아 흥분한 목소리로 물었다.

"대체 어떻게 된 거지? 그 지역은 천 리를 가도 온통 얼음으로 덮여 있고, 아주 춥고, 또 바람도 없다는데 어떻게 용오름이 나타날 수 있지? 얼음이 독에 물든 것도 다 용오름 때문인가?"

그녀의 얼굴은 흥분과 긴장으로 가득 차 있었다. 빙해에 대한 정보를 얻는 것은 처음이었다. 이 일은 빙해영경과 그녀의 신상과 관련 있으니 어떻게 긴장하지 않을 수 있겠는가?

군구신은 그녀의 흥분한 모습을 눈에 새기며 말했다.

"보아하니, 아는 것이 적지 않은 모양이군."

비연은 기왕 그에게서 정보를 얻기로 한 이상 피할 생각은 없었다. 그녀는 아주 솔직하게 반문했다.

"계속 당신만 기다리고 있을 수는 없잖아?"

군구신은 봉황허영에 대해서는 이야기하지 않고 이렇게만 답했다.

"내가 아는 것은 그저, 빙해에서 이변이 있기 전 빙해 상공에 용오름 현상이 있었다는 것뿐이다. 다른 것은 아직 알아내지 못했다."

비연은 유감스러운 표정을 지었지만 곧 웃기 시작했다.

"실마리가 있는 것은 좋은 일이야. 여기서 더 진전이 있으면 반드시 제일 먼저 나에게 알려 줘. 나도 앞으로 당신의 약방문 관련한 일을 내 우선순위 제일 윗자리에 올려놓고, 바로 풀어 줄 테니까!"

그러고는 바로 약방문을 꺼내 열심히 고민하기 시작했다.

군구신은 감정을 얼굴에 드러내지는 않았지만 마음속으로는 안도의 한숨을 내쉬었다. 사실 그가 용오름에 대해 이야기한 것은 그녀에게 정말로 빙해에 대한 정보를 주기 위해서가 아니라 그녀를 시험하기 위한 것이었다. 그녀와 같은 일개 아가씨가 무엇 때문에 빙해의 수수께끼를 풀고 싶어 하는지 이해할 수 없었던 것이다. 어쨌든 그녀의 반응을 보니 그녀가 다른 이에게 명을 받은 것은 아니라는 확신이 들었다.

'빙해의 수수께끼'는 마치 금기와 같아, 그 누구도 감히 건드릴 수 없었다. 그러나 실제로는 현공대륙의 각 세력이 암중에서 좇고 있었다. 그리고 다른 이들의 동태에도 관심을 기울이고, 타인의 기밀을 훔치려 했다. 누구라도 한 걸음 먼저 진상을 알아낸다면 영생의 기회를 얻을 수 있을 거라 믿고 있었기 때문이다.

군구신은 비연을 얼마나 믿어도 되는지 알지 못했다. 그러나 그녀가 세작이 아니기를 간절히 바라고 있었다.

방 안이 고요한 가운데 시간이 서서히 흘러갔다. 군구신은 집중하고 있는 비연의 얼굴을 바라보았다. 보고 또 보다 보니 그의 눈동자가 점차 깊어 가고, 마침내 홀린 듯한 눈빛이 되었다.

비연이 점점 더 미간을 찌푸렸다. 한참을 고민했지만 단서가 하나도 잡히지 않았던 것이다. 이 약방문에는 약재가 십여 가지 적혀 있었는데, 어떤 약효를 내기 위한 목적이라기보다는 기껏해야 약 이름을 늘어놓은 데 지나지 않았다.

물론 이 약방문은 밀서니 반드시 치료 효과가 있어야 하는 건 아니다. 그러나 비연이 약의 이름은 물론이고 약재의 기운이나 맛, 약이 몸에 작용하는 원리며 약에 숨어 있는 독성까지, 각 방면에서 하나하나 고민해 보았지만 그 안에 무엇이 숨어 있는지 알아낼 수 없었다.

그녀는 이제 이 약방문이 사실 밀서가 아니라 그냥 대충 적어 놓은 약의 목록이 아닐까 의심하기 시작했다. 그러나 망할 얼음이 그렇게 높은 가격을 이야기하고, 빙해의 수수께끼까지 조사해 주겠다고 약속한 것을 보면, 이 약방문이 그렇게 간단한 것은 아닐 것이다.

비연은 다시 한번 읽어 보며 계속 고민했다. 그러나 안타깝게도 반 시진이 지나도록 단서 하나 찾아내지 못했다! 보면 볼수록 어렵기만 했다!

"망할 얼음, 이 약방문……."

그녀가 이렇게 말하며 고개를 들었을 때, 아무 예고도 없이 군구신의 깊은 시선과 마주 보게 되었다. 그녀는 순간적으로 당황했다. 마치 심장이 쿵, 떨어지는 것만 같았다.

군구신도 그제야 정신을 차리고, 거북한 느낌에 바로 시선을 돌렸다. 비연 역시 바로 눈길을 피했지만 귀가 살며시 달아오르는 건 어쩔 수 없었다. 그녀가 설사 바보라 해도, 그가 방금 자신에게 보낸 시선이 어떤 의미인지 알아보지 못할 수는 없었다.

그는 그녀를 좋아한다고 했었다. 설마…… 그게 정말이었다고?

비연이 재빨리 그 생각을 부정했다. 아니, 더 이상 생각하고 싶지 않았다. 그녀는 달아오르는 귀뿌리도 무시하고, 망할 얼음을 향해 진지하게 말하기 시작했다.

"이 약방문은……."

정말 공교롭게도, 군구신도 고개를 돌려 그녀를 보며 말하려던 참이었다.

"네가 만약⋯⋯."

비연이 말을 멈췄고, 군구신이 제법 강하게 말했다.

"만약 그 약방문을 파해하지 못하겠으면, 무엇 때문에 빙해의 수수께끼를 찾으려 하는지 말해 주면 좋겠군."

비연은 아주 진지하게 답했다.

"이 약방문은 예전보다 훨씬 어려워. 하루의 시간을 더 줘!"

군구신이 흥정을 시작했다.

"하룻밤. 내일 태양이 뜰 때 답을 듣고 싶군."

밤의 장막이 내려온 지 얼마 되지 않았으니 날이 밝을 때까지는 네 시진 정도 남아 있었다. 비연이 머뭇거리다가 고개를 끄덕였다.

"좋아! 내일 만나!"

"내일 보지."

군구신이 몸을 일으키더니 서재 쪽으로 발길을 향했다.

비연은 당황해서 재빨리 쫓아갔다. 망할 얼음이 긴 의자에 누운 채 두 손으로 머리를 받치고 잠을 잘 준비를 하고 있었다. 비연이 외쳤다.

"이봐! 이건 뭐 하는 거야?"

군구신이 당연하다는 듯 대답했다.

"기다리는 거지."

"뭐라고?"

"네가 약방문을 파해하기를 기다린다고."

352

"누가 여기서 기다리래! 남녀가 한곳에 있으면 체통이 어찌 되겠어! 여기는 내 규방인데! 혹시 부모님이 제대로 가르쳐 주지 않은 건……."

"그럼 밖에서 기다릴까?"

"당신!"

"약방문이 급해. 한 달이나 기다렸잖아. 빨리 해치우도록."

"망할 무뢰한!"

비연은 '탕' 소리가 나도록 서재 문을 닫았다. 불만스러웠지만, 시간을 재촉해 약방문을 고민하기 시작했다. 이 약방문을 파해하는 일은 그들의 거래가 계속될지 아닐지와 관계가 있으니까. 빙해의 수수께끼를 위해서라도 그녀는 참아야 했다!

서재 안의 군구신은 사실 잠을 잘 생각은 없었다. 하지만 여기 누워 있으니 이유 모를 편안함이 몰려왔다. 마치 대자사에 있을 때처럼 몸과 마음이 편안해, 아주 많은 일들을 잠시나마 잊을 수 있었다. 그는 기남침향 염주를 꺼내 가볍게 굴리기 시작했다. 오늘 밤 그가 그녀를 보러 온 것은 밤을 보낼 곳을 빌리러 온 것이기도 했다.

이 며칠 동안 부황은 정왕부를 철저히 감시하고 있었다. 그는 부황에게 성 밖으로 나가는 모습을 보여 주었다. 그러나 오늘 밤 돌아온 것을 부황이 알게 할 생각은 없었다!

의상, 무척이나 익숙한

잠깐 눈을 붙였던 군구신은 하늘이 밝아 오는 것을 보고 몸을 일으켰다.

가볍게 서재의 문을 열자, 탁자에 엎드려 자고 있는 비연의 모습이 눈에 들어왔다. 가까이 가 보니 손에 약방문을 꼭 쥔 채 잠들어 있었다. 탁자 위에 약그릇이 몇 개 있는 걸 보니 아무래도 약방문에 따라 약을 달여 본 모양이었다.

비연이 하룻밤 동안 약방문의 비밀을 알아내지 못했는데도 그는 전혀 의아해하지 않는 것 같았다.

그녀를 깨우려던 군구신의 눈길이 문득 그녀의 잠든 얼굴에 가서 멎었다. 잠시 후 그는 그녀 이마에 흘러내린 머리카락을 한 올 한 올 넘겨 주기 시작했다. 그 스스로도 의식하지 못했지만 아주 부드러운 동작이었다.

한 사람을 좋아한다는 게 대체 어떤 걸까? 대체 그녀의 무엇이 좋은 걸까?

아마 그 자신도 알지 못할 것이다.

비연이 마치 방해받았다는 듯 속눈썹을 가볍게 떨었다. 군구신이 재빨리 손을 빼 등 뒤로 숨겼다. 그러나 비연은 잠에서 깨어나지 않고 그저 방향만 바꾸더니 계속 잠을 잤다. 군구신이 넘겨 준 머리카락이 다시 아래로 쏟아져 내려 그녀의 얼굴을 가렸다.

군구신이 망설이다가 다시 조심스럽게 그녀의 머리카락을 넘겨 주었다. 그러면서 그녀의 자는 얼굴을 세심하게 살펴보았다. 보고 또 보노라니 이유 모를 익숙한 느낌이 다시 올라왔다.

이 익숙한 느낌이 무엇일까. 마치 예전에도 보았던 것 같은, 그러나 언제 어디서 보았는지는 기억할 수 없는……. 그에게 그녀는 너무나도 익숙한 느낌이었다! 어째서일까?

그때 비연이 중얼거리기 시작했다.

"망할 얼음……, 망할 무뢰한……, 망할 불량배……."

군구신의 표정이 조금 굳었다. 익숙한 감정을 지우고 열심히 귀를 기울였다. 비연은 별다른 말은 하지 않고 그저 '망할 얼음, 망할 무뢰한, 망할 불량배'라는 세 단어만 반복하고 있었다.

꿈속에서 그를 보고 있는 걸까? 그의 어떤 모습을 보고 있는 걸까?

욕을 먹으면서도 군구신은 화가 나지 않았다. 오히려 입꼬리를 슬며시 올리고 있었다.

몰래 약왕정도 한번 살펴보았지만 별다른 점을 발견하지 못했다.

위층으로 올라가 얇은 이불을 가져와 그녀에게 덮어 준 그는 곧 그 자리를 떠났다.

비연이 잠에서 깨니 이미 한낮이었다. 깜짝 놀랐다. 망할 얼음이 방 안에 있는데 그렇게 깊이 잠들다니! 그냥 잠시 눈만 붙이려 했는데!

재빨리 몸을 일으켜 서재로 갔다. 그러나 그곳은 텅텅 비어 있었다. 다시 위층으로 뛰어 올라갔지만 역시 망할 얼음은 보이지 않았다.

"간 건가?"

비연이 고개를 갸웃했다. 그 녀석은 분명 어젯밤에 이 약방문이 아주 급하다고 했다. 그런데 무엇 때문에 그녀를 깨우지 않고 그냥 가 버렸을까? 설마 그녀가 곤히 자는 걸 차마 깨우지 못하고 간 걸까?

비연 스스로도 이 생각이 너무 순진무구하다는 걸 알고 있었다. 그래, 그 녀석에게 분명 이 약방문보다 더 급한 일이 생겼던 거겠지.

그녀가 탁자 가까이로 다가갔다. 약탕을 집어 들던 그녀는 그제야 바닥에 떨어져 있는 얇은 이불을 발견했다. 망할 얼음이 일부러 위층에 가서 이 이불을 가져왔던 걸까? 그럼 그렇게까지 다급하게 떠난 건 아닌 걸까?

비연이 눈을 내리깔고 이불을 한참 동안 바라보았다. 이윽고 이불을 주워 탁자 위에 놓는 그녀의 입매가 마치 몰래 웃는 듯 살며시 올라가 있었다.

비연이 다시 정신을 차리고 손에 들린 약방문을 살펴보기 시작했다. 그리고 다시 탁자 위의 탕약을 보았다. 그녀의 표정이 점점 엄숙하게 변해 갔다.

하룻밤 내내 고민했다. 심지어 약왕정을 사용하여 다른 불 세기로 약을 여러 번 달여 보기도 했지만, 여전히 이 약방문의 비밀에 대해 단서조차 잡지 못했다!

문제가 대체 어디 있는 것일까? 망할 얼음은 어디서 이 약방 문을 가져온 걸까? 백리명천 그 자식이라 해도 이렇게 높은 수준일 리가 없는데?

그녀는 계속 고민하지 않기로 했다. 밤새도록 고민해도 단서 하나 찾지 못한 상황이니 계속 고민한들 막다른 골목일 뿐이었 다. 일단 잠시 내려놓고 사고의 흐름을 바꾸는 것이 옳았다.

기지개를 켠 그녀는 목욕을 하기로 했다. 목욕 후 원기를 회 복한 비연은 집사에게 갔다. 그에게 자신을 찾아온 사람이 없 는지 물었으나 없다는 답변을 들었다.

어제 그녀가 말을 전해 달라고 부탁해 놓았으니, 당정이 고 씨 저택에 와서 그녀를 찾았어야 옳았다. 설마 당정은 아직도 천무제에게 묶여 있는 걸까?

당정이 신농곡주의 사자로 온 것은 정말 다행스러운 일이었 다. 그렇지 않았다면 비연은 지금 정말로 걱정해야 했을 테니까.

비연은 급하게 궁에 들어갈 필요는 없어 계속 저택에서 당정 을 기다리기로 했다. 약녀일 때는 어약방을 잠시라도 떠나려면 휴가를 청해야 했다. 그러나 지금 대약사의 지위를 얻은 이상 그녀는 상당히 자유로워졌다.

어제 남궁 대인에게서 인계받은 일은 모두 잘 끝내고 온 상 태였다. 며칠 쉬면서 당정도 기다릴 겸, 어약방의 약공이며 약 사들에게 상황을 정리하고 적응할 시간을 주기에 적당했다.

저택에 있은들 달리 할 일도 없었다. 그 약방문은 쳐다보고 싶지도 않았기에 비연은 시중들 사람을 세심하게 뽑기로 마음 먹었다.

대약사는 약노나 약녀와는 달리 한 달에 사흘만 어약방에서 밤을 보내면 되고, 평소에는 자유롭게 퇴청할 수 있었다. 오늘 부터는 고씨 저택에서 지내게 될 터이니, 그녀의 일상생활을 시중들 이들을 뽑아야 했다. 앞으로 그녀가 가까이 두고 신임 하며, 그녀 대신 고 이야 등을 지켜봐 줄 이들 말이다.

고 이야와 왕 부인은 비연이 하인을 뽑는다는 말을 듣자, 자 신들이 부리던 이들은 물론이고 그녀의 사촌 동생들이 부리던 이들까지 모두 보내왔다. 그러나 비연은 바보가 아니었고, 씀 씀이도 호탕한 편이었다. 몰래 몇몇 사람을 매수하고는, 자신 의 처소에 있을 이로는 전씨 성을 가진 늙은 어멈을 뽑았다.

몸의 원주인의 기억에 따르면, 이 어멈은 고씨 저택에서 수 십 년 동안 시중을 들어 왔다. 원래 고씨 가문의 집사였고, 고 노야의 신임을 받았으며, 몸의 원주인을 친손녀처럼 사랑해 주 던 사람이었다. 그러나 고 노야가 세상을 떠난 후 왕 부인이 집 사를 바꾸고, 전 어멈의 급료도 깎고 빨래를 하는 신세로 전락 시켰다.

모두 떠나자 비연이 직접 문을 닫고 진지하게 전 어멈을 살 펴보았다. 전 어멈의 옷은 낡았지만 깨끗하게 빨아 입고 있었 다. 쉰 남짓한 나이에 머리가 이미 하얗게 세어 있어, 동년배들 보다 늙어 보이는 동시에 곤궁하고 애달픈 느낌도 들었다.

그녀가 비연을 바라보며 긴장한 듯 두 손을 꽉 잡고 있었다.

그러나 그 흐린 눈빛이 점차 붉게 물들더니 자애로운 빛이 스며 나왔다. 마치 오랫동안 잃어버렸던 손녀를 보는 것 같은 눈빛이었다.

비연은 이 늙은 어멈에게 아무 감정도 없었지만 원래 몸 주인의 기억은 여전히 지니고 있었다. 비연이 생긋 웃었다.

"전 어멈, 오랜만이야."

이 말에 전 어멈의 눈가가 젖어들었다.

"우리 어린 주인님, 이렇게 성장하시다니……. 이 늙은이는 평생, 다시는 주인님을 못 뵙는 줄 알았습니다!"

비연이 재빨리 손수건을 건넸다.

"그럴 리가? 전 어멈, 앞으로는 여기서 내 시중만 들면 돼. 다른 사람은 들이지 않을 테니 너무 조심할 필요도 없고."

전 어멈은 기뻐하며 계속 고개를 끄덕였다. 그러더니 들고 있던 보따리에서 옷을 한 벌 꺼내 비연에게 건넸다.

"주인님, 제가 이 옷을 계속 지니고 있었습니다! 이제야 주인님께 드릴 기회가 생겼군요!"

비연이 옷을 받아 탁자 위에 펼쳐 보았다. 연보라색의 어린아이 옷이었다.

옷에 놓인 수는 매우 간단하고 유행이 좀 지난 형태였지만 여전히 우아한 느낌을 잃지 않고 있었고, 무척 예뻐 보였다. 그리고 무엇보다도 옷감이 아주 좋았다. 아마 천부제가 그녀에게 상으로 내린 능라며 주단도 이보다는 못할 것이다.

옷을 한참 들여다보자 뜻밖에도 그 무엇보다도 익숙한 느낌이 들었다. 그러나 이것이 몸의 원주인이 느끼는 감정인지, 아니면 그녀 자신의 것인지는 구분할 수 없었다.

비연이 도무지 이해할 수 없어 입을 열었다.

"이건……."

새어 나간 비밀

전 어멈의 이야기를 듣고서야 이 옷이 바로 몸의 원주인이 어린 시절 물에 빠질 때 입고 있던 옷이라는 걸 알 수 있었다.

몸의 원주인은 물에 빠졌다가 구출된 후 마침 가까이에 있던 전 어멈의 처소로 옮겨졌다. 전 어멈이 혼수상태였던 원주인의 옷을 갈아입힌 후, 몸의 원주인은 다시 자신의 방으로 옮겨졌다. 하인들이 이 옷을 세탁했는데, 전 어멈이 옷을 돌려주는 것을 잊고 있었던 것이다.

"우리 어린 주인님, 주인님께서 혼수상태에 빠져 계시던 그때, 고씨 저택이 아주 난리가 났답니다! 노태야 어르신께서는 주인님을 눈에 넣어도 아프지 않을 정도로 아끼셨지요! 이 늙은이는 노태야 어르신 시중을 들랴, 또 주인님을 돌보랴 계속 바쁜 나머지 이 옷을 잊고 있었습니다. 나중에 노태야 어르신께서 돌아가신 후 주인님은 어약방에 들어가셨지요. 그 후로 이 늙은이가 우연히 옷장을 뒤지다가 이 옷을 발견했답니다."

전 어멈은 말을 하면 할수록 목이 메는 듯했다.

"이 늙은이가 제멋대로 이 옷을 남겨 두고……, 정표로 말이지요. 언젠가 다시 주인님을 뵙게 되면 직접 돌려 드려야지 하고 있었답니다. 하지만……, 하지만 정말로 이렇게 돌려 드릴 수 있을 줄은……."

전 어멈은 기쁨과 감동에 젖어 더 이상 말을 잇지 못하고, 굳은살이 가득 박인 두 손으로 계속 눈물을 닦아 냈다.

비연은 마음속으로 다행이라고 생각했다.

고씨 가문에 이렇게 충성심 강한 하인이 있다니, 몸의 원주인과 비연 자신에게 있어 행운 아닌가!

그녀는 전 어멈을 위로하고, 그 옷에 대해서는 별다른 의심을 품지 않았다. 어쨌든 고씨 가문은 한때 매우 부귀했던 가문이었고, 이런 옷감으로 지은 옷도 입을 수 있었던 것이다. 몸의 원주인이 어린 시절 입었던 옷이니 그녀에게 익숙한 느낌이 드는 것도 당연한 일이었다.

비연은 직접 그 옷을 정돈한 후 전 어멈에게 금화를 한 주머니 건네며 이런저런 일을 부탁했다. 그리고 고씨 가문과 관련된 일을 몇 가지 묻고, 전 어멈에게 쉬러 가도 좋다고 했다.

전 어멈은 한가롭게 지내지 못하는 성격이었다. 그녀는 눈물을 닦아 낸 다음 즉시 소매를 걷어붙이고 일을 시작했다.

반나절이 지나자 요화각 밖 작은 정원은 깨끗하게 정리되어 잡초 하나 보이지 않게 되었다. 그리고 전 어멈은 요화각 옆 비어 있는 작은 건물 두 곳도 깨끗하게 정리해 한 칸은 부뚜막으로, 또 한 칸은 제 침실로 꾸미기 시작했다.

밤이 되자 전 어멈이 김이 모락모락 올라오는 요리를 가져왔다. 맛있는 냄새가 나는 요리 네 가지에 탕 하나니, 양도 충분했다.

비연은 먹기 전에 일단 음식을 감상했다. 향을 맡아 보니 아주 만족스러웠다.

전 어멈은 그녀가 만족스러워하는 것을 보고 무척 기쁜 듯 말했다.

"주인님, 어서 뜨거울 때 드시지요. 너무 마르셨어요. 많이 드시지 않으면 안 되겠어요. 이 늙은이에게 한 달만 주세요. 제가 우리 주인님을 통통하게 살찌워 드릴 테니."

비연은 사실 최근 살이 조금 붙었지만 여전히 말라 보이는 모양이었다. 그녀가 기쁜 표정으로 맛있게 먹기 시작했다.

식사를 끝내고 얼마 되지 않아 심부름꾼 하나가 찾아왔다. 비연은 당정이 보냈을 거라 생각했지만, 놀랍게도 이 심부름꾼은 바로 하소만이 보낸 사람이었다.

심부름꾼은 하소만이 직접 오기 불편한 상황이라 그녀에게 대신 축하의 인사를 전하고, 예물을 한 보따리 가져왔다고 했다.

비연이 참지 못하고 물었다.

"정왕 전하께서는 성에 돌아오셨나?"

심부름꾼이 머리를 저었다.

"저는 정왕부에서 일을 한 지 3년째지만 전하를 한 번도 뵌 적이 없는데 어찌 알겠습니까? 만 공공께서도 이야기해 주시지 않았습니다."

비연이 그에게 상으로 얼마간 돈을 건네고, 하소만에게 몇 마디 전하라고 한 후 전 어멈에게 배웅하게 했다.

비연이 속으로 생각했다.

하소만이 이렇게 고씨 저택에 직접 오지 못하는 걸 보면, 앞으로 그녀가 정왕 전하를 다시 만나고 싶더라도 그렇게 쉽게는 안 된다는 의미일까?

이날 밤, 비연은 다시 약방문을 고민했다. 그러나 안타깝게도 여전히 해답을 찾을 수 없었다.

다음 날 새벽, 비연이 아직 꿈속에 잠겨 있는데 누군가가 갑자기 그녀의 코를 잡았다. 그녀가 눈을 떠 보니 그녀의 코를 잡고 있는 사람은 바로 당정이었다!

비연이 기뻐하며 재빨리 몸을 일으켰다.

"마침내 왔군요! 황상께서 언니를 궁에 남겨 비로 삼은 건 아닐까 생각하고 있었어요!"

단 한 번 만났을 뿐이지만 그녀와 당정은 마음이 맞는 편이었다. 게다가 몇 번 서신 왕래가 있다 보니 두 사람은 이미 친한 친구가 되어 있었다.

당정이 코웃음 쳤다.

"비라고? 황후라 해도 이 언니는 아쉬울 게 없단 말이지! 너희 그 늙은 황제는 언감생심, 이 언니에게는 어림도 없지! 계속 나에게 신농곡에 대한 일들을 묻던데, 한마디도 안 했거든! 하하, 만약 정왕 전하였다면 나도 좀 생각을 해 봤겠지만."

웃고 있던 비연이 마지막 말을 듣는 순간 굳어 버렸다. 당정은 그녀의 반응을 보고 바로 큰 소리로 웃기 시작했다.

"보아하니 이 언니가 너를 놀라게 한 모양이지? 자자, 오늘은 제대로 좀 털어와 봐. 네가 정왕 전하를 좋아하는 거라면 이 언니가 빼앗아 가지는 않을 테니까!"

비연은 그제야 당정이 자신을 놀린 것을 깨닫고는 바로 부인했다.

"정왕 전하야말로 저에겐 언감생심인걸요. 언니가 좋아한다면 내가 도와줄 게요!"

당정이 대답하지 않고 진지하게 그녀를 응시했다. 비연은 담담한 표정이었다. 비록 그녀는 자신의 남신에 대해 몇 번 헛된 바람을 가져 본 적 있었으나, 그것은 어디까지나 그 남자로서의 모습 때문일 뿐, 다른 헛된 바람은 정말로 감히 가져 본 적이 없었다.

당정의 눈에 의심스러운 빛이 스쳐 갔다. 그녀가 입을 열려고 했을 때 비연이 재빨리 문을 닫고 소리 죽여 물었다.

"그런데 어떻게 된 일이에요? 노집사님께서 나를 곡주 어르신께 추천이라도 한 건가요? 곡주 어르신을 뵈었어요? 만약 내가 신농곡으로 가면 곡주 어르신이 만나 주실까요?"

비연은 계속 빙해의 남쪽에서 온 육단상륙에 대한 일을 마음에 두고 있었다. 만약 신농곡주와 직접 만날 수 있다면, 노집사와 이야기할 때에도 상당히 배짱을 부릴 수 있을 것이다. 그리고 육단상륙의 내력을 찾는 것도 훨씬 쉬워질 것이다.

당정이 더욱 의심스러운 표정을 지었다.

"너……, 설마 모르는 거야?"

비연은 고개를 갸웃했다.

"뭘 모른다는 건가요?"

당정이 재빨리 제 입을 막고 고개를 저었다. 비연이 바로 뭔가 이상하다는 것을 깨닫고 물었다.

"대체 무슨 일인 거예요? 어서 말해 줘요!"

당정이 머뭇거리다가 나지막하게 속삭였다.

"나는 네가 이미 아는 줄 알았지. 노집사님께서는 곡주 어르신께 도움을 청하는 동시에 나를 보내셨단다. 원래의 계획은, 곡주 어르신께서 승낙하지 않으시면 나는 노집사님의 사자가 되어 너에게 이사 후보의 직함을 줄 생각이었어. 그런데 내가 진양성에 도착하기 전에 정왕 전하께서 노집사님의 서신을 받으셨고, 곡주 어르신께서 승낙하셨다고 해서……. 정말 정왕 전하께서 너에게 이 이야기를 해 주지 않으셨니?"

비연은 그대로 넋이 나갔다. 당정이 그녀를 살짝 밀었을 때에야 겨우 정신을 차리고, 저도 모르게 환희에 들떠 미소 지었다. 정왕 전하께서 그녀를 한 번 더 돕고 계셨던 것이다! 정왕 전하는 비록 아주 냉정해 보이지만, 타인의 위급한 상황을 보고도 구하지 않는 사람은 아닌 것이다!

그런데 무엇 때문에 그녀에게 이야기해 주시지 않은 걸까?

그녀가 너무 흥분한 나머지 천무제에게 어떤 단서라도 주게 될까 봐?

당정은 정말 이해하지 못한 것인지, 아니면 이해하지 못하는 척하는 것인지, 호기심 어린 눈으로 물었다.

"연아, 정왕 전하께서 무엇 때문에 너에게 숨기신 걸까? 그분과 노집사님이 무엇 때문에 그렇게 하신 거야? 정왕 전하께서 너를 쓰고 싶으셨다면, 이렇게 신농곡의 힘을 빌릴 필요도 없지 않아?"

비연은 이 안의 이해관계를 알고는 있었지만, 군구신이 천무제의 병세를 노집사에게 이야기했으리라고는 도저히 생각할 수 없었다.

아무리 고민해도 그녀는 노집사가 무엇 때문에 정왕 전하에게 이렇게 큰 도움을 준 것인지 이해할 수 없었다.

그녀가 잠시 망설이다가 곧 당정에게 자신의 처지가 어떠한지 속삭였다. 당정은 바로 깨달은 듯한 표정을 지었다.

비연이 진지하게 말했다.

"황상의 병에 대해서는 절대로 비밀을 지켜야 해요!"

당정이 고개를 끄덕이며 역시 진지하게 대답했다.

"이곳에 오기 전에 노집사님께서는 나에게 너무 많은 것을 묻거나 이야기하지 말라고 하셨지. 네가 아무것도 모르는 거였다면, 내가 귀띔했다고 나를 팔면 안 돼!"

비연 역시 고개를 끄덕였다.

"그야 당연하죠!"

비연은 원래 당정에게 육단상륙의 내력을 알아봐 달라고 할 생각이었지만 마음을 바꿔 그러지 않기로 했다. 어쨌든 그 육단상륙은 신농곡 장약각에 있던 물건이니, 당정이 조사하기 시작하면 당정에게 귀찮은 일이 벌어질 수도 있었다.

당정이 말했다.

"듣기로는 너희 고씨 가문이 예전에는 무학으로 이름을 떨쳤다던데? 이 저택은 유서가 깊고. 참, 어린 시절 물에 빠진 적도 있다면서? 자, 나가자. 이 저택을 구경시켜 줘. 난 하루밖에 머물 수 없어. 저녁에는 출발해야 하거든."

〈제왕연〉 5권에서 계속